書肆アルス

目次

装画　糸大八「揺れる花」
片山由美子氏 所蔵
装釘　巖谷純介

昭和・平成を詠んで　登場人物の生年

（年齢順。年齢は平成 28 年 12 月末日現在）

金原まさ子	明治 44 年 2 月 4 日生まれ。105 歳。*
後藤比奈夫	大正 6 年 4 月 23 日生まれ。99 歳。
金子　兜太	大正 8 年 9 月 23 日生まれ。97 歳。
伊丹三樹彦	大正 9 年 3 月 5 日生まれ。96 歳。
小原　啄葉	大正 10 年 5 月 21 日生まれ。95 歳。
勝又星津女	大正 12 年 3 月 10 日生まれ。 但し、平成 27 年 10 月 14 日逝去。行年 92。
木田　千女	大正 13 年 2 月 2 日生まれ。92 歳。
橋本美代子	大正 14 年 12 月 15 日生まれ。91 歳。
橋爪　鶴麿	昭和 2 年 3 月 2 日生まれ。89 歳。
依田　明倫	昭和 3 年 1 月 16 日生まれ。88 歳。
柿本　多映	昭和 3 年 2 月 10 日。88 歳。
星野　　椿	昭和 5 年 2 月 21 日生まれ。86 歳。
黛　　　執	昭和 5 年 3 月 27 日生まれ。86 歳。
有馬　朗人	昭和 5 年 9 月 13 日生まれ。86 歳。
大牧　　広	昭和 6 年 4 月 12 日生まれ。85 歳。
友岡　子郷	昭和 9 年 9 月 1 日生まれ。82 歳。
池田　澄子	昭和 11 年 3 月 25 日生まれ。80 歳。
大串　　章	昭和 12 年 11 月 6 日生まれ。79 歳。

＊ 平成 29 年 6 月 27 日逝去。行年 106。

昭和・平成を詠んで

——伝えたい俳人の時代と作品——

一、金原まさ子の世界――『カルナヴァル』

金原まさ子　明治四十四年二月四日生まれ　平成二十八年末現在　一〇五歳

われわれは生涯のさまざまな年齢にまったくの新参者としてたどり着く。だから、多くの場合、いくら年をとっていても、その年齢においては、経験不足なのである。

『ラ・ロシュフコー箴言集』

金原まさ子さんは、平成二十八年末現在で一〇五歳。彼女が新しい句集を出されたのは一〇二歳のときであった。今も、こつこつと新味のある句を書かれておられる。

通常、お年を召された方の作品を鑑賞し、賞賛するのに、若さを言挙げする。「このお歳で、作品は実に若い！」などと評するのだ。それはそれで、お年を召された方々への敬愛の念を表したものだから、すんなり受け入れられる。しかし、それだけで良いのだろうか？　若さを論点にするならば、未熟さをも含めて、老人は絶対に若者には敵わない。そうではなくて、とてつもなく長い時間を掛けて老いてきた、その老い方に焦点を合わせ、そこから生れた作品を論じ、そこに価値があって初めて賞賛すべきではないだろうか。かと言って、彼女の句には物理的に歳を重ねられたという事象は詠まれてはいるが、精神は決して老いていない。

まず、彼女の人口に膾炙する作品を取り上げ、鑑賞し、次に、色々な資料を渉猟して、来し方を知り、それぞれの作品が生まれて来た環境や動機や趣向といったものを理解してみよう。

後で詳述するが、金原さんは、東京の裕福な家庭に生れ、順調な幼児・少女時代を過し、恵まれた教育を受け、関東大震災では直接被害はなかったが辛酸を舐め、なんとか平和を取り戻したら、今度は、東京大空襲で焼け出される。結婚後、児を得るが、お子さんを一人亡くしている。少女時代には、多方面に興味を持ち、活発な生活を送っていた。

一、作品例

金原の『カルナヴァル』は平成二十五年二月に刊行（草思社）された。

まず、人口に膾炙していると思われる十句を掲げてみよう。

ひな寿司の具に初蝶がまぜてある
ヒトはケモノと菫は菫同士契れ
我肉を食べ放題や神の留守
緋縮緬のたふさぎなんてわらわせる
エスカルゴ三匹食べて三匹嘔く
バージンオイルで螢はかるく炒めなさい
酢味噌和えでも。
中位のたましいだから中の鰻重
深夜椿の声して二時間死に放題
熊の掌のスウプ啜るに内股で
秋は輿に乗ってセレベスのひと乗せて

仰《の》っけから意表を付かれる。だが、これで驚いてはいけない。ここには引用しなかったが、彼女の作品には、微妙な違和感を惹起させ、ややもすると、反道徳的だと思われる句が沢山あるのである。反道徳的と言ったが、深刻な意味ではない。妖しげではあるが、ある種の美しさが、それらの句にはちゃんと用意されているからである。

さて第一句。ひな寿司には子どもたちが好みそうな具がいろいろ混ぜてある。最近の子どもたちの嗜好が洋風になってきたので、昔では考えられなかった物が乗っている。だが、流石に「初蝶」は考えられない。読者によっては嘔吐感を覚えるだろう。そこが金原の狙いである。美しくもか弱そうな「初蝶」である。この句は金原の作句工房を覗かせてくれる。最初は「初蝶」のところに「〇〇」があった。それでは健康的だが面白くない。「〇〇」をそっくり「初蝶」に入れ替えて、詩の世界に飛び出すのが彼女の遣り方である。そのとき、既成観念を一度忘れ去るのである。

第二句目。「契れ」という少し遠慮した措辞ではあるが、それでも「ヒトとケモノ」が来たらもういけません。しかも「菫」はレズビアン的な響きがあると、誰かが書いていたことを思い出すと、もうこの句は、清く正しい道を歩いてきた読者にとっては、許せないのである。タブーを侵すのが金原の作句のポイントである。それにしても、世の中は変わってきた。同性婚を法的に許す国があるのだ。

第三句目。これは許せる。二時間食べ放題の店なのだろう。一〇〇歳をゆうに越えた彼女には食事制限もカロリー制限も無い。いやあるのかも知れないが、「神の留守」だから今日は平気なのだ。第一句目、第二句目に大きなショックを受けた私は、最初この句の「我」を「わが」の意味にとって驚いたのだった。それも面白いとは思うが、「われ」であることに安らぎを覚える。つまり、刺激的な句が並んだあとに健康なユーモラスな句がくると、効果抜群なのだ。

第四句目。〈緋縮緬のたふさぎなんてわらわせる〉は、「たふさぎ＝犢鼻褌」が褌の意味なので、縮緬じゃヘンです。やはり木綿でなくっちゃ。ところで、これは無季。歳時記に「たふさぎ」も「褌」も出ていない。夏の季節感はあるが……。季語に対する金原の考えは後で解説しよう。俳句に「わらわせる」は難しい。それを平気でまさ子は使うのだ。「たふさぎ」の俳句の例としては、三橋敏雄の次の句がある。

母を捨て犢鼻褌《たふさぎ》つよくやはらかき

次は〈エスカルゴ三匹食べて三匹嘔く〉。粋がって「これはブルゴーニュ産の高級なエスカルゴだ」、などと言いながら食べてみたが、あの「なめくじ」の同類を食したのだと思うと急に嘔吐感を覚えた。通人グルメへの強烈な揶揄である……と思うのだが、愉快。この「エスカルゴ」には季感はない。季節感はなくても良いのである。

次は〈バージンオイルで螢はかるく炒めなさい〉である。第一句目と同じで、既成概念へのアンチテーゼである。これも「螢」のところに〇を入れておいて、考えたらよい。ところで、飯島晴子に、人生も半ばを過ぎて文章らしいものを書くようになったきっかけは、「もし女がユーモアに溢れていれば、赤ん坊などというものはパン粉にまぶしてフライにしてしまうだろう」という一行である。この部分だけが高柳重信「俳句研究」編集長の気に入って、以後長い文章を書かせて貰うことになった。

という行《くだり》がある（「鷹」昭和五十六年九月）。まさ子の方がまだ罪が軽い。余談だが、油虫＝ゴキブリは美味しいらしい。マダガスカル産の特大の養殖ゴキブリのことである。バター炒めが良いらしいが、バージンオイルでも良いらしい。私はゴメンだが。

次は、〈中位のたましいだから中の鰻重〉である。これは素直に楽しめる句である。刺激的な句群の中にこんなのがあると救われる思いがする。「中くらいのたましい」という言い回しが憎いほどうまい。

まさ子の年齢のことを考えると次の〈深夜椿の声して二時間死に放題〉は意味が重くて深い。二時間ほど臨死体験したということのように取れるからである。実は、この句の次に〈二時間は温いよ春の鹿撃たれ〉が並んでいる。鹿が撃たれても二時間ほどなら骸は温かいと言うのだ。彼女が人事不省となったときも、二時間ほどは温かったということと取れる。自らの死を客観視できているのである。年の功でなくて何だろう。

次の句は〈熊の掌のスウプ啜るに内股で〉。こういう句を書けるということは、見事に老いてきたということか？「内股」が意味深長。正木ゆう子に、

オートバイ内股で締め春満月

があるが、緊張状態を示しているのであろう。まさ子も、飛び切りの珍味、もしくは、ゲテモノに挑戦するとき、身の引き締まる思いがしたに違いない。「熊」は冬の季語だが、食材の「熊の掌」となると、もう季感はない。だから筆者はこれを無季句として評価したい。エスカルゴと同じである。

〈秋は輿に乗ってセレベスのひと乗せて〉は、火渡周平の、

セレベスに女捨てきし畳かな

があるが、パロディも金原作句工房のひとつの方法である。

二、略歴

一九一一年（明治四十四年）東京生まれ
一九七〇年（昭和四十五年）桂信子の「草苑」の創刊に参加

一九七三年（昭和四十八年）草苑しろがね賞受賞
一九七九年（昭和五十四年）草苑賞受賞
二〇〇一年（平成十三年）今井聖主宰「街」同人
二〇〇七年（平成十九年）鳴戸奈菜代表「らん」入会

彼女の来し方の一部を知るために、金原が書いたエッセイ『あら、もう102歳』（草思社刊）の引用を金原氏と同社の許諾を得、抜粋・要約しつつ特記事項を拾ってみよう。彼女の人間形成過程が分る。

関東大震災は、十二歳のとき、（中略）正午ごろ。その日は土曜日で、家にいました（筆者注＝四谷か麴町だと思われる）。揺れているあいだじゅう「おかあさん、こわい、おかあさん、こわい」と叫んで、母に抱きついていました。ところが、揺れがおさまると、へんなことを思いつきました。「こんなとき、わたしは、どんな顔をしているんだろう」と。無事だった掛け鏡の前まで行って、自分の顔をたしかめました。ふつうの顔をしていました。顔色はどうだったか、記憶にありません。（中略）父は、わざわざ九段坂上まで行って、そこから火の海になった下町を、高見のなんとやらとばかりに、遠眺めに、眺めてきました。家に戻り、昂奮して「すごい、すごい」と繰り返す父に、母は烈火のごとく怒りました。（中略）その晩。みんなで、外に戸板を並べ、その上に布団を敷いて寝ました。（筆者注＝思えば、この日は、京極杞陽が一人の姉を除いてすべての係累を亡くした日であった。エッセイは続く）。

小学校の同級の男の子が、前座として高座に上るのを見たこともあります。（略）「今日行くわよ」と、前もって言っておくと、その子は、二階席にわたしがいると知って、舞台で「ジュゲム・ジュゲム・ゴコーノスリキレ」と声を張り上げながら、ちらっと、こちらを見るのです。あれは、よかったなあ。

歌舞伎も、毎月いちど、観にいきました。十五代市村羽左衛門が、ほれぼれするくらい美しかった。（略）わたしは、小さいころから一貫して、いまでいう「美形」好き、「メンクイ」だったようです（筆者注＝このほか片岡松燕が好きでブロマイドをカステラの箱にいっぱい持っていた。いま日本人でいちばん美しいのは海老さまこと市川海老蔵。顔立ちがいい。性格が役者らしくて良い。悪くて純情で……という。後出の通り、坂本龍一にもぞっこんである。つづいて、女学校の時は、観劇にこりすぎて教員室から呼び出された。観劇は保護者同伴でないといけなくて、成績は急降下。小学校では全「甲」だったのが、国語以外はすべて「乙」になり、先生の名前も国語以外は覚えていない……と書いている）。

家族で外食するのも、楽しいことでした。「ミルクホール」で、ホットケーキのようなものを食べたり、父の職場（筆者注＝銀行）が丸ビルだったので、待ち合わせて、丸ビルのなかの店ですませたり。浅草は、（略）米久で牛鍋を食べるのが楽しみでした。

ああ暗い煮詰まっているぎゅうとねぎ

九十年も前のことが、あるときふっと句になったりするのです。

女学校に入ると、乱読に拍車がかかります。（略）両親の買った日本文学全集、世界文学全集を、わたしは端から読んでいきました。さらに夢中になったのは、探偵小説雑誌です。『新青年』はモダン。『苦楽』は、より猟奇的。しゃれた意匠と、強い刺激が売りものので、読者はほとんど男性だったでしょう。そういう雑誌や本を、（略）ツケで買うのです。両親は、月末の支払いのとき、明細を見たりしませんから、それはもう、すき放題に。（略）良妻賢母とは、ほど遠い読書傾向です。お友だちは「清く正しい」少女雑誌しか読まない人たち。わたしひとりが「悪くてあやしい」人。そういう劣等感と優越感のないまぜになった感情が、ずっと、わたしの人生につきまとうのです。
将来の夢は小説家。ところが、いざ書こうとすると、一行より先に行かない。（略）自分は読ませていただくだけで満足、と思うようになりました。小説は書けないのですが、なぜか、俳句なら書ける（かろうじて）。俳句には二行目がないからでしょうか。

太平洋戦争がはじまったのは、娘が生まれた翌年、三十歳のとき。（略）わたしも「大日本国防婦人会」の地域の副団長として、バケツリレーなどに精を出してもおりました。ちなみに母は「愛国婦人会」という、上流の婦人連。ひとつの家族のなかで、母とわたしはべつべつの「階層」に属していたらしいのです。一九四四年の冬には、父の生地である群馬県沼田市の親戚の家に疎開しました。（略）疎開先では、お茶碗ひとつも先方のものを借りるようなくらしをしながら、東京からお雛様や写真のアルバムなど生活に関係のない荷物ばかりを持ってきていて、だいぶ文句をいわれました。三月十日、十万人が亡くなった東京大空襲のことを、私は沼田で聞きました。そして、五月二十五日の山手大空襲。麹町六丁目のわたしたちの家は、すべて灰になってしまいました。でも、お雛様とアルバムは残ったのですから、わたしの判断は、そうまちがっていなかったと思うのです。

（筆者注＝まさ子は第一子健一を疫痢で亡くしている）子どもというものの余りの可愛さに、苦しいほどの気持でいたため、（略）子どものために苦しむ生活のなんと生甲斐のあることだったことかと、愛児の死によって初めてはっきり知らされたとき、私は狂気のように次の子どもがほしいと願い始めたのだ。そして今その望みが達せられる（筆者注＝このあと、「この文章のスタイル、恥ずかしいなあ」と書いている）。

（筆者注＝自分は）何かひとつのことに集中するタイプのようです。この何十年かは俳句。ずっと前は子育て。さいきんはブログ。凝り性の一点集中型ですが、完璧は目指しません。カンペキを目指すと、苦しくなるとわかったので。カンペキは目指さないけど、かならずベストは尽くします。ベストを尽くさないと、楽しくありませんからね。

私の旧姓は「金子」。いまは「金原」。結婚したときは、夫が養子に来たので、姓は「金子」のままでした。やがて夫は、恋人をつくって出奔。そしてあるとき、夫は「金原」姓にもどしたいと言ってきました。夫の兄は、名の通った経済学の教授です。ビジネス関係の出版社に勤める夫としては、「金原」姓のほうが仕事になにかと有利だ、というのです。

（筆者注＝ここで一旦離婚した形になってそれから）戻って来た夫と再婚。そのときは、わたしが、姓を変えました。（略）「金」の字はたまたま変わらなかった。

こんな年齢《とし》になってても、かまってもらって、うれしいですよ。俳句だって、読んでくれる人がいなかったら、一文字も書きません。無人島へ行ったら、俳句はつくりませんね。人に「褒《ほ》められたい」から書くんです。

学校で、お裁縫の宿題を「本職」に頼んだことがあります。（略）「なるべく、へたに縫ってくださいね」……。（略）お裁縫の先生が「これを出す金子さんも金子さんですけど、お母さんも、よくこういうことを許したものです！」と、みんなの前で烈火の如く。母が学校にあやまりに行きました。母子して、世間知らずでした。

わたしが三十年以上在籍した「草苑」という結社の主宰、桂信子さんは、（略）たいへんにマジメな方でした。親鸞の悪人正機、「善人なほもて往生をとぐ、いはんや悪人をや」が（筆者注＝桂先生には）わからない。わたしが

一足す一は大きな一よ雲の峯

という句を書いたら、（略）一足す一を二にします、という内容の句を書かれたことがあります。ああ、お気持にかなわなかったか、と思いましたけど（筆者注＝まさ子の語録に、「良い人は天国へ行ける、悪い人はどこへでも行ける」があることを紹介しておこう）。

花合歓やひる逢ふ紅はうすくさし

この句をつくったのは、「春燈」という結社にいたときです。（略）鈴木真砂女という作家がいました。（略）ちょっと憧れていたものですから、主人との昔のいきさつを思い出して、ドラマ仕立ての句をつくって投句しましたところ、作戦成功。「春燈」主宰の安住敦先生も、モダンな抒情派でしたから、やっぱりそういうのがお好きで、わたしの句は、どんどん投句欄の上位に進出したのです。

わたし自身、年をとればとるほど、書くものが自由になっていくように思います。（略）「ほんとうですけど、ウソなのです」「ウソですけど、ほんとうなのです」というような俳句のつくりかたをしたいと、わたしは思っているのです。

（筆者注＝俳句についてはこんな記述がある）俳句で遊んでいると、ぞくぞくして、時間を忘れます。（略）日に何度も「あちら側」へ行って、うっかりすると、一日の大半をすごしています。幻想の世界で、わたしがもう一人、生きているよう。

見て、そして、目をつぶらないと、わたしは書けないのです。吟行のあとの句会で、わたしが作った蛇の句を出すと、「今日は蛇なんかいなかった」と言い出す人がいます。（略）はじめから、わたしの頭のなかにしかいない「蛇」なのに。

（筆者注＝自らの性格分析について、金原はこう書いている）わたしのなかには、A子とB子がいるのです。A子は、道徳的で常識的。いわゆる良妻賢母タイプ。B子は、不道徳で非常識。A子とは正反対のタイプ。この二人は、両方が「わたし」。

昭和六年。銀座松坂屋の裏にあった「ブランズウィック」（筆者注＝女三人連れで、まさ子は二十歳。ボックス席の前に坐った慶應ボーイも三人）、「今日はぼく、ゲル、ないんだ」なんて、ぬけぬけと言う人たちでした。わたしたちは「よろしいのよ」なんて言って、お金をそっとテーブルの下で手渡します。彼らはそれをもって、レジへ支払いに行くのです。三十年ののち、戦争をはさんでこのカフェは、かの「ブランズウィック」に変貌します。三島由紀夫の根城となり、フリル付きの白サテンを着た美少年たち（後年の美輪明宏を含む）

が銀盆を持って行き来する……日本初のゲイバーともいわれた、あの「ブランズウィック」に。

昭和二十四年初夏。細身の白パンツの三島由紀夫が、堂本正樹の掌に、「君、綺麗な掌をしてるね」と言いながら、生ハムのサンドイッチの一片を載せる。毎朝、熱い湯にひたして掌の皮膚を整えていた堂本正樹は、それを見透かされたように思い、恥じて目を伏せる……。三島由紀夫はこのとき二十四歳。のちの劇作家、堂本正樹は十五歳。

さて、わたしたちは一九三一年の「ブランズウィック」を出て、男性たちと連れだって、ダンスホールへ向かいます。


わたしは、映画『戦場のメリークリスマス』で人生が変わりました。アポロとヒュアキントス、イエスとヨハネ、信長と蘭丸、山岸凉子や竹宮惠子の劇画の世界……男性どうしの愛の美しさを思うことが、わたしの心の大部分を占めるようになり、そして、今日までずっと変わらないのです。映画の舞台は、太平洋の南の島。日本軍の捕虜収容所の所長である青年将校が、坂本龍一。捕虜になる英国人パイロットが、デヴィッド・ボウイです。絶望と暴力が支配するその島で、ヨノイとセリアズは、ぜったいに理解し合えないはずの二人として出会い、互いにひそかに魅了されます。生涯最後の行為として、ヨノイのほほに接吻するセリアズ。ヨノイは、彼の接吻を受け、恍惚として、ついに失神するのです（嗚呼！）（筆者注＝まさ子の俳句に「ああ」が非常に多いことも指摘しておこう）。

ヒトはケモノと菫《すみれ》は菫同士契《ちぎ》れ

ジューダイな告白をします。あるとき、ある男性と親しくなりました。「つい魔が差して」というのではありません。自分で決めて、したことでした。しなければならないことだったのです。（筆者注＝こうしたことがなければ）わたしは、他の女性のところへ行ったきりの夫を、生涯許さず、うらみつづけて終わったでしょう。（略）「貞女」が許すのではなく、「悪女」として許す。そういうかたちを選んだのです。

金原まさ子には、句集『冬の花』『弾語り』『遊戯の家』がある。

三、句集の特異点

『カルナヴァル』は金原まさ子の第四句集である。全二〇八句を収容。帯には池田澄子が、次のように書いている。

健気に淫らに冷静に。言葉を以て、こんなに強くエレガントに生きることができるなんて！

まず、一般的な句集と違う点を二つ挙げておこう。

一つは、句の後に短い一文が添書されていることである。これが以外に曲者。たとえば、

ぷいと来てバラを接木して去りぬ

の句の後に

人体にバラを接ぐのです。

とあるのだ。これで鑑賞が混乱し、異界に引込まれる。

もう一つ通常の句集と違う点は、ところどころの頁に下絵として、イタリアかどこかの天井画か、とにかく名品と思われる絵画の一部分を抽き出して印画されていることである。その絵が、俳句のモチーフと奇妙に共鳴し、妖しい雰囲気を漂わすのである。まさ子が好ましく思っている絵画からの引用だろうが、私が思い当たるのはウフィッツイ美術館にあるボッティチェリの「プリマヴェーラ（＝春）」や、ルーブル美術館にあるドラクロアの「民衆を導く自由の女神」の一部であった。なお、『カルナヴァル』はカーニバルのこと。

(一) 主要モチーフ

『カルナヴァル』の作品を、モチーフ別に分けて鑑賞してみよう。多くの俳人が推奨する句と、筆者が是非載せたいと思う句、合わせて三十句ほどを掲げる。

(身体感覚)

老若を問わず、作者の身体感覚は俳句のモチーフとなりえる。特徴的なのは、高齢になってからの身体感覚であり、それを、あるときは諧謔を籠め、またあるときは諦観を籠めて堂々と詠っているのである。

身めぐりを雪だか蝶だか日暮まで
蟇またぐときごうごうと耳鳴りが　　耳鳴りを録音することはできないのでしょうか。
ああそうか昼食《ひる》は食べたのだ鰯雲
突発難聴むささびの爪ひかりだす　　音がしないのに扉がひらくしまる。
ああみんなわかものなのだ天の川

第一句目。身体の周りを何かがちらちらと巡っている。雪にも蝶にも思える。雪と蝶を一句の中で詠んでいる。並みの季語感覚ではない。しかし、言い得ている。伝統的な句作りをする向きには異論がある句なのだろうが、筆者は素直にこの感覚を受け入れることが出来る。まさ子の季語感覚を佳しとするのである。

第二句目と四句目は聴覚に関するもの。歳とともに聴覚は弱る。百歳の頃、突発性難聴となり、苦しんだ。音から遠くなると、視覚が冴えるのであろうか、それとも想像力が増すのであろうか、蓑やむささびが脳裏に登場する。それにしてもお元気である。

三句目は俳諧味豊かで愉快である。自分でも食事を済ませたのかが分らなくなる。娘に「さっき食べたでしょう」と言われると、そうかと思う。意外に素直である。

最後の句、〈ああみんなわかものなのだ天の川〉は、何かにつけ、他人は皆若者なのだと思い知らされる、いや、そう思って他人を許している。百歳ともなれば、八十歳の人でも、みな若輩なのである。決して老いを哀しんではいない。そこがまさ子の凄いところである。

（非正常な性愛趣向）

他の人の句集には滅多に見られないのが、やや非道徳的な句材が詠まれていることである。男色・同性愛から猟奇的なものも見られる。しかし、単なるバレ句ではなく、何かしら文学性を醸している。

衆道や酢味の淡くて酢海鼠の
炎天をおいらんあるきのおとこたち
黄河心中　月が赤くて未遂かな
青鮫が「美坊主図鑑」購《か》いゆきぬ
男色《なんしょく》大鑑《おおかがみ》月光でびしょ濡れよ
まっしろな鞭打ちの音大花野
藤おところちらつく雨戸いれるとき

帳場をたてろ。

上半身が考え下半身が運命をきめるのですって。
若衆は針ありながら初梅にひとしく「色はふたつの物あらそひ」より
ああ、セバスチャン！

第一句目。衆道と海鼠の取り合わせは絶妙。第二句目。花魁《おいらん》歩きには、けだるい優雅さを感ずる。豪奢な衣装を纏い、高下駄を履き、禿《かむろ》を引きつれ郭を練り歩く。普通、正月か四月の行事なのだが、ここでは炎天下に、下僕らの男衆も後ろを歩く。しかも男衆が独特な「おいらんあるき」をしているという。不思議な句である。

第三句目。歌舞伎好きなまさ子らしい作。だが、場面が黄河で驚く。ナヨナヨした心中ものの場面にはそぐわない。中国なら霾《よなぐもり》で、月も赤く見えるかも知れない。とにかく雰囲気が違う。だから心中は取りやめたのだろう。真面目に考えれば、なんというナンセンスな作品であろうか、と思うが、不思議と捨てがたい。
第四句目、五句目は、私の趣味がそこまで及ばない。貞享年間に『男色大鑑』なる書が出されたらしい。井原西鶴の世界なのだろうが、イケメン好きのまさ子のことだから、案外、現今の出版物なのかも知れない。実際に、美坊主図録などが刊行され、ファンに販売されているようだ。「月光でびしょ濡れ」とは恐れ入った。
そういう観点から六句目、〈まっしろな鞭打ちの音大花野〉を読むと、サド・マゾの世界に引き摺りこまれる。七句目、〈藤おとこちらつく雨戸いれるとき〉も、羽子板にある妖艶な藤女ではなく、藤おとこである。まさ子にこの辺りの機微を教わらねばならない。私は降参である。それでも、やはりまさ子作品の世界だと思う。

（予定調和へのアンチテーゼ）

言葉の置き替えによる詩的飛躍を指向し、予定的な句に終らせない。

櫛と指からめて捨てよ青葉闇
ロッカーに薄氷をいれようかと思う
空家にて昼酪酊の罌粟の花

たとえば、第一句目の「指」のところに「髪」だったらごくつまらない作品だ。これが「指」となると、指まで捨てるのか、となって読者は混乱する。混乱がまさ子の狙い。

第二句目は、もともと「薄氷」のところに「〇〇」など、ごく自然な物がはいっていたのだろう。「コート」とか「靴」とか……、だがそれではつまらない。「薄氷」はうまい。決してそんなものはロッカーに入れないからだ。

三句目も「空家」が曲者。もともとごくありふれた人の居場所、たとえば「応接間」とかがあったに違いない。それではつまらない。それが「空家」になった途端に面妖な詩が立ってくる。「罌粟の花」も怪しげな雰囲気を引き出す。

多くの平凡な予定調和的俳句に対するアンチテーゼである。まさ子のこの精神は、この句集全体に行き渡っている。

（日常の中の非日常・拘り）

このモチーフも「予定調和」への反抗と同種である。日常生活のちょっとしたところに非日常性を感じ、そこに拘りの焦点を当てる。

紅梅のうすいところに佇つ父か

ときどき叫びつくしんぼ摘む女
二階からヒバリが降りてきて野次る
ぷいと来てバラを接木して去りぬ
春帽子買いにふらりと往ったきり
いちじく裂く指を瞶《み》られてはならぬ

人体にバラを接ぐのです。

第一句。なぜ「うすいところ」なのだろう。亡き父なので、茫洋としているのか？　それが、父への屈折したイメージを拡める。第二句目は、私の間違いだろうか、精神を病んだ女性を思ってしまう。異常な世界を詠んだ。

第三句目。二階から誰かが降りてきて何やら喚くという構図はよくあるかも知れない。誰かがのところを「〇〇」としておき、ここに「ヒバリ」が嵌った。「ヒバリ」とあるからには野次り方は軽快なのであろう。

第四句目、〈ぷいと来てバラを接木して去りぬ〉。このまま読み取って、ただ事俳句だと思い、見過ごそうとすると、一言添えてある、「人体にバラを接ぐのです」と。これで分らなくなる。尋常な世界ではない。不思議な世界へ読者は拉致される。

この句を「街」の俳人森山いほ子が、こう書いている。

句の後の一見奇妙な不可解ともいえるエピグラムは金原さんの呟きなのだろうか。バラが大好きな作者は日頃からバラとの究極の一体感を願っている。ぷいと来てバラを接木するありそうな行為からエピグラムは一転「人体にバラを接ぐのです」と飛躍し読者をどきりとさせる。この思考の落差を乗り越える醍醐味と快感を知ることが金原ワールドへの登竜門である。（「街」平成二十五年六月号）

まさ子は鳴戸奈菜発行の「らん」にも金子彩の名前で参加している。同誌に結城万がこのように鑑賞している。

いったい誰が庭先に「ぷいと」来てどの台木にバラを接木していったのか。きっと気まぐれで風変わりな人だろう。それでも接木されたバラは、やがて美しい大輪の花を咲かせるのかな、などと一通りの想像の世界が広がった瞬間、目に入る驚愕の「後書き」の小文字。「人体にバラを接ぐのです」。我が脳裏から、先ほどまでの情景が一秒でぶっ飛ぶ、もう目が宙に浮いて心臓バクバク、頭の中真っ白……ああ、こういうのを快感（怪感？・）というのだろうな。金原さんの句だもの、エログロ、ナンセンスは当たり前、

「薔薇族」の世界をこんな風にさらっと、しかも潔く高飛車に表現してしまうのも朝飯前。（「らん」平成二十五年夏号）

第五句目。〈春帽子買いにふらりと往ったきり〉は良く分る。自由人であるまさ子の日常を垣間見るよう。「往ったきり」がその中の非日常性。飯島晴子の、

　鱧の皮買ひに出でたるまでのこと

と較べると、まさ子の方が大事件である。

第六句目、〈いちじく裂く指を瞶《み》られてはならぬ〉は、美意識に係わる句であろう。いちじくを裂いて食するとき、指が汚れる。しかも、おそらく、人類が最も古くから食していた果物である。アダムとイヴはその葉で腰を蔽った。想像が拡がる。

〈俳諧味〉

まさ子の世界の一つの特徴に俳諧味がある。

　ああ暗い煮詰まっているぎゅうとねぎ

前へ向いて後ろへあるく海鼠かな

わが足のああ堪えがたき美味われは蛸

第一句目は、「ああ暗い」という感受が分らないものの、俳諧的なオノマトペの軽い笑いがある。子供の頃から外食には牛鍋屋へ行くのが楽しみなまさ子だった。

文挟夫佐恵が名誉主宰である「秋」にもまさ子の『カルナヴァル』を紹介した記事がある。平成二十五年七、八月号に渡部奈津子がこう鑑賞している。

ああ暗い、世の中もこの部屋も、自分の心も。気付いたら、鍋の中も暗く煮詰まっている。でも「牛と葱」はハンパじゃなく「ぎゅうと」煮詰まっているぜ、と大きな反転を企んだ笑いの句。もちろん、煮詰まっている肉は作者の分身かと深読みする。味の濃い旨みのエッセンスの詰まっている鍋の中。逞しく102年の歳月を垣間見る思いがする。

第二句目は、まさに宗匠俳句的滑稽味がある。まさ子に海鼠の句が多い。

第三句目。自らの足を美味だといい、自己耽溺の世界に誘う。まさ子の句には「ああ」

が多い。感嘆の情を正直に書く。朝日新聞の「天声人語」はこの句を「どこかなまめかしい」と評する（平成二十五年九月十五日）。

（パロディ）

先達の作品がヒントになったと思われる句も多い。だが、けっして「からかい」の作品ではなく、真摯なものである。「街」（平成二十五年六月号）に興梠隆らがいくつか挙げているが、私の考えも加えて四句選んでみた。

な・なまこに大綿ひとつ付いていた

鶏頭たち深い話をしておるか

秋は輿に乗ってセレベスのひと乗せて

緑陰に入る堕天使のくるぶしよ

第一句目は、金子兜太の、二句目は正岡子規の、三句目は火渡周平の次の句を思い出させる。

おおかみに螢が一つ付いていた　　金子兜太

鶏頭の十四五本もありぬべし　　正岡子規

セレベスに女捨てきし畳かな　火渡周平

四句目の「緑陰に入る」の句は、パロディと言っても、私にとってはフィレンツエのカルミネ聖堂で観たマザッチオの名画「楽園追放」が下地にあるように思えてならない。間違っているかも知れないが、アダムとイヴの悲嘆の姿、なかでも、二人の「くるぶし」の部分が妙に焼き付いていているのだ。

（アンニュイ）
艶っぽく、かつ、諧謔的な句なのだが、その中にふと陰鬱な気分を思わせる作品もある。

眉青く剃って炎昼を着くずれて
別々の夢見て貝柱と貝は

「眉青く剃って」で、艶っぽさが表出され、さらに「着くずれて」が妖しさを増す。夕刻かと思ったら、「炎昼」とあるから一気にけだるい気分となる。

二句目も必ずしもアンニュイな句と読まなくても良いが、すれ違いの夢は、諧謔よりも、どうしようもない宿命的な隙間を、二つの間に感じさせる。

(二) 句の型

久保田万太郎の師系にいたまさ子の俳句歴から考えると、有季定型的なはずである。まず定型かどうかでは、『カルナヴァル』の全二〇八句のうち、軽い破調を含め、定型が一五五句あり、七五％を占める。残りが軽い非定型から大幅な非定型であり、二五％となる。非定型の例を掲げておこう。

熱い茶のフィンガーボール孔雀殺めたる日の

テキーラをあびせよこんがらがった蛇により目になるほど飲んでみたい。

満開の月夜のしゃぼん玉だまだまだまとは云え牡蠣のスウプお代り兄死後の感謝の念は半減期が短いのですって。

「ユリイカ臨時増刊悪趣味大全」秋の暮

オムスクトムスクイルスノヤルスクチタカイダラボ春の雪シベリア鉄道。

あにじゃかわいやおとうとつれていざや渓蓀《あやめ》のふるさとへ

アウラヒステリカ見開きに・あ・えび反りの蝦パリ精神病院の写真図像集

赤白の蛇来て黄のカード出るわ出るわ

虎が一匹虎が二匹虎が三匹藤眠る

菜の花月夜ですよネコが死ぬ夜ですよ
鶴に化《な》りたい化りたいこのしらしら暁の
がらがら蛇だからがらがら声で唄うのです
二〇一二年三月十一日
七十にんの赤い蝶々が、ネ、今日来るのです

有季か無季かの区別では、十五句がほぼ無季句と看做しえる。七％である。彼女の季語感覚は自由である。前にも書いたが、〈エスカルゴ三匹食べて三匹嘔く〉や〈熊の掌のスウプ啜るに内股で〉などは、「エスカルゴ＝かたつむり」も「熊の掌」も、季節を問わぬ食材であるが故に、季語とは看做しにくい。それらを彼女は自由に使っている。完全な無季句としては、次の句などが挙げられよう。

参鶏湯沸々「鉄の処女」ひらく
虎に蹤《つ》きすっと曲れば神隠し
醸酒《かみざけ》のあのひとつぶは神の歯か
練羊羹まぶた重たく食べ了る
ハルポ可愛や生れるときのウコン色

匿名希望。

別々の夢見て貝柱と貝は
ない・ある・孔雀の肉を食う時間
片腕の馭者をあらそい日と月よ

まさ子の季語に対する自由さは、季重なりの次の句ではっきり分る。

身めぐりを雪だか蝶だか日暮まで

雪のようにも、蝶のようにも見えるものが身の回りを巡る。この身体感覚に対し、安易に「冬と春の季語を一緒に使うな」などと批判することは間違いだ。教条主義に陥らない良さがある。実に、リアリティのある句である。特に、お年を召した方々には、こういう感覚ってあるに違いない。

以上の句の分類は、多分にして筆者の主観的なものだが、金原俳句は形の上では非定型と若干の無季句を含むもののようである。しかし、リズム感は保たれている。

四、総論

お歳を召した方の作品を鑑賞するのに、「見事な老い方」に焦点を当てるべきだと冒頭に書いた。見事な老い方とは何だろう。定義は難しいが、私たちはその人の「暦年齢」をいつも第一に考える。そういう習慣にある。でも、そうであってはいけないのではないか、と思う。新鮮な語感とか、既成概念への無頓着さ、未熟が齎《もたら》す妖しげな魅力といった評価基準では、どうしても若者の本物の「若さ」に敵わない。この歳になったからこそ書けたところ、詠めたところを、今一度鑑賞したいのである。そこに現れる「老い方」がむしろ注視されるべきではないのか。

人の年齢を議論するとき、何歳だという暦年齢のほか、「機能年齢」とか「社会年齢」という言い方がある。機能年齢は日常生活行動が自立しているかどうかで決まる。知力的・体力的年齢である。この点、金原は健康に恵まれ、暦年齢より遥かに若い。一方、社会年齢は、狭義には労働市場との係わり、収入や購買力などで判断される老人度の尺度であるが、私は、もっと広義に、社会との接点を保持しているかどうかを各人の社会年齢の尺度と考えたい。

この点、彼女は見事に社会との接点を持っておられる。概ねそれは「俳句という表現形式」を通しての表現意欲で繋がっている。それとブログがある。それも俳句が鍵である。朝日新聞の「天声人語」(平成二十五年九月十五日)や、同日の黒柳徹子のテレビ番組に取り上げられ、まさに現役の社会年齢にある。

さて、金原まさ子はその成長過程を追ってゆくと、大正デモクラシー、東京育ち、雛飾りへの拘り、嬰児の不幸、関東大震災、東京大空襲、疎開、文学などへの耽溺、自由な教育、開明な両親、他分野への飽くなき興味ごころと上達願望などなどである。
金原の『カルナヴァル』は、既成概念へのアンチテーゼが一杯である。外に向かって拡大的・拡散的である。

（拡がりの句）

熱い茶のフィンガーボール孔雀殺めたる日の
責めてどうするおおむらさきの童貞を
テキーラをあびせよこんがらがった蛇に
青大将簞笥の前で臈《ろう》たけぬ
玄関に蠍が来ている遠縁の
山羊の匂いの白い毛布のような性
にこごりは両性具有とよ他言すな
緋目高のうちいくつかは神の子よ

「ひとつおとりよ。お星さまのかけらだ。空から落ちたんだよ」シベールの日曜日より目になるほど飲んでみたい。

いつも芝居がかっているのね。

母方らしい。

モリ・マリは「恋人たちの森」をたった一枚のグラビア写真を見ただけで書いた。

（老いへの向き合い方）

金原まさ子の『カルナヴァル』には「老」の文字を含む俳句は一つもない。老いてなお奔放な享楽者である。ただし、ごく控えめな性格のA子と、奔放なB子が同居していて、俳句の上ではB子の面が露出している。

何歳になっても目の前の自分にとって未経験の時間・空間が拡がってくる。そこに向かって、まさ子は、いや彼女の分身B子は、自由奔放に生きている。

老人学の分野では「老い」の考え方に二つあるようだ。

一つは「活動理論」であり、歳をとるに従って、社会的な活動から後退するのは止むを得ないとしながらも、失われたもののあとに別の新しいものを見つけてゆくことが大切であるとする考えである。国の対高齢者政策は、この考えに基づいて、失ったものに替わる別のものを与えようとしている。それは、老人たちが今まで社会に尽してくれたのだから、その恩返しとしての老人福祉である。だから国が決めた老人福祉法には「老人は、多年にわたり社会の進展に寄与してきた者として（中略）敬愛されるとともに、生きがいを持てる健全で安らかな生活を保障されるものとする」とある。

だが、これが社会全体の規範となると危険である、という意見がある（例えば『老いとは何か』森幹郎著、ミネルヴァ書房）。森は、「活動理論」が社会規範になっている社会では、老いを社会活動からの後退とし、人生の終止符であるとし、否定し、従って、そのきわみにある死をタブーとすることになる、と次のように警鐘をならす。

老人は「多年にわたり社会につくしてきた」のだから尊敬しようなどと法律は言っているが、とんでもない誤解である。老人はただ個人として敬愛されるのであり、社会につくしてきたから、その返報として敬愛するというような、取引勘定ではない。

取引勘定以前に、社会への貢献のある無しにかかわらず、老人も一人の人間として、みずからの生き方に合った生き方を保障されるべきだというのだ。政府のハコモノ政策の中に区別なく取り込まれる不幸を注視している。これも、日本の家族制度が崩壊したツケであろうか。「活動理論」に相対するもう一つの考え方は「後退理論」であり、歳をとるにつれて、社会的な活動から後退するのは止むを得ないことであるとし、これを受容するものである。だから、「後退理論」は死を受容することであり、個人の生活に対して、自由裁量権を認めることに通じ、森の意見は、この方が望ましいとするのである。

まさ子の半身B子の生き方は、活動理論的であり、まさ子のもう半身A子は後退理論的であろう。（完）

筆者注　金原まさ子さんは、平成二十六年度現代俳句協会特別賞を受けられた。また最近では、作品を「豈」（平成二十七年四月号や二十八年十二月号）に発表されている。

蟻地獄しんと美僧が落ちてくる　（「豈」平成二十七年四月号）
あそぶとき縄持ってくるアリスかな
螺旋階段のぼるとき胸鰭をつかう　（「豈」平成二十八年十二月号）
白黴よ出ておゆきわたしの海馬から

筆者の共感句抄

我肉を食べ放題や神の留守
バージンオイルで螢はかるく炒めなさい　酢味噌和えでも。
責めてどうするおおむらさきの童貞を　「ひとつおとりよ。お星さまのかけらだ。空から落ちたんだよ」シベールの日曜日

山羊の匂いの白い毛布のような性
中位のたましいだから中の鰻重
深夜椿の声して二時間死に放題
熊の掌のスウプ啜るに内股で
秋は輿に乗ってセレベスのひと乗せて

モリ・マリは「恋人たちの森」をたった一枚のグラビア写真を見ただけで書いた。

追記 校正の途中、金原まさ子さんの訃報に接した。平成二十九年六月二十七日、行年一〇六。この二月、体調を崩され入院されたが、見事に快復され「来週退院です」とのメールをお嬢さんの植田佳代さんから頂いていた。筆者は金原さんのブログ管理者である小久保佳世子さんと、「一一〇歳以上だいじょうぶだね」と喜んでいた。だから驚きであった。最後のブログにこうある。こころからご冥福をお祈りいたします。

転生三度目の脂《やに》百合ですよ

一〇六歳四ヶ月のわたしの辞世の句。一一〇歳になっても変わらない辞世の句。(中略)私は「やにゆり」。句のテーマは常に「エロスと狂気」。但し「清く正しく美しく」のA子が半分密着しています。

二、後藤比奈夫『句作り千夜一夜』

後藤比奈夫　大正六年四月二十三日生まれ。平成二十八年末現在　九十九歳

後藤比奈夫さん（「諷詠」の前主宰、蛇笏賞受賞者）の自伝的エッセイ集『句作り千夜一夜』（平成二十四年ふらんす堂刊行）を何故いまごろ（平成二十七年時点）ここに取り上げるのかをまず書いておかねばなるまい。

筆者（＝栗林）は、最近、シニア俳人の方々が、どのような人生を歩いて来られ、来し方にどんな感慨をお持ちなのかと思い、伊丹三樹彦さん（大正九年生まれ）、小原啄葉さん（大正十年生まれ）にお目にかかり、取材記事を書き、温めてきた。これらは他の取材記事と一緒にこの拙著に入集する予定であるが、俳句の世界で経験豊かなこれらの方々が、現今の混沌とした時代にあって、何か声を大きくしておっしゃりたいことがありはしまいかと思ったのである。

伊丹さんは、昔から主張されておられた「超季」俳句への情熱を熱く語ってくれた。伝統俳句に深く長期に安住してきている現在の俳壇にとって、志向の差はあったとしても、今一度振り返ってみたいご意見であった（伊丹さんに関する取材記事は九〇頁参照）。

小原さんは、戦争がいかに愚かな行為であったか、震災に遭った方々の悲しみにどう向き合うべきかを、縷々語ってくれた。啄葉さんのお話は、日本がいま迎えようとしている安全保障上の大きな変革のことを想うと、記録しておきたいお話であった。つまり、「昭和・平成を詠んで」というテーマで、俳句の経験豊かな方々に俳句を語ってもらうに、もってこいのお話であった（小原啄葉さんに関する取材記事は一〇九頁参照）。

後藤比奈夫さんにもお目にかかって、恐らくは三樹彦さんとも啄葉さんとも違うであろうご体験談を伺いたいと願っていた。しかし、ご高齢ゆえ直接お目にかかれなかった。そのかわり、氏がコツコツと書き続けてこられた自伝的エッセイ『句作り千夜一夜』などを送って下さった。それらを精読すれば、氏に関して筆者が知りたいと思っていたことが、読み取れるに違いない、そう思ってすぐに読み始めた。その感想を書いておきたい……というのが、如何にも長すぎるが前置きである。

当該著書を読んでみよう。著者の御了解のもと、まず氏の幼いころからのお話を要約しよう。

一、少年誕生から鳴尾の苺まで……俳句は綺麗なものを

氏の父はよく知られている通り、後藤夜半である。あまりにも有名な俳人である。少年の頃から俳句を創りたかったが、氏にとって父の存在が大き過ぎた。隠れるようにコツコツと句を書いていたが、嘱目句ばかりであった。夜半は比奈夫に俳句を奨めなかったが、内実は息子の句を、機会ある毎に写し取っていた。

れんげさう人につまれていたからう

などである。そのうち進学問題がおこる。両親は比奈夫を僧侶にするか能楽師にする積りだったらしい。それを助けて（？）くれたのが担任の先生だった。開校以来の成績の良い子だったので、熱心に奨められて神戸一中を受験できた。見事に合格した。中学でもトップの成績だったので、神童の評判が立った。中学には俳句部があったが、父の周辺で見ていたのと違う雰囲気であって、馴染まなかった。そのうち上への進学期を迎える。

当時は中学四年から受験が出来たのだが、校長から、生徒会長をやって欲しいので五年までいて欲しいと説得され、引き受けざるを得なかった。翌年、一高に合格し、本郷での学寮生活が始まる。幼年時代は身体が弱かったようだが、一高時代は、登山・水泳などスポーツにエネルギーを注いだ。だから学業には精魂を込めたという記憶がない。理科甲類

約九十人のうち十三番目で卒業。当時、花形学科であった東大工学部航空学科を受験。倍率は十倍を超えていた。見事に不合格。どこかに入らないと軍に召集される。それで大阪大学理学部の数学科を受験し、合格した。その後、物理学科に転じ、卒業した。大学に残るように言われたが、水戸の陸軍飛行学校に入隊、結婚、軍務といろいろな事があったのが昭和十七年であった。

戦後、父夜半のもとで俳句に入る。ある句会で

内 職 に 苺 の 蔕 を 取 る と い ふ

が高得点を得た。父から「俳句は綺麗なもの。汚いものやことは絶対詠むな」と諭された。今でも胆に銘じている。

二、言葉とリズム……後発の挽回策

俳句を遣りだした（昭和二十七年三十五歳のときのようだ）比奈夫のことを父夜半は喜ぶ風でもなく、「十年早かったら」と言っていたようだ。しかし、以前の比奈夫には学業と兵役のため無理であった。それを挽回するべく句会への回数を増やした。月二十四回といったことが続いた。月四回の人と比べれば二十回出ることで、十年のギャップは二年半

で埋めることができる。こうして遅れを取り戻せた。

父は、句会の場を真剣勝負の場だと言っていた。高濱年尾の家での句会には、播水、杞陽、非文、一天などが常連だったが、虚子が出たときも、挨拶は句会の終了後にするように言われていた。句会の前から真剣勝負を心構えとせよ、ということだった。

三、俳句はリズム

俳句は音楽であり、音楽はリズムである。真剣勝負の句会では、心を出来るだけ見せない怜悧な方を志したが、出来てくる句は

手にはがき翳し来る娘に街薄暑

といった心の消し切れていないものであった。いろいろ考えあぐねた末に、それとは全く別に、言葉の音楽性ということが気になりはじめた。

時間がないとき不平を父に洩らすと、「早作りの稽古と思え」と言われた。早作りは、考えている時間がないのだから、見えているもの、聞こえているもの、匂うもの、何でも良いから片っ端から俳句に仕立てることがよい。ある句会で兼題に「罌粟の花」が出た。ある人が故郷の罌粟畠の夜景の美しさを滔々と話していた。それを聞いていて、

罌粟畠の夜は花浮いて美しと

と詠んで高得点を貰った。後日、父は「あの句は

罌粟畠の夜は花浮いて花浮いて

とした方が良い」と言われた。下五で言うことがなければ繰り返し表現で大きなリズムが生まれることを会得した。

四、破調のたのしさ

草田男の句に破調がある。たとえば、

金魚手向けん肉屋の鉤に彼奴を吊り

人は緊張したり昂奮すると言葉の調子が変わる。対象に対し感激の度が過ぎて来たとき、破調が起こる。それがうまくゆくと読み手の心に伝わりやすくなる。比奈夫は破調を恐ろしいとは思わなくなった。

下五の字余りも、説得力があり、よく作った。

寒林へ来てしづかな日しづかな風

それに比べると中七が字余りになるのは体裁が悪く、言いたいことも言えなくなる。

五、推敲

推敲の手順は、①五七五の音感が守られているか ②季題がしっかりと据わっていて、季感が正しく詠まれているか ③漢字・仮名遣い、送り仮名、音便 ④ことばの順序が上手くいっているか ⑤同じ意味の言葉の重複がないか。叙したいことの単一化、省略ができているか。

である。そして、舌頭に千転するのである。

六、鑑賞のまこと

〈筆者コメント。このお話は興味深かった。ある俳人の〈霧の中天下分け目はこの辺り〉なる句の「天下分け目」を比奈夫さんは関ヶ原だと思った。評者は天王山でしょうと言い、選者は川中島であって、ご主人との二人旅だと断定している。この句についての比奈夫さんの記述を掲げる〉。

父は私に厳しく言ったことがある。自分で見て、自分で見たこと以外は俳句にしてはいけない。見たことのないものやことをつけ加えては絶対にいけない。もし人から異議を唱えられても、見たことは事実、充分に論を戦わすことが出来るというのである。（中略）鍋の中から仲居さんの金歯が出て来たというのがあった。（中略）ある教室での句に、やはり猪鍋から銃弾が出て来たという句があった。私は父の注意を諄々と説いて置いて尋ねた。（中略、返事は）たまに弾の出てくることがあるから気を付けて欲しいと（料亭の注意書きに）あったので、出て来たことにしましたという。これは大嘘つきで許せぬと諭したことであった。

さてこれは句作りのことであるが、句評や鑑賞も全く同じことで、私たちは俳句に使われた言葉と、その余情から俳句の評をするべきで、言葉で表わされその余情で表わされること以外を想像してはいけないのである。言葉だけを頼りにして評をして作者の意図に合わないことがあれば、その手落は作者の側にある。

七、句か人か

俳句が向上する為には人間が出来て行かねばならないし、人間が出来てくるとそれにつれて俳句もよくなってくるということである。これは俳句ばかりでなく人生何の修業にも根幹を為す大鉄則であろう。

八、下五の力

俳句は断定の詩であると言われるが、その断定の仕上げは下五にある。たとえば、左記の通りである。上五中七が起承で、下五が転結である。

寒紅をさしていつもの富士額　夜半
智照尼は昔知る人薄紅葉　虚子
風花を美しと見て憂しと見て　立子

といった具合。結は美しくしっかりと。

九、平凡の美しさ

初学の頃（昭和三十年の初め）、虚子先生が『虚子俳話』を刊行された。バイブルのようなもので、何度も何度も読み返した。その中で一番沢山説かれたのは季題についで、つぎは平明についてであったと思う。韜晦は嫌いと喝破されていた。

平明とよく似ているが平凡というのがあって、特に優れたところがないことを示す。韜晦は嫌いと言われた先生の尻馬に乗って、私は同時に平凡も敵に回していた。平凡こそが韜晦にも優る平明の敵のような気がしていたのである。そして、その上、明と凡の境界がなかなかはっきりしないのである。

当時、鷹羽狩行さんと私は東西の機智俳句の元凶（？）のように言われていて、（中略）私は自身の俳句が機智で片付けられるのが情けなかった。そういう論をする人を私は頭の悪い人と思って放っておくことにした。狩行さんは諺がお好きで、最初の頃、句のバックボーンにそれがあったように思う。私は父の手法から脱却する為に、ごくありふれた物理学の原則を写生の背景に入れようとしていた。どちらも人生経験と学問の恩恵からの所産であった。

とかくして、はっきりして分かり易いはずの平明の境地に凡人はなかなか到り着きにくい。でも年を取って来て最近感じていることは、周りに遠慮や気兼がなく、怖いものがなくなってくると、齷齪しているときは遠かった平明が、そちらから近付いて来てくれるような気もする。その上、近頃ではぼつぼつ平凡も悪くないと思えるようになった。平凡の中にきらりと光るものがあるときの美しさ、それはもう平凡とは言わないのかも知れないが、私にとっては何となく新しい美しさに見えるのである。

（筆者コメント。これこそ、お伺いし直接お伺いしたかったことの一つである）。

十、七月　東山

（筆者コメント。次に引用するのは、筆者がもっとも深い印象をうけた一文である。東山を詠った祇園祭の句が出来る瞬間までのエピソードである。山鉾巡行の日であった。句会が真剣勝負だと言われていることが、よく分かるのである。前段に、比奈夫さんが四条通りで山鉾の動きをじっくり観察し、自分があたかも鉾に乗って先頭に立っている白扇の音頭取になったかのような気持になり、目まいが気になったほどだったとある）。

その日の句会場は四条烏丸のとある旅行会館の講堂でした。会場に入り席に着いて投句締め切りの時間が来ましても、鉾回しは勿論その他の句も出来ていません。何が何でも一句作らねばならない瞬間です。投句集めをしている幹事たちを尻目に、おもむろに丹田に力を入れ、左手に投句短冊、右手に万年筆を持ち、句帳には目もくれず夢中で上五を書きつけます。多分その日見たもので一番心に止まったものが上五に据わるのでしょう。とするとこの日は東山。私は無鉄砲と思いながら短冊に東山と書いてしまいました。中七をどうするか何も見えて来ませんでしたが、東山という字をじっと見ていますと、また音頭取になったような気がして、半日思いつづけていた回すという言葉がふと浮かびました。そして鉾が回れば東山が回って見え、東山を回さないと鉾が回らないという相対の関係に気がついてはっとしました。そしてこの句は身震いのするような興奮の中で一挙に出来上がったのでした。

東　山　回　し　て　鉾　を　回　し　け　り

出来た途端、渾身の力をふりしぼってしまったような気がしました。体力を使わないはずの俳句ですが、俳句を作ってぐったりすることもあるのです。（中略）私の父は、句会は真剣勝負とか、勝負は二時間とか言っておりましたが、体力のある間にこそこの訓練をしておきたいものです。

十一、俳句の中のこころ

（筆者コメント。おそらく該著の中で最も深遠でかつ氏の句作りの根本にふれるところであろう。昭和六十年、愛媛新聞俳句大会、子規記念博物館での講演である）。

（物と心）

私は久しく「物と心」について考えてまいりました。ホトトギスで勉強しました私の若い頃は、前衛俳句の盛んになりかかった頃でもあり、また社会性だとか人間探求とか、凡そ虚子先生の意に叶わぬ俳壇の趨勢の中で、やはり「花鳥諷詠客観写生」に熱中するより致し方ありませんでした。客観ということは主観をさしはさまないこと、そして主観というのは認識・行為・評価などを行う意識を持つ自我ですから、まず人間の心を幾通りにも鎧ったようなものになりましょうか。ですから客観写生を奉ずる者にとって、主観とまでは行かなくても、心の問題を云々することは、迂闊に言えば誤解を受けないかと随分躊躇を致しました。ところがそうやって客観写生の句を勉強しておりますと、客観写生といっても、結局それは表面的なもので、全ては「心」の所産であるということが分かってまいりました。主観と言う言葉は固くて、自我が強過ぎて私は好きではありません。心と言いたいと思います。つまり心がなければ客観写生も出来ないと言いかえてもよいと思います。

そのことについて（虚子の）『進むべき俳句の道』の中で、例えば、

高山と荒海の間爐を開く　未灰

という句を掲げ、「これは単純な客観と言ってよいであろうか。一見すればそこに何等の主観的色彩もないようであるが、よく見ていると、決してこれで単純な客観句ということは出来ないことが判って来る」（中略）「作者の側から見ても主観の上に大いなる働きがあ

り、読者の側から見ても主観の上に同じような動きが要求される。一見純客観句と見えるこの句の如きすらかかる意味において主観の色彩を強めて来ている」と説かれています。（中略）今から考えますと、この炉開きの句などは、客観的手法の写生技術を駆使しながら、消した部分……心をこめて消した部分（主観の力で消した部分）……を読み手に余情として感じとって貰おうというやり方であります。この時期、虚子は写生の中に何らかの形で主観のひそんでいる句を推奨しています。子規が月並の小主観（つまらない主観とでも言うのでしょうか）を排して、写生を唱え、蕪村を掘り出したことは御承知の通りですが、俳句がそのままに絵になり、しかもそのまま絵以上にならない純客観写生論に、虚子もホトトギス作家たちも飽き足らなくなって、その総決算として体系づけられたのが、この本（『進むべき俳句の道』のこと）であった訳です。

（中略、この虚子の著書には）この時期のホトトギス雑詠に現れた客観写生をふまえた新しい主観の句がとりあげられています。ただこのとき、虚子の頭の中に、主観と客観は一体でありながら、つまり心身というときの心と体のように、それを一体といってしまえないもどかしさがあったように見受けられるのです。そのことを私は興味深く思います。

さて心身のお話から少し脱線を致しました。心身を例にとって、私は物と心について申し上げねばなりません。物心と申しますように、物は物質、心は精神というように、物にははっきり心がないことになっております。（中略、芭蕉の〈野ざらしを心に風のしむ身哉〉を引いて、この句には上に心があり下に身体があると指摘しながら、しかし、心と体が全く別々になっているとは思えない、と語る、その後で）一般に物と心は一体ではなく、心は作者側にあり、物は黙って写生されるものとして、作者から離れて存在すると思われ勝ちでありますが、本当は必ずしもそうではないのであります。

（物の心）

それではどうすればよいのかと言うことになります。そこで「物と心」という相対する言い方を止めて、「物の心」と言いかえてみましょう。（中略）物がそれぞれ心を持っていることになります。万物有情という言葉があります。物のすべてが心を持っているということであります。（中略、こうして比奈夫氏は、『虚子俳話』にある天地有情三章を紹介する）ここで大切なことは、物の心は、「畢竟人間の情を天地万物禽獣木石に移し」て生まれるのだという条りです。物の中で一番情のないものを木石と申しますが、その木石にも人の心が移ると説かれてあるのです。

ただ一つ私に言い分がございます。虚子先生のこの文章の中で私に物足りぬところがあります。それは物の心は人の心が乗り移って生じるという条り、そして人と物とは一体でないというところです。私はもう一歩進めて、物の心もまた人に乗り移ってくるということ、つまり物にもはじめから物自身の命と心があって、人と物とは対等でなければならないとさえ思っております。例えば、

母子星悲しく〳〵と流れけり

という句は、二つの星を母子星と見ることによって、父のいない星、つまり悲しい星というように作者に都合の良い発想の進展がなされている訳で、その限りではその時の作者虚子の心の中にある悲しみがあって、それが星に移された心と言えます。但し、あと一歩すすめて、別にその時の作者の心に「悲しく〳〵」といった思いがなくとも、じっと星空を仰いで流星を見ていますと、星の方からそう言った飛び方をして人に訴えてくることもあるのです。それを見とどけて作者の心にして一句が成るということも度々あるのであります。私は人間も含めての「物の心」ということを始終思っております。そして、それらの心のやりとりを、別のところから客観的に（それこそ客観的に）眺めている作者の心とをであります。

遠山に日の当りたる枯野かな

さてこの句、虚子は一つの景色として、それが自分の心の景色だと言っています。それを私流に「物の心」という点から細かく分けて考えてみます。ここには言葉以外の物として、日と遠山と枯野があります。この順に作者自身の目や心から遠くなっております。日には日の、遠山には遠山の、枯野には枯野の命があり心があります。私たち子供の頃、天気のいい日の太陽を描きますと、大抵太陽には顔があってニコニコ笑っておりました。尤も叱られた日の自画像では太陽も一緒になって泣いてくれておりました。太陽が笑っているのは太陽の心が子供の心に乗り移ってくると考えてよさそうですし、太陽が泣いているのは逆に子供の心が太陽に乗り移ったと考えてよいと思います。私たちの心が素直であるとき、物の心は自分の心を含めて互いに行き来出来るようになります。

ところで「遠山」の句では三つ（日、遠山、枯野）の物の心と人の心とはどうなっているのでしょう。この句では泣きそうになっているのは枯野です。全体として寒い景色です。でも太陽がいて、やさしい心で遠山を励ましています。遠山は太陽の心に感謝しつつ枯野を慰めています。今に私に当っている日がそちらへも移りますよという具合にです。私はそういった物と物とが心をこめ合ってしている挨拶にひどく心を引かれます。それらを傍らから眺めていいなと思っているのは、作者虚子の心ですが、その前にこの三つの心のやりとりが、そのまま人間虚子の心と重なり合っているように思えるのであります。

俳句は存問の詩と言われます。初めは連句の発句と同じように、人と人、主と客とが挨拶するのに季題を使ったわけです。つまり物が仲立ちをしたのですが、人間の心は一段上にあり、物の心のことは直接誰も言わなかったのです。いまでも存問ということは、そのように取り扱われておりますが、物の心ということを思い、物の中に人間も含めると致しますと、存問は　人↓人　人↓物　物↓人　物↓物　という四形態となります。勿論それを描いて俳句に仕上げるのは作者としての人の心です。この四つの存問の中では「遠山に日の当りたる枯野かな」のように、物↓物の存問が最高かと私には思えるのであります。

私の父夜半は、晩年、「写生とは物の姿を描いて物の心に触れること」だと申しました。物の心を探り当てるには、しっかり物の姿を写すこと。それをしているうちに物の心が見えてくるのでありましょう。欲を言えばその見えてきた物の心と描こうとする作者の心とが、そのまま重なり合うといった写生が最高であろうかと考えます。

（筆者コメント。この章は極めて刺激的だった。虚子が言っている、あるいはホトトギスの伝統派俳人が信じている路線であることは承知なのだが、ここまで詳細に論じられると、禅問答を超えて、アニミズムを超えて、宗教的にすら感じられた。金子兜太氏と稲畑汀子氏のアニミズム論争があったが（「俳句界」平成二十三年一月号）、どうも虚子や比奈夫さんらも、自然が持つ心をより早く深く認識し、俳句のベースにしていたと、今更ながらこの講演録を読んで思うのである）。

十二、鶴の句の話

（筆者コメント。最後に『句作り千夜一夜』の初版限定の栞からも少し引用しよう。とても印象に残ったお話があるからである。吟行句について語っている。会員が各地に吟行に行って、先々の花やお土産や写真を比奈夫さんの前に並べる。それを見ながら、報告的な話を聞きながら、そこから氏は、その地へ吟行に行ったような気分になり句が出来るという）。

あれも鶴を見に行った人が写真を写して帰ってきたんですよ。「鶴はまだあんまり来ていませんでした」と言って写真見せてくれたら、ほんとうに鶴一羽もいないんです。山と田んぼが映っているだけ。「ここに鶴がくるんです」と言うから出来た一句。

鶴 の 来 る た め に 大 空 あ け て 待 つ

（完）

＊＊＊＊

比奈夫さんを取材したかったが、『句作り千夜一夜』を精読させて頂いて、色々なことが確認できた。一言で言えば、氏は虚子以上に虚子的である。変な言い方は承知の上だが、ほかに言葉が見つからない。俳句の正道・大道を、信念を持って、昭和・平成と詠んで来られた。綺麗なものしか詠んではいけないという教えのせいか、社会性・時代性を超越した自然の心を描写して来られた。戦争や災害をどう詠んだか、人類の平和のために俳句は何が出来るのか、など青っぽい議論をお伺いしたかったのだが、俳句はそれらとは別のものので、それが俳句なのだと言われたような気がした。

筆者の共感句抄

首長ききりんの上の春の空
鶴の来るために大空あけて待つ
止ることばかり考へ風車
東山回して鉾を回しけり
母のゐる限り仔馬に未来あり
化野に普通の月の上りたる
年玉を妻に包まうかと思ふ
しやぼん玉吹き太陽の数殖やす

蒲団より枕があはれ瓦礫の中
心さしかけぬ日傘で足りぬ分
焦げすぎず焦げ足りもせず焼けし鮎
大台に乗りたる歳にお年玉

＊＊＊＊＊

筆者注　平成二十八年六月二十六日、後藤立夫「諷詠」主宰が逝去された。父比奈夫さんのお嘆きはいかばかりかと、深くお悔やみ申し上げます。立夫さんは享年七十二。

三、金子兜太への予備門

金子兜太　大正八年九月二十三日、平成二十八年末現在　九七歳。

現代俳壇の最高実力者である金子兜太を勉強する。兜太は筆者（＝栗林）にとっては、子規・虚子なみの歴史的俳句実作者であり、俳壇の牽引者である。自身の著作も他者の兜太論も膨大にある（例えば、『兜太往還』塩野谷仁著、平成十九年十月、邑書林。『金子兜太の世界』角川学芸出版編、平成二十一年九月。『現代俳句の断想』安西篤著、平成二十八年六月、海程社、などなど）。今後、兜太を研究する人々のために、その入門書以前の纏めをしておこうと思う。言ってみれば兜太大学への予備門を覗こうということである。

一、産土秩父

兜太は大正八年に秩父に生まれる。父伊昔紅（元春《がんしゅん》）は医者だったが、俳人でもあり（「馬酔木」に所属）、本業よりも俳句や秩父音頭の復活・普及に熱意を燃やした。どうも兜太の家系は本業より脇を徹底した。祖父は養蚕とうどん屋よりも村歌舞伎に熱意があり、その血筋のせいか、兜太はのち日銀の業務よりも俳句に精を出す。兜太は長男。普通なら医家を継ぐ。厳しい父も無理強いはしなかった。まっとうな人間になれ、とだけ言われた。約束を守らなかったら撲られた。だが、兜太が畠を荒らしたとき、父が校長に呼ばれて行って、言った言葉「男の子なら麦畑の二、三反を荒らすくらいでないと駄目」はつくづく兜太の生育環境を思わせるものである（『二度生きる――凡夫の俳句人生』、チクマ秀版社、平成六年十二月）。通俗的な善悪ではない。父に対しては、敬愛と反発が同居していたようだ。

父のところに若者が集まって俳句をやっていたが、句会のあとは酒が出て大騒ぎ。母は、俳句は喧嘩だから決してやらないように、と兜太に言った。のち、俳句を始めた兜太の作品には人間の臭いがする。これは父の影響であったのであろう。

秩父は兜太の精神に大きく影響を与えている。句の題材の子どもたちや狼も秩父のものである。

曼 珠 沙 華 ど れ も 腹 出 し 秩 父 の 子　『少年』

お お か み に 螢 が 一 つ 付 い て い た　『東国抄』

出征するのも、貧しい秩父の人たちが戦に勝ったなら楽になるだろうとの思いであった。よく、自分は戦前から反戦主義者だったと多くの人が言う。しかし、兜太は村人たちのために勝ちたかった。そのことを正直に言っているのは、気持ちが良い。

秩父が全て良い思い出だったとは言えないようだ。例えば、古い家制度のせいか、祖母や二人の出戻りの叔母が兜太の母を虐めた。のちには妻の皆子まで虐められた、とある。「家」の問題と「日本の経済構造」のことが兜太の頭の中にあって、それ故に、東大では経済学部を選んだ。

それでもというか、それ故からか、秩父は兜太にとって大きな存在であった。東京から熊谷に居を構えたときも、秩父から泰山木や榠樝など、たくさんの樹木を持ってきて庭に植えた。土に親しむ兜太の、いや妻みな子（俳号は皆子）の志向であった。

二、水戸高・東大時代

水戸高校では柔道に精を出していたが、方向が変わるのには、畏友出沢珊太郎との出会いが大きい。俳句に誘われた。良い先生にも巡り会い、弊衣破帽だが、リベラルな文学青年となって行く。処女作は、

白 梅 や 老 子 無 心 の 旅 に 住 む　『生長』

であり、何と老成した句かと思うが、偕楽園の梅を見ての作。出沢には大恩を感じている。

東大時代には草田男との出会いがあった。出沢らとの句会で、草田男が竹下しづの女の「成層圏」の縁で指導に来てくれていた。戦時でもあり、特高が句会を内偵に来たこともあった。それに対して、草田男が過剰に神経質になっていたことが『遠い句近い句――わが愛句鑑賞』（富士見書房、平成五年四月）に書かれている。

三、実戦

昭和十八年、繰り上げ卒業のあと、日銀に就職したが、三日で海軍に入った。のちに日銀への復帰が約束されてのことであった。最前線を志願したのは、帝大卒には珍しかったのではなかろうか。兜太の精神状態がそうさせたようだ。

南海のサンゴ礁にあるトラック島（夏島）での苦難は『あの夏、兵士だった私――96歳、戦争体験者からの警鐘』（清流出版、平成二十八年八月）に詳しい。所属は海軍施設部の主計中尉で、要塞構築部隊の工員一万二千人を擁し、金銭・食糧調達・庶務が仕事だった。トラック島には日本人が四万人ほどいたが、生き残ったのは三分の二くらい。餓死者が多かった。工員は軍人でないから食糧事情が劣悪であり、何でも口に入れて下痢して脱水状態で死んで行った。爆撃もあったが、手りゅう弾の試験中に事故で吹き飛ばされた工員もいた。みな、いい奴だった。素朴な良い人間だった。彼らを理不尽に無惨に殺してゆく戦争が憎かった。彼らの非業の死は監督者の自分の責任だと感じたものの、一方では机上の計算で、何人死ねば食糧はどれだけ持つか、など計算している自分を見い出している。このことは精神的に応えた。この気持ちが兜太の戦後の反戦行動につながっている。

安西篤の『現代俳句の断想』によれば、この時期は、

第一期として、俳句開眼からトラック島から帰還する二十七歳ころまで（昭和十二年から二十一年）であり、代表句としては、次の一句ほかを挙げている。

水脈《みお》の果て炎天の墓碑を置きて去る　『少年』（昭和二十一年）

四、日銀での冷飯

兜太は黒田杏子に、自分を形成したのは、つくづく「秩父」「戦場」と日銀での「冷飯」の三点だったと思う、と言っている。組合活動を続け、旧態然とした「学歴組織」に反抗した。それが故に昭和二十五年から十年もの間、地方（福島・神戸・長崎）へ飛ばされ、家族にも肩身の狭い思いをさせた。しかしそういう環境が、自分の人生を俳句に賭ける決心をさせた。最良の配偶者にも恵まれ、社会性俳句・前衛俳句へと進む。

この時期は、やはり先の安西によれば、

第二期　日銀に復職し、地方勤務を経て東京へ戻る四十一歳ころまでであり、代表句には、

彎曲し火傷し爆心地のマラソン　『金子兜太句集』（昭和三十三年）

がある。

五、現代俳句協会分裂

昭和三十六年、現代俳句協会が分裂した。その要因は、兜太らの若い世代の俳句観と上の世代のそれとの乖離であった。直接のキッカケは協会賞の候補となった石川桂郎と赤尾兜子の争いが元だったと言われているが、これには異論がある。このときもめたのは、石川に新人としての資格を認めるかどうかの問題であって、石川が新人の域を超えていると の票が多く、外されたのであった。結局、赤尾兜子と飴山実が四人の支持をあつめ、藤田湘子が三名であった。決選投票に移り、赤尾への票が多かった。この経緯は、「渦」の赤尾兜子追悼号（昭和五十六年六・七月合併号）や、小泉八重子が書いた「嵐を呼ぶ受賞」という兜子受賞に関する記録文でも明らかである。

とにかく、これが元で、同年十二月には、草田男を会長に、蛇笏・風生・秋櫻子・青

邨・誓子を顧問とする俳人協会が設立され、件の石川桂郎が第一回俳人協会賞受賞者に選ばれたのであった。

これ以降、現代俳句協会の中では、兜太らの若手の発言力が大いに強まったと思える。安西によれば、

第三期「海程」創刊、熊谷定住、専業俳人となるまで、であり、代表的名句としては、

梅咲いて庭中に青鮫が来ている　『遊牧集』（昭和五十三年）

がある。この時期の同人誌「海程」創刊（昭和三十七年四月）は歴史的な出来事であり、昭和六十年六月に主宰誌となったが、今日に至るまで自身の句業や、多くの兜太山脈に連なる門弟たちの活躍が目覚ましい。

六、「寒雷」クーデター未遂

時系列的には前後するが、「寒雷」に触れよう。兜太は嶋田青峰の「土上」に投句していたが、俳句弾圧事件もあって青峰が没したあと、楸邨の「寒雷」に入った。同じ人間探究派と言われた草田男と比較すると、俳句的には草田男に感銘していたようだ。だが、人間的には楸邨が好きだ、と言っている。そのうち原子公平や兜太らが「選を代われ」と

言って、楸邨に対してクーデターを起こしたと言われているのだが、これには兜太は入っていない（「俳句界」平成二十三年八月号、今井聖との対談）。事前に相談がなかったのがその理由だったらしい。がもし、事前に原子らから計画を相談されていたならば、どうなっただろうか。参加しなかった兜太は、結果的には師楸邨との間に信頼関係が生まれ、のちに「寒雷」の「森林集」の選を任される。楸邨との信頼関係は、現代俳句協会分裂の際にも明らかになる。楸邨は一度俳人協会に入ったのだが、弟子の原子や兜太が批判されているグループにはおられん、と言って現代俳句協会にとどまった。

七、ライバル重信

ある時期、兜太と高柳重信は良きライバルだった。前衛俳句の中の、片や「芸術派」、片や「存在派」である。ところが重信が昭和五十八年に亡くなり、現代俳句はほとんど兜太が背負うようになった。重信らとは、「ことば」か「もの」かの論争もあった。これは、塩野谷仁の『兜太往還』によれば、前衛派の内部だけでの衝突であって、今は忘れ去られようとしている。しかし、「もの俳句論」などと共通する広い底辺を持った論題である。

毎日新聞（昭和四十九年三月三十一日）に兜太は次のような意味のことを書いている。

現在、ただごと俳句がはびこっている。有季定型の派は、季語でなく季題、つまりモノで受取って、そのモノを外のモノをつけ加えることなく詠いだそうとしている。それらの人に対し、言葉そのものに即く方向がある。季語を一義として俳句形式を言葉の形式と割り切って言語操作に執心する。その結果、現在の俳句にモノと言葉を分断する傾向が見られ、それは俳句のような短詩型にとって幸せなことではない。季題＝モノだけで十分とする有季定型派には、季語の陳腐化がはっきり見え、言葉だけでと考える多くの句には、水母のようにただよう記号化した言葉によって埋められている。

これに対し、川名大はじめ「俳句評論」の人々が反論し、それに阿部完市が論駁している。さらに、「海程」側では大石雄介らも対応し、さながら代理戦争の態となった（昭和五十年五月号の「俳句研究」金子兜太特集号）。

兜太は「モノと言葉の二重構造つまり、具象と抽象を同時に備えた言葉が、俳句の血だと思う。俳句は思想そのものを書くものではなく、思想するものの日常で書かれるものだから、モノ（具象）を失うことは、俳句の基盤を失うことでもある。しかし、日常そのものを書くだけでは足りないから、言葉（抽象）を軽視することはできない。それどころか、双方のあいだの生きた交流が必要なのだ」という意味のことを述べている。

巷間言われる「もの俳句」は、実は「こと俳句」との対比で論じられている。最近、堀切実が秋元不死男の「俳句もの説」を、それへの反論をも交えて解説している（「汀」平成二十七年七、八月号）。

八、造型論

兜太の俳句論で欠くことのできない論に「造型論」がある。簡略化して言えば、「対象と自分との直接結合で俳句を詠んだのが従来の方法。造型論は、対象と自分の間に創る自分を置いて、素材や作者内心の風景だけを現実と見るのではなく、感覚を通して自分の環境と客観的存在としての自分との両方に接触しつつ、意識に堆積されてくるものを、現実として尊重し、これを表現するのが現代俳句の新しい在り方だ」と言った。その例として、既出の名句がある。

彎曲し火傷し爆心地のマラソン

一方、筑紫磐井は兜太の造型論の微妙な進化と俳壇史の係わりを説明しようとしている。昭和三十二年の初めの「俳句」における「俳句の造型について」と昭和三十六年の「俳句」の「造型俳句六章」、さらに岡井隆との共著『短詩型文学論』の間に、社会性俳句の隆盛・前衛俳句の勃発・現代俳句協会の分裂があった、と筑紫は言い、この間に、「造型」という言葉が「表現」ということばに変わって行き、さらにこれが、最近では「映像・イメージ」という言葉になって来た、と言う。より、分かりやすくなってきたように思う。

このあと、安西の整理では、兜太の第四、五期として、次のよう書かれている。

第四期　前衛・保守の対立図式が収まる平成元年ころまで、現代俳句協会会長時代。

夏の山国母いてわれを与太《よた》という　『皆之』（昭和六十年）

第五期　今日まで。多くの賞を受け、病を克服し、ますます存在感を深めて行く。

おおかみに螢が一つ付いていた　『東国抄』（平成十年）

津波のあと老女生きてあり死なぬ　「俳句」（平成二十三年五月）

九、名句

兜太には数多くの句集がある。第一句集の『少年』から第十三句集『東国抄』までは、『金子兜太集』全四巻（筑摩書房、平成十四年四月）に収められており、その後第十四句集

『日常』が平成二十一年六月にふらんす堂から出されている。一方、自選集には自筆染筆入りの『金子兜太自選自解99句』（角川学芸出版、平成二十四年五月）や『いま、兜太は』（岩波書店、平成二十八年十二月）などがある。その他、池田澄子（『兜太百句を読む』ふらんす堂、平成二十三年四月）による他選集もある。この間の人口に膾炙している句の幾つかを掲げよう。

木曾のなあ木曾の炭馬並び糞《ま》る　『少年』

白い人影はるばる田をゆく消えぬために

朝はじまる海へ突込む鷗の死　『金子兜太句集』

銀行員等朝より螢光す烏賊のごとく

華麗な墓原女陰あらわに村眠り

霧の村石を投《ほう》らば父母散らん　『蜿蜒』

人体冷えて東北白い花盛り

犬一猫二われら三人被曝せず　『暗緑地誌』

谷に鯉もみ合う夜の歓喜かな

暗黒や関東平野に火事ひとつ

梅咲いて庭中に青鮫が来ている　『遊牧集』
猪《しし》がきて空気を食べる春の峠
夏の山国母いてわれを与太《よた》と言う　『皆之』
おおかみに螢が一つ付いていた　『東国抄』
長寿の母うんこのようにわれを産みぬ　『日常』

十、一茶

兜太にとって大切な俳人は大勢いるが、中で一番熱心に研究したのが小林一茶であった。秩父と柏原が山越えの地続きであるとの意識があるせいか、一茶の作品もさることながら、その生き方「荒凡夫」に魅力を覚えている。『金子兜太の世界』（角川学芸出版）で、矢羽勝幸は、「二人の共通点を言えば、権力不服従、〝異端〟と目されたこと、自然諷詠より、社会や人間のナマの現実を詠んだこと（季語の軽視）、土の匂い等々が挙げられる」としている。

しかし、筆者（＝栗林）は違う点も大いにあると思う。それは、一茶が他力本願的であるのに反し、兜太は自力でまずは努力しているではないか、という点である。それに、兜太の場合は野性味の中にインテリジェンスを感じさせてくれる。

一茶を研究する以上、一茶が影響された中国の『詩経国風』を読まねばならないと、兜太は思った。それで中国の時間を超越した空間の大きさを知り、大いに啓発された。それが、兜太が、時間よりも空間志向になって行く要因ではなかったか。死生観にもつながって行くのではないか……と塩野谷仁は『兜太往還』で解説する。

安西篤の『現代俳句の断想』によれば、一茶から得たものは、①生な存在状態のはたらき―生理的な感応から心理的な感応へ、であり、もう一つは、②自然《じねん》なる姿へのもとめ―「荒凡夫」の生き方である、という。①は造型俳句論にも通じ、②はアニミズムに通ずる。

十一、最近の兜太論

論理的な「造型論」からしばらくたって、兜太は「衆」を意識し始めたような気がする。一茶や山頭火研究の影響であろうか。「衆」への意識はさらにアニミズムへと進んだようにも思える。考えてみれば、兜太の俳句との向き合い方は「造型論」という知的な専門的な論から、「けもの感覚・いのち感覚・アニミズム感覚」という風に、「感覚」重視のしかも「衆」を意識した向き合い方に変わって来た、と見るのは間違いであろうか。

最近刊行された『いま、兜太は』（岩波書店、平成二十八年十二月）には多くの兜太論が収録されている。中から興味ある二人の論を抄録しよう。田中亜美と筑紫磐井である。

田中亜美〈霧〉のみちのり――金子兜太の「古典」と「現代」

田中はまず兜太のごく初期の短編小説風の散文（「寒雷」の昭和十七年九月号）を掲げる。内容は鉄製の狸の像が、戦時ゆえに軍に供出されるストーリーである。『狸の應召』という表題だが、舞台は秩父。当然、兜太は自らの応召にも想いを馳せている。

素晴らしい写生文のようにみえるこの散文を田中は、古典的な趣があると言う。それは、兜太の性質《アンラーゲ》の面が出ているものであるのだが、兜太自身が「善良と言うものは本来的な性質《アンラーゲ》であって、ここから善意とでもいうべき社会的な性格《カラクター》に展開しない限り、それを支え切ることはできない」と言うように、兜太はその後、アンラーゲとの親和性の強い散文作品『狸の應召』の（ような小説への）線を追わず、自らのカラクターを強化するために評論の分野を選んだ、と田中は結論する。

つまり兜太は（本来アンラーゲ的でありながらカラクターを追うことにしたという）〈自己矛盾〉を抱えながら、それを克服してあらたな〈自己生成〉を果たして行った、と言い、そのあたりのうつろい揺れ動く過程こそが、兜太の本質を成しているものだと主張する。

田中は、そのことを兜太の〈霧〉を含む作品を挙げながら実証しようとする。（本来的な）アンラーゲと（目指すべき）カラクターが亀裂を生じながら、無意識のレベルにおいて融合するのが〈霧〉というモチーフだと言う。兜太は〈霧〉の句を、一般の俳人にはあり得ないほど多く作っている。季語としての〈霧〉だけでなく詩語としての〈霧〉でもある。そして田中は、多くの〈霧〉の句を挙げ、最後に

霧に白鳥白鳥に霧というべきか　『旅次抄録』

を解説する。この句は、言葉から言葉へと移行／翻訳させるよりは、写真や絵画に置き換えた方がよいのではないかとさえ思う。あるいは、俳句や文学と限定しなくとも、一つの呪文として、あるいは、美しく、謎めいた音楽として受け取って良いのではなかろうかと言う。それはイメージとしての、俳句の〈造型〉を主張し、実践してきた兜太の輝かしい到達点だとしている。

筑紫磐井

筑紫は、「俳句という価値観に浸りすぎると金子兜太の価値が見えなくなる」という。せめて漱石程度の視点から眺めて見なければ正解はない。兜太研究を数年続けて来た筑紫は、漱石流の文学的内容の（詳細は省略するが）F（観念）＋f（情緒）という形式で喩えれば、兜太の俳句のfの本質は「〈非人間的俳句〉に対する怒り」だという。長い俳句

作家活動の中で、兜太にも俳句趣味がないわけではないが、それは本質ではない。もっと激しく、戦略的で長期的なのは、この怒りである。

造型俳句・前衛俳句以降、兜太は緻密な論理的究明よりは、実作の指導原理を尊重している。理論というよりは過去の俳句史を踏まえて、芭蕉を越えた俳句実作の可能性の根拠を求めたのである。この時期の兜太のキャッチフレーズを挙げれば、①ひとりごころとふたりごころ　②孤こころと連帯　③くろうととしろうと　④アニミズム　⑤荒凡夫　⑥存在者、などを経て現在にいたる。しかし、そこには造型俳句論でみせたほどの論理的緻密さはない。

このなかで最も説得力を示し、かつ後期の兜太の手法を代表的に示すのは「ひとりごころとふたりごころ」という対比観念であろう。芭蕉は「ひとりごころ」を脱出できなかった男、一茶は凡愚に徹しながら「ふたりごころ」に溢れた男である、と兜太は思っている。ここに至る論述や評伝は少し食い違いがあって、若き日の造型俳句論の緻密さとは異なっている。矛盾はしていないが、兜太研究の方法は大幅に変わらないといけない。

兜太も作者として成長・変貌するのであり、前期のストイックさから後期の総合へと自己を拡大している。これからも成長するであろう。兜太を観察・研究する我々は、前期と後期を結びつける理論を発見せねばならない。そんな中で筑紫が見つけ出したのが、(兜太の俳句の根本は）「〈非人間的俳句〉に対する怒り」である、という断定である。これからも兜太のこの怒りは変わらないであろう。

この「〈非人間的俳句〉に対する怒り」という断定は新鮮に響く。

十二、健康志向

がらりと変わって、兜太の養生訓を勉強しよう。文献としては日野原重明・金子兜太共著『たっぷり生きる』（角川学芸出版、平成二十二年八月）や、黒田杏子著『金子兜太養生訓』（白水社、平成十七年十月）が参考になる。

兜太の長寿の要因を考えるに、すぐに幾つかあげられよう。まず、

・良きＤＮＡを受け継いだ。ご母堂は一〇四歳まで存命。

・長生きの努力と工夫を実行している。父伊昔紅はトイレに起きて亡くなった。兜太は尿瓶を愛用することでそのリスクを回避している。つまり、万事に気をつけている。

・食事に気をつけ、酒も止め「どの本能と遊ぼうか」と詠んでいるくらいである。

・掛かり付け医師の言うことをよく聞き、きちんと薬も飲んでいる。

・急がない、怒らない、よく眠る。ゆっくり食べる、無理をしない、という生活態度。

・家族と同居で、特にお嫁さんに気を遣ってもらっている。金原まさ子もお嬢さんが近くにいる。これは大きな長生きの条件。

などであるが、とりわけ最重要な要因は

・「運が良い」であろう。大きな病を克服している。

特に、家族との同居は大きな長寿の要因である。皆子夫人の句集『下弦の月』のあとがきで兜太は「息子夫婦に迷惑かけるから、私（みな子夫人）が先に逝く訳にはいかない。まわりの人からも『金子は奥さんが逝ったらすぐだ』と言われている。ここまで来たのだから最後まで面倒掛けると言えばよい」と夫人から言われた、と書いている。

聖路加病院の名誉理事長日野原重明との対談も興味が持てた。なにせ一〇四歳の証言である。対談から五年経っている。五年後にまた対談を……とあったが、ぜひ計画して戴きたいものである。

十三、生死観

兜太自身の死生観はユニークである。色んな所で話され書かれているが、兜太の語録の中に「死ぬ気がしない」という一言がある。狼を詠んだことに触れながら、狼は空間のものであって、そこには時間というものがない、と言う。時間は人間が勝手に作ったものであるから、むしろ、狼の生の空間を自分の中にも獲得したい、と願う。中国の林林さんの「天人合一」にも通ずるのだろうが、生と死はそのまま続いていて、大きな空間を形作っている。だから、死ぬ気がしないという。時間ではなく、空間志向の人である。（以上、塩野谷仁著『兜太往還』より要約）

十四、キーワード

兜太にはたくさんのキーワード、キャッチフレーズ、語録がある。前節の「死ぬ気がしない」もそうである。俳句の上で、すぐ思い出すのは、「社会性とは態度の問題」「土がたわれは」「生きもの感覚」「存在者」「天人合一」「ひとりごころとふたりごころ」「くろうととしろうと」「アニミズム」「荒凡夫」「時間と空間」「言葉をしゃぶる」などなどいとまがない。

一般社会向けには「アベ政治を許さない」もある。

ここでは「アベ政治を許さない」と「アニミズム」にだけ触れておこう。

十五、アベ政治を許さない

平成二十七年、国会で安保法制が問題になったとき、「アベ政治を許さない」のプラカードが一世を風靡した。兜太が澤地久枝の要請に応えて書いたもので、国会にまで取り上げられ、議論されたのだった。

兜太はトラック島での実戦の悲惨な経験から、これまでも反戦を強く叫んでいる。九十七歳を超えた今でも方々へ出かけていって、反戦を説いて回っている。それが自分に課せられた義務であり、理不尽に殺された仲間への詫びの積りだという。明治大学で兜太と黒田杏子の対談（平成二十八年五月二十六日）があった。反戦を訴えるものであったが、そこに元首相の村山富市が飛び入り参加し、安保法制に苦言を述べていた。今の国会議員に戦争を知っているものがいないことを嘆いていた。

安保法制は国会を通過し、集団的自衛権も、制約条件はあるものの、行使出来るようになった。国民は戦争への道を心配している。

十六、アニミズム――私論を含めて

以前、兜太は「西洋は対物」的だと言っている（『悩むことはない』、文藝春秋、平成二十五年十月）。西洋の童話では、人間が罰として動物に変えられたりするが、日本では、逆に動物が温かい気持ちで人間になったりする（鶴の恩返しなど）。このように兜太の心根には人と動物との対等な交流意識があるようだ。アニミズム的ともいえる。

中沢新一がアニミズムを分かりやすく解説している（「現代俳句」平成二十八年二月号）。

未開人のアニミズムは西洋のそれとは違っていて、説明では、

「宇宙をあまねく動いているもの」これをかりに「霊」と呼び、英語では「スピリット」と呼ぶことにしましょう。このスピリットは宇宙の全域に充満して、動き続けている力の流れです。この「動いているもの」が立ち止まるとき、そこに私たちが「存在」と呼んでいるものが現れます。立ち止まり方が堂々としていて、何千年の単位で立ち止まっているものは石と呼ばれ、二百年ぐらいの単位で立ち止まったスピリットは、木というものになります。りっぱな木や石に出会ったとき、インディアンは石や木そのものでなく、その背後に流れている大いなる「動いているもの」に向かって祈りを捧げるのです。

同じようにして、四本の足を持って地上を動くことのできる形で数十年立ち止まることになれば、それが動物になる。空を飛ぶ鳥になるスピリットもある。もちろんそこには人間もいます。大いなる「動くもの」が人間という存在として立ち止まったから、そこには人間がいるわけです。

とある。日本人の、特に俳人が納得するアニミズムは、中沢の言うこのアニミズムに近く、ヨーロッパの（「もの」と人間を二元的に考える）西洋アニミズムとは違っていることに気がつくのである。

以下は筆者（＝栗林）の愚考なので、読み過ごしていただいて構わないが、この考えを敷衍すると、木や石を加工した机やお地蔵さんもアニミズムの範囲に入ることになる。これは分かる。だが、石を拡張してウラン鉱石を考えてみると、これがスピリットの化身だと認め、これを人工的に加工して作り出した核燃料もプルトニウムもセシウムも霊の化身であるとなり、これは行き過ぎではないではなかろうか。つまり、万物がスピリットの化身であるとはいえ、アニミズムの範囲は、自然に限りなく近いもので、畏敬の対象になりえるもので、かつお互いにフレンドリーなものという暗黙の了解があるのではないだろうか。

中沢新一は学問としてのアニミズムを上手く説明してくれてはいるが、自身が熱烈なアニミズム教の信者であるかどうかについては、今一つはっきりしない。その辺ところを、筆者はいつかもっと知りたいと願っている。

思えば、俳句の世界では特異とも思われる考え方が支配的になることがある。例えば「写生」という方法である。美術の世界では「写生」を超越した流れが発展しているが、俳句の世界では「写生」が方法の域を超えて重要視され、玉条化されている。アニミズムも、たとえ宗教的には忘れ去られたものであったとしても、俳句を詠むものの万物を視る心の基本として、おそらくは末永く生き残って行くのかも知れない。

筆者の共感句抄

きよお！と喚いてこの汽車はゆく新緑の夜中
白い人影はるばる田をゆく消えぬために
朝はじまる海へ突込む鷗の死
銀行員等朝より螢光す烏賊のごとく
粉屋が哭《な》く山を駆けおりてきた俺に
霧の村石を投《ほう》らば父母散らん
三日月がめそめそといる米の飯
人体冷えて東北白い花盛り
谷に鯉もみ合う夜の歓喜かな

二十のテレビにスタートダッシユの黒人ばかり
暗黒や関東平野に火事ひとつ
梅咲いて庭中に青鮫が来ている
猪《しし》が来て空気を食べる春の峠
夏の山国母いてわれを与太《よた》と言う
おおかみに螢が一つ付いていた
合歓《ねむ》の花君と別れてうろつくよ

四、俳句の革新――伊丹三樹彦

伊丹三樹彦　大正九年三月五日生まれ。平成二十八年末現在　九十六歳。

伊丹三樹彦は、昔から俳壇の「異端児」あるいは「革新児」と呼ばれていたことを隠さない。現在、氏は尼崎市に住み、毎日、俳句とエッセイ執筆をつづけている。出版も、今なお盛んである。

筆者愛好の三樹彦作品には、次のようなものがある。

長き夜の楽器かたまりゐて鳴らず　『仏恋』

いつも誰かが　起きてて灯してて　落葉の家　『樹冠』

古仏より噴き出す千手　遠くでテロ　『樹冠』

俳句を始めたのは昭和十年で十五歳のときだった。俳誌「水明」に投句し、長谷川かな女の選を受けた。昭和十二年には日野草城の「旗艦」の句会に初参加し、神生彩史らを知る。草城との初対面は、昭和十三年で十八歳の時の「旗艦」月例句会。二十歳で兵役検査乙種合格、十六年に高槻の工兵隊に入隊。この年、「旗艦」は新興俳句弾圧のあおりを受けて終刊した。

戦後、昭和二十年十月、日野草城を豊中市桜塚に訪ね、俳壇復帰を懇請するも、取り敢えず、ガリ版刷りの同人誌「まるめろ」を立ち上げる。「旗艦」の後継誌が実現するのは昭和二十四年十月のこと。俳誌名は「青玄」であった。爾来、三樹彦は草城一筋に俳句の道を歩む。昭和三十一年一月、草城永眠。「青玄」の発行人は従前通り三樹彦が務める。

この後、国内外を東奔西走、旺盛な俳句・写俳活動を続けていたが、平成十七年七月、静岡の句会に出講中脳梗塞で倒れる。入院、リハビリ通院の末、奇跡的快復。「青玄」六百号記念祝賀会に出席、全員が祝意を表した。翌平成十八年一月、「青玄」は六〇七号にて終刊。同九月、後継誌として季刊誌「青群」が長女の伊丹啓子を編集発行人として創刊。三樹彦は顧問となる。

三樹彦の句集や写俳集は数限りない。大部な『伊丹三樹彦全句集』は、続編を含めて豪華そのもの。また写真術はプロ並である。書も立つ。

俳句業績の顕彰も数多く、第三回現代俳句大賞を平成十五年に受けた。

平成二十六年十二月、最愛の妻で俳人・詩人であった伊丹公子長逝。

筆者は、平成二十七年二月、尼崎市の氏のご自宅を訪ねた。とても異端児や革新児のようには見えない人懐こい振舞の髭の豊かな氏であった。こまごまとした世事を超越し、好きな俳句に、残る人生の全時間を捧げている三樹彦氏に、斯界の大先輩としての、歯に衣着せぬ俳論を伺うのが目的であった。

一、日野草城の破門のこと

――まず手始めに師であられた日野草城について伺います。草城が虚子に破門され、その後許されますね。一般には、草城が涙ながらに喜んだ、となっていますが、実際はどうだったんでしょうか？　内心許されなくとも……という感じはなかったのでしょうか。ごくお近くに居られての印象は？

三樹彦　喜んでおられましたよ。そのときの句に、「虚子先生を草舎に迎ふ」との前書きつきで三句ありますよ。

新緑や老師の無上円満相
先生の眼が何もかも見たまえり
先生はふるさとの山風薫る

筆者注　三句目には啄木の短歌を引いて「ふるさとの山にむかひていふことなしふるさと

の山はありがたきかな」との前書きがある。

三樹彦　俳句に関する考え方の違いはあっても、師は師であるとの気持が強く、感激の対面だったですね。

筆者注　昭和十一年十月、三十六歳で「ホトトギス」を除名された草城は、約二十年後の昭和三十年一月、五十五歳にして、再び同人に推されている。阿部みどり女、長谷川かな女ら四十七名の一人とし、草城もこれに加えられたのである。推挙の「社告」には虚子の次の一節がある。

　今度又、新に同人に推薦したのは、曾て推薦すべく或る事情でしなかった人、又一度同人であった人が、或る事情でさうで無かった人、等を推したのである。併し後に言った方は今更といって快く思はない人があるかもしれん。さういふ人があれば早速取消す。現に推しても多分迷惑であらうと推量した人は推さなかったのである。

草城と同時に除名された杉田久女は既に他界していたが、吉岡禅寺洞は健在であった。しかし復帰を許されていない。このときのことを禅寺洞は次のように回顧している。

草城君は、私と連座でホトトギス同人を除名されていたが、生前復帰させられた。これは病草城に対する虚子翁の恩愛とでもいうのであろうが、ホトトギス同人を除名された理由の一つである無季俳句を（筆者注＝草城君は）枉《ま》げなかった。そこに彼の内剛が、信念が、ある。彼はその信念までもすてて、ホトトギスへの復帰をしたのではない。彼の復帰は、たとえ虚子翁の仕打ちがどうであろうとも、恩師とする虚子翁に対する、彼の人間的な思いによるものでなければならないであろう。彼の意志が病弱に負けたとは、私は思わない（「俳句」昭和三十一年五月号より）。

三樹彦　俳句観は俳句観として、師は師として、草城はそう受け止めていましたね。特に無季俳句を容認する考えは変わっていませんね。私もね、俳人協会元会長の安住敦や幹部の岸風三楼らに協会に参加するよう直接慫慂されましたが、会規として無季俳句を作るものは入会御免でしたから、参加しなかったんですよ。

私は尼崎の公民館活動の一環で俳句教室を持っていましたが、そこで子供たちに俳句を教えることもありました。無季俳句もあったんです。ある日、それを聞いていた父兄がいましてね、「こんな俳句を教える講師は困る」って抗議を受けましたよ。

二、俳句の型と季語

——俳句で、まずはじめに必要なのは五七五の「定型」ですね。表記は一行書きでも、三樹彦先生のような分かち書き（切れ間表記）でも、重信の多行表記でもいいですよね。私見ですが、その次の約束が「季語」だと思って良いでしょうか？　この約束は「定型」よりはおおらかで、場合によっては無季でも超季でも良い。先生のお考えも、そう考えて宜しいでしょうか？

三樹彦　そうですよ。俳句は「十七音詩」なんです。これに尽きますね。季語が絶対無きゃならないという現在の俳句の世界は右傾しすぎています。私は、昔も今も闘ってきています。この間「宇宙」という雑誌を戴きましてね、山口誓子系の結社ですね。それがね、誓子の俳句観を再録していました。それによれば、俳壇は三部制の展覧会だ、と言っていますね。

第一部が伝統俳句。有季ですね。第二部は超季俳句。第三部は自由律だ、と言うんですよ。今は、第一部が圧倒的に流行している。昔はね「ホトトギス」は総合誌などでは非流行だったんです。ホトトギスの作家はあまり採用されなかった。それが今は反対に隆盛ですね。たとえば、今は、私なんかは無視されている。その原因を考えれば、季題制度で、出版社の歳時記が売れる。歳時記が無くても俳句を作れる私たちは冷遇される。私たちは季語が無くても詩語があれば作れますからね。

日野草城が死んだとき、新聞社が草城の俳句業績を誓子に訊きました。誓子は「草城の遺産ははみだし仕事だ」と言いました。つまり、誓子は超季を認めていたんですね。誓子自身は超季を遣りませんでしたが、理解者でした。

――誓子は戦火想望俳句を奨めていましたね。ところで、俳人協会は有季を社是としていますから、それはそれで立派な思想・見識だと思うのですが、現代俳句協会は今の状態で宜しいのですかね。金子兜太先生や宇多喜代子先生のお考えをお聞きしたいですね。

三樹彦　兜太さんも選では比較的伝統俳句的なのも取っていますが、季題の有無は問うてはいません。宇多さんは、片山桃史の研究が有名ですよ。桃史といえば草城の弟子ですから、無季に対する理解は十分ありますよ。

筆者注　このインタビューの後、筆者は、金子兜太氏の最近の文章に接した（「俳句」平成二十七年四月号）。その趣旨をまとめてみよう。


鈴木六林男の〈暗闇の眼玉濡さず泳ぐなり〉を無季句だと書いたら、「泳ぐ」は季語だと叱られた。その後、いやあれは無季の句として読むべきで、その方がインパクトがある、という意見をいただいた。説得力がある。

「泳ぐ」を季語として読むか、小生（兜太）の言い方では「事語」として読むかということだが、結論は、そんな算術のような読みではなく、「詩語」で読めばよい、と小生はいま思い定めている。

季語だけにこだわり、これを世界にひろめたいと言いふらしている人の浅はかさを笑いたくなる。少くも欧米の人の詩への関心は、俳句のような「極力短い詩」にあるのではないか。

大須賀乙字は季感を形成する中心的景物を「季語」とする、という新しい定義を下した。これに「事語」を加えて、俳句の創り出した「詩語」としたいのである。

筆者注　この意見に三樹彦氏も意を強くされるのではなかろうかと思い、後に問い合わせた。氏は次のようにコメントしてくれた。

三樹彦　私は「超季以て俳句は世界の最短詩」のスローガンで日本文化を輸出したいのです。とにかく、一般の結社の先生たちは、時代の流れのままになっているんですなあ……。いやあ、私は無季ではないですよ。超季ですよ。今度ね、私の海外詠ばかりの句集を出版しましたが、全部超季俳句ですよ。題して『海外俳句縦横』で、その多くは無季句です。海外の俳人たちは無季が多いですよ。俳句の世界遺産化が言われていますが、議論するにはいい機会ですね。

――もう一つ、最近読んだ面白い論を紹介させて戴きます。それは「連衆」平成二十七年二月号の巻頭言（五島高資による）で、要旨は次の通りであります。

高浜虚子は『俳句の進むべき道』において、「俳句」の必要条件は「十七文字」「季題趣味」であると唱導した。もっとも、これに穎原退藏は「俳諧は本来決して季感文藝ではない」と反論している。つまり、今日における「有季定型」を金科玉条とした「俳句」とは、虚子が勝手に定義した一流派の俳句に過ぎないのである。こうした近代俳句が定着してそろそろ百年を迎えようとしている現在、もう一度、私たちは「俳句」とは何かという根本に立ち返らなければならない時期に来ているのではないだろうか。

筆者注　つまり、①五七五を基本とする韻文形式　②詩語の連想性と文化的共有感覚からの詩的創造性　が基本であり、現在の弊害は　③旧態依然とした「結社制度」にある、と五島は厳しく批判する。

三樹彦　そうですね、結社は同人誌的要素を加えることで改良できる。でなくては新しい作者を作り得ないですよ。「青群」は半結社・半同人誌の融和と伊丹啓子は称えています。

――幼少の頃から反骨精神旺盛だったようですが……。

三樹彦　思い出せば大きく三回反抗しましたね。父親とは確執がありましてね。第一回目は、私は旧制時代でしたから神戸一中などの中学校へ行きたかったんですが、親父は実学が良いといって工業学校に行かされた。それで、あんまり勉強しないで俳句ばっかり遣った。二回目は、親爺からお前の嫁は決まっている、と言われて反抗。意思を通して伊東きみ子（伊丹公子）と結婚。お蔭で三女と孫四人に恵まれ、仕合せな家庭だった。三回目は、軍隊で上官の命に従わず部下を自由にしていたので、お前の部下たちは使い物にならないと叱られ、炊事係にされてしまった。決して部下を撲らなかった。

こんな性格だから、俳句の世界でも反骨が目立ったと思う。「俳句界の異端児」とか言われたり、無視されたりしましたね。でも一貫して、俳句は「十七音詩」で「超季」の立場は変わらないですよ。今は、ホトトギスの非現代的なルールが蔓延しているだけです。ルールに縛られるのが好きな人と、そうでない人との差ですかね。ルールに従えば、つまり、季語があれば俳句になる、ということはありますがね……でも、安易に季語を入れて俳句だと安心するのは如何なものでしょうかね。

無季と超季は異なります。有季・無季を問わないのが超季です。なお、表記の分ち書きですが、字間空けの所を、私は切れ間と表現しております。切字の「や」「かな」「けり」を使わなくても、切れ間がある、という訳です。なお、口語文体も現代語文体として語りたい。

さらに、俳句運動には、別途、写真、書道、音楽、朗読とのコラボによる方法もあります。私は写俳、書俳、音俳、誦俳と呼称し、実行しています。写俳亭の別号を持つ通りです。俳句オンステージも既に実演している通りです。なお、伊丹公子は俳句と詩の両面創作をしました。私も詩や短歌や川柳の影響を受けています。それらのコラボですね。

私は、異端児と言われながら、実は、正統児だと自負しているんですよ。

三、戦前・戦中・戦後の「旗艦」系のこと

――俳句を始められたころのことを、もう少しお訊きしたいのですが……。

三樹彦　工業高校にしろと言われ、往復四時間の汽車通学をしました。すでに戦争は中国大陸で拡大していて、学校教練の配属将校の眼がいつでも光っていました。黒い制帽に白いゲートル。日清、日露の兵隊の装いでした。銃をかついで行進する上級生は恐ろしく、事実、集団制裁を受けることもありました。そんな中で、文芸への欲求が強まり、同級生に呼びかけて「春星俳句会」を作り、「水明」同人の久岡杏南子の指導を受け、私は笛秋

という俳号をもらいました。

――最初から伊丹三樹彦じゃなかったんですね。

三樹彦　そう。そのころ、新興俳句が胎動しはじめ、日野草城が「旗艦」を主宰し、自由で新鮮な作風を示していました。そこに転向し、伊丹三樹彦を名乗りましたが、リベラリズムを曲解した特高警察に狙われて、草城は身を引きました。

私は、神戸市役所の公務員から、姫路師団の軍属となり、昭和十六年、高槻工兵隊現役兵となって、軍事国家の枠組みにはめ込まれていました。初年兵時代の私のもとへ届く手紙類は俳句関係の通信ばかりで、内務班長や古参上等兵からにらまれ、殴られる回数は中隊一番でした。のち、炊事班長になって、今度は班長室句会を設け、飢えている兵隊を食べ物で釣って句を作らせたものです。

高槻での演習はきつかった。漕舟というのがあってね、鉄舟の錨を川中に投じ、錨綱が伸びきったところで上流に向かって漕ぎだすんです。舟はさっぱり進まない。上流の中書島や宇治を目指す日は、もっと悲惨だ。舟長は一番乗りを目指すので漕方は漁師出身の兵を指名する。文弱で罵られ通しの僕などは、せいぜい垢水取りの役。ときに櫓や棹が流されたら、直ちに飛び込んで取りに行く。

船も棹も漁夫上りの兵　吾《あ》は塗取《あか》り

鉄舟漕ぎ覚えただけの　工兵歴

俳誌「俳句研究」のことも少しお話ししましょう。創刊号を手にしたのは、先ほどの杏南子が購入したものだった。天下の改造社が俳句の総合誌を発行する時代になったのかという驚きは忘れない。その「俳句研究」に連作「ミヤコ・ホテル」を発表したのが日野草城だった。僕が「水明」を離れ草城の「旗艦」に転じたのは、果たして運命の悪戯であったのだろうか。かくて「水明」から「旗艦」へ乗り込むための変名として伊丹三樹彦のペンネームを仕立てた。以後、伝統俳句の笛秋とは完全に決別して、新興俳句の系譜を一貫して貫いてきた。草城が「俳句研究」で雑詠選者のとき、次の句が特選になりました。

十字切る一家もっとも少女しろき

――分かち書きじゃないですね。

三樹彦　それはもっと後。この句は、神戸の外人墓地一連の句です。が、既に戦火は中国大陸に、やがては太平洋にと拡大され、俳誌の殆どは発行困難になって行ったね。敗戦時、神戸も大阪も焼け野が原でした。三宮の高架駅から見下ろす駅前広場は、浮浪者の溜り場となっていたもんです。その頃の句です。

機影見ぬ空青過ぎる　終戦日
橋で焚く香煙くぐり　終戦日
小磯も嗣治もだ　不承不承の戦争画

広島・長崎の原爆も痛ましかった。原爆忌の句も、のちに沢山詠みました。

人影を石に残して　原爆忌
語り部は涙拭わず　原爆忌
原爆館出て暫くは　もの言えず

僕の俳句の眼は、戦後社会の状況詩へと次第に傾斜しました。戦後の「旗艦」復刊を夢見た僕は、その努力をしましたものの、結果は、安住敦が「春燈」編集人に、富澤赤黄男らが「太陽系」といった塩梅になり、かつての主宰草城は浮く恰好となった。そこで身近の小寺正三・桂信子・楠本憲吉・伊丹公子と「まるめろ」を創刊し、草城を迎えたんです。同人誌でしたから、草城の選句欄は設けなかった。そののち、草城の主宰誌を大阪で出そうという篤志家が現れ、草城の要請に基づき、僕らが「まるめろ」を解き、「青玄」を創刊し、それに参加したということ。それが昭和二十四年でしたね。「青玄」は草城没前後から、僕が面倒を見て来た。しかし、病で退いたのが平成十八年、六〇七号だった。それから長女の伊丹啓子が後継誌「青群」を東京で創刊してくれた。——西から東への新興俳誌の一大歴史物語を聞くようですね。今日は、超季というか、現俳壇に物申すというような強いメッセージを戴きました。有難う御座いました。これからも、ご健勝にて、多様な俳句活動を期待しております。（完）

（平成二十七年二月二十八日、南塚口の伊丹先生のご自宅にて）

後日、伊丹三樹彦さんから次の二件の追加的メッセージを戴いた。

今昔の仲間

俳句は庶民文学である。難解詩ではない。芭蕉や蕪村の古典句でも、さして難しくはない。新興俳句運動の指導者だった日野草城も自句集の再版時は、漢字を仮名書きにする作業をされた。私は表記の分ち書きを敢行した。棒書き表現よりも一般読者に理解し易い方法を採ったのだ。書家からも先ず賛成の声を聞いた。書家は俳句を揮毫するに当って、正しい読解が必要だからである。文語表現もなるべくは口語（現代語）で行いたい。季語の有無も気にしない。無季でなく超季である。世界の最短詩として、外人にも興味を持たれる俳句の現在は定型詩一本でよろしい。春夏秋冬のない国は多いのだ。季を越える俳句は海を越えても作られるのだ。彼らは花鳥風月に終始する日本人より、ずっと自由な新精神で俳句を愛するのだ。私は『海外俳句縦横』なる句集を出したばかりである。もう一つは『存命』なる句集で、これには超季俳句の一章を巻初に据えた。私は脳梗塞で倒れたため、半世紀も編集発行した「青玄」を降りて涙した。しかし、俳句のお蔭で、今回の取材などを通じ新しい理解者にも巡り合った。これを掲載する「円錐」の澤氏は、昔の仲間で嬉しい存在だ。

平成二十七年夏

追記

二〇一七年で私は九十七歳になった。「まるめろ」同人の正三、憲吉、貞夫、信子、公子は皆、故人となった。そして私は唯一の生存者だ。故郷の三木市有志の要請で市立図書館主催の講演会には市民一五〇人が集まった。今や俳句は日本の文化財としてグローバル化の時代を迎えた。私は記念に作った帰郷俳句が二百を超えている。幼少期の回想だから八十年前の思い出で作った。その中では超季句が半数を占めているのに吾乍ら驚きもした（中略）。

昨年に出した句集『当為』は世界俳句協会の夏石番矢が句集賞を呉れました。正に題名通りの作品を認めてくれたのでしょう。神戸新聞に三十四編連載した「わが心の自叙伝」が沖積舎刊で明日届く予定です。長女の啓子が同舎主と結婚してるので、何かと案じてくれます。公子亡き部屋を俳句用としてＤＶＤ・ＣＤ・アルバムを揃えましたので又お越し下さい。

余談乍ら、二〇一七年は、１７、十七文字の歌として、俳句の当たり年になりませんか。短歌がミソヒト文字なら、俳句はトオナナ文字ですから。

それと、俳句は自伝詩とも考えます。また柳俳の違いは、川柳は感興詩、俳句は感動詩で見分けたいです。

平成二十九年一月二十三日

その後、この稿の脱稿間際にお手紙を戴いた。それによれば半月あまり入院しておられたとのこと。肺炎であった。お年を召した方の肺炎は怖い。しかし、ベッドの上で、どんどん俳句を書かれたようだ。その二十句の中に次の一句がある。

珊瑚忌の　枕を抱いて　寝落ちしか

珊瑚忌とは、最愛の妻伊丹公子さんの忌日のことである。

平成二十九年三月二十八日

筆者注　この節は、初出の「円錐」版に加筆し、編集してあります。

筆者の共感句抄

甘酒に　いま存命の　一本箸
長き夜の楽器かたまりゐて鳴らず
てのひらに予言の重さ　寒卵
ふるさとの等身大の藁塚を抱く
お針子を姉と慕いし　彼岸花
綿虫が目に入る泪　喪の故郷
遺影存す　猫抱くかな女は芙《ふ》蓉《よう》の庭

遅刻早退の草城　ときには咳
憂き臑《すね》を一匹の蟻《あり》登りつむ
第一乙種合格その夜逢ひに出づ
新兵のなべて愛《かな》しき頭ぞ寝まり
征《ゆ》くに洩れ征くに洩れたる身に秋かぜ
香煙攻めの横丁や路地　終戦日
弟子貧しければ草城病みにけり
屍室まで抱きゆく菊を看護婦嗅ぐ
亦も肩をすくめて　失語の　落葉のパリ

五、今、書かねばならないこと——小原啄葉

小原啄葉　大正十年五月二十一日生まれ。平成二十八年末現在　九十五歳。

小原啄葉の人口に膾炙している句は、何といっても、

海鼠切りもとの形に寄せてある

であろう。確りした写生句で、かつ俳諧味豊かである。他の筆者の好きな句には、

脱ぎ捨てしものの中より子猫かな
にはとりが畳をあるく夕立かな

などもある。巧まないユーモラスな句である。
その啄葉が最近刊行した句集『黒い浪』（平成二十四年五月）、および『無辜の民』（平成二十六年十一月）はいずれも重々しい戦争と震災がメイン・テーマで、以前までの句集との句柄の違いが大きい。氏の身中の何かが氏を突き動かして、このような句集を上梓するに至ったのであろう。

そう感じ取った筆者は、平成二十七年三月、盛岡市の小原邸を訪ねた。

一、俳句へのきっかけ

――まず俳句へのきっかけをお話し戴けますか?

小原　私は盛岡市から十粁ほど離れた岩手の片田舎不動村というところで生まれました。小学五年のとき、軽い気持で岩手日報に投句しました。それが特選になりましてね。嬉しかったですよ。学校の講堂に貼り出されたりしましてね。面白くなって、中央の新聞である朝日、読売、毎日などの地方版にも投句しました。島田青峰、水原秋櫻子、富安風生などが選者でしたね。それらにも何回か特選になりました。人間は自分の創ったものが褒められると嬉しいんですよね。そのうち名前が少し知られるようになってホトトギスに入らないかと奨められました。「ホトトギス」には、昭和十六年に二回くらい入選しました。その一つが、

目の怪我をして田草取る女かな

でした。平凡な句ですけどね。当時の「ホトトギス」はザラ紙で、投句用紙はついていなくて、わら半紙に筆で書いて送ったものです。

昭和十七年に二十歳で軍隊に取られました。四年ほどいましたね。北支にもいました。あとでお話ししますが、苦戦しましたよ。幸運にも二十年に復員し、県庁に復職しましたが、世情も、精神的にも困難な時代で、俳句は休んでいました。

それがある日、古書店で俳句の本を見つけましてね。活字に飢えていましたし、新刊本など滅多にない時代ですからね。それが草田男の『長子』でした。

玫瑰や今も沖には未来あり　　草田男

感激しましたね。それで俳句に戻りました。「萬緑」でも良かったのですが、盛岡はホトトギス系が多いので、かつて盛岡で発行されていた山口青邨の「夏草」を奨められ、入りました。昭和二十六年から六十三年に青邨先生が亡くなるまで、そこで勉強しました。四句欄（巻頭）や三句欄を守るよう頑張りましたよ。昭和五十七年には「夏草賞」を有馬朗人と同時に貰いました。

二、俳句にかける思い＝地方の俳句の活性化

――「樹氷」創刊のころのお話をお願い致します。

小原　昭和五十三年には「樹氷」を創刊しましたが、その思い入れ、動機ははっきりして

います。中央集権への抵抗でした。今でこそ地方創生などと言われていますが、政治・経済・文化はどうしても中央に集中し、中央が強いですね。少なくとも文化、特に俳句を地方でも強いものにしたかったのです。でも、俳句が下手だったらダメですね。力を付けなくちゃって「樹氷」を興したのです。蔵王や八幡平の樹氷＝北国のイメージを用いました。
岩手の俳句を隆盛にすべく、県の俳人協会を設立したり、現代俳句系をも含めた県の俳句連盟の結成にも尽力しました。掛け声をかけたものですから会長に推され、約三十年務めました。

――俳句の業績が多く、俳人協会賞や詩歌文学館賞も戴いてますね。

小原　実は、父が文学好きでして、父の親交していた隣村「煙山村」の小笠原謙吉（迷宮）が石川啄木の友人でして、しかも父は、生年が啄木と同じ明治十九年でした。それが縁で「啄」の一字を借りました。「葉」はね、当時、尾崎紅葉の「金色夜叉」の時代でしてね、紅葉の「葉」です。父の命名です。新聞の俳句欄に私の名前が時々出るもんですから、父は私を可愛がっていましてね、この名前にしろってね……。

三、自選句　海鼠の句の現場、戦争と震災の現場

――自選のお句をあげて戴けますか？

小原　そうですね。こんなところでしょうか。

海鼠切りもとの形に寄せてある
うすやみに高さのありてをとこへし
初夢や自決の弾をひとりづつ
つらなれる目刺もおなじ日に死せる
冷まじや壁を摑みし指紋痕
地震くればおのれをつかむ蓮根掘
蛞蝓へそこは棲めぬと詫び給へ
無辜の民追はれ追はれて火蛾と生く
確率は確率万が一が寒し
海へ出たがる初凧の糸ゆるす

一句目は少し評判が良かった句です。実は、家内が料亭「小原家《おばらや》」をやってましてね、明治創業の老舗でした。ドラマの撮影に使われたほどでした。調理室に五、六名の調理人がいまして、組板の上で海鼠を短冊のように切っているのです。五、六十人分の宴会の料理を作るんですよ。切ったあと盛り付けしやすいように、そっともとの形に寄せるんですね。手際がいいですよ。その景なんです。戻らない命であるにもかかわらず、もとの姿に戻してやる。生き物の哀れを感じていました。基本的には写生句です。

三句目のお話しもしましょう。北支にいたときですが、中国軍の戦い方は巧妙でした。出合うとまず撃ち合います。相手も応戦しますが、すぐに引きます。こちらは優勢だと思って追います。また撃ち合いになり。また引きます。こちらはまた追います。険阻な地形の奥地まで入ってしまうと、後方を遮断されてしまい、弾薬も食糧も来ません。酷かったです。喰える物は何でも口にしました。木の皮・根・蛇・猿も食べました。食糧調達は炊事当番兵の責任で、肉だといって食わされたものが、後で、あれは人の肉だったかも知れない、と古兵に聞きました。二個小隊が遂に六人になり、捕虜になるなと言われ、軍旗も焼き、自決のために手榴弾を一つずつ持たされました。幸運にも救助の友軍に助け出されました。こんなお話は、今までしませんでしたが、戦争が如何に酷くて愚かな行為だったかを、今話しておかねばなりません。ある期間、青森の部隊にいましたが、化学兵器にも係わりました。使ってはいけないという国際協定があったんですが、研究していたんですよ。イペリットという糜爛性の毒ガスです。実戦には使えませんでした。戦争となると、正常な判断が狂うんです。おまけに、大本営発表は大勝利大勝利でしょう。帰還してから、嘘だったと知り、精神的に大打撃でした。

――戦争のお話になりました。お兄さんの戦死の句がありますね。「兄の遺骨北京より還る」との前書きで〈兄嫁がまた藁塚へ泣きに行く〉があります。

小原　兄は甲種合格で入隊し、陸軍中野学校の銀時計組でしたが、中国へ行かされました。憲兵だったので戦犯容疑で北京に留め置かれましたが、裁判は遅々として進まず、獄の中で結核に罹り亡くなりました。戦死公報が届き遺骨を受け取りに上野へ行きました。兄嫁の結婚生活はたった一年ほどだったでしょう。兄嫁は泣くのを見せないんです。でも、よく藁塚の陰で屈んで泣いていました。北京で分骨埋葬したと聞いていた墓地と思われる場所を訪ねましたが、マンションになっていて、分かりませんでした。戦争は兵隊だけでなく、家族も巻き込む愚かな行為です。戦争での経験を書き遺しておかねばと考えました。それは米寿過ぎた頃からでした。それまでは、書けませんでした。帰還直後は精神的混乱と、負けたという自責の念が強く、大本営の嘘も衝撃でした。惨めな景は思い出したくなかったですしね。しかし、もう歳ですから、今、書いて置かねば、と思ったのです。

軍隊では、こんなこともありました。あるとき中隊長から呼び出されましてね。恐る恐る出頭しますと、「貴様は俳句をやるのか?」って訊かれました。投句してあった作品が入選して結構な賞金が私の配属先に届くんです。手紙は全部検閲ですからね。中隊長は理解ある人で、可愛がってくれ、事務室勤務にして呉れたりしました。「どんな句なんだ」

とかね。今思うと例の俳句弾圧事件があったので、戦争反対とかプロレタリア俳句とか、中隊長も心配されたんでしょう。中隊長は青森出身でして、「啄葉」の「啄」は石川啄木に関係あるのか、なんて訊かれました。「啄木が好きなんだよ」と言ったりしてね。

北支の包頭というところにいたときは、天山山脈が遠くに見えました。七千四百メートル級の山です。

天 山 の 月 に 哨 兵 た り し 日 も

という句を詠みました。余談ですが、藤田湘子が〈天山の夕空も見ず鷹老いぬ〉という句を詠み、代表句になっています。人から聞いた話ですが、湘子は天山を見たことがないそうですね。鷹も檻の中の鷹なんだそうです。俳句って、面白いですね。

――東日本大震災についても伺いますが、多くの句の中に〈つらなれる目刺もおなじ日に死せる〉がありますが……。

小原　そうですね。東日本大震災での津波被害の地へは、何度も行きました。そのときの景なんです。田老・宮古・山田・大槌・大船渡・陸前高田など……。私は県庁にいましたから、各地の市長・町長さんにも会いやすかったものですから、何回も訪ねました。震災句は現地を知らないと詠めません。親類縁者や俳人も被害に遭っていますし、亡くなった人もいます。実感を大事に、被害者に寄り添う気持で愚直に詠みました。俳句の会の人たちとも何度も行きました。テレビを観ての俳句はダメなんですよ。原発の被害も……補償の話の場も覗きましたが、補償の係りの人は、現場の人と立場が違って、上の人なのでしょうか、加害者意識が余りありませんね。自分たちも被害者なんだって言わんばかりでした。

四、大切にしている句、季語の「有効性」

愛唱句はいろいろあります。若いときはホトトギスや青邨先生の影響もあり自然詠が好きでしたが、だんだん人の生活や社会が出てくる俳句がよくなりました。例を挙げます。

たんぽぽや長江濁るとこしなへ　山口青邨
玫瑰や今も沖には未来あり　中村草田男
海へ出て木枯帰るところなし　山口誓子
寒晴やあはれ舞妓の背の高き　飯島晴子
前へススメ前へススミテ還ラザル　池田澄子

一句目は青邨先生の代表句ですね。ドイツへ留学するとき上海に立ち寄って詠った句ですね。「濁る」がよく分からなかったのですが、私も実際に行ってみて、確かに濁っていました。その濁りに中国三千年の興亡の歴史の深みを実感させられました。

二句目は、戦後私が俳句に戻るきっかけになった句です。三句目は、モチーフが特攻に関係していると言われていますが、良い句ですね。

飯島晴子も私は好きでしてね。中でもこれが好きです。

最後の池田さんの句は無季ですが、これは良い句ですよ。

ついでに季語のお話をしましょうかね。季語にも議論が沢山ありますね。その中の季感説ですが、今の生活様式は違ってしまいましたね。色んな野菜や果物は年中あるしね。正岡子規は連想性が季語の特質だと言いましたが、季語でなくても「広島や」とか「京都」だって連想性がありますよ。ですから有季説はどんな季語論を持ってきてもうまく説明できないですね。

私は結局「有効性」を季語の意義だと思うようになり、みんなにもそう説いています。季語は実に有効ですよ。凝縮性があり、象徴性も豊かです。句の内容を現場とリアルに結びつけるとき、季語は特に有効です。

この池田さんの句に戻りますが、軍隊をよく象徴していて、いい句です。有季でも無季でも良い句は良いのです。しかし、そうは言っても季語というものがもしまったく無くなったら、俳句は滅びますよ。無季論というのも、あれは有季俳句へのアンチテーゼとしての論ですからね。とにかく季語があれば俳句は締まります。一方、定型は絶対に必要です。

五、自分にとって「俳句とは？」

そうねえ、「生きがい」ですね。現役時代は仕事が第一。俳句が第二でした。今は、俳句が第一で、日々の句作りは生活を充実させてくれます。昔、俳句に熱中しているとき、青邨先生に言われました。「啄葉君、仕事が第一ですよ」って。

それから、俳句は「生涯の詩」「生き様の詩」ですね。ですから、私を取り巻く生活環境すべてが素材です。自然だけとか、人間だけとか、社会だけとかに限るとかではないです。そして、俳句は、突き詰めると結局は「私」ですよ。私を離れたものはダメですね。

六、懐かしい知己

青邨先生との縁で、古館曹人さん、青森の成田千空さんなど懐かしい方々が大勢いますよ。佐藤鬼房さんとは派が違うのですが、本物の俳人でしたね。飾らない愚直な作品が好きでした。桂信子も尊敬している作家でした。ある句会で、私が特選に選んだのが、桂さんと重なりましてねえ。それが大会賞になったんです。嬉しかったですね。流派は違っても、いい句はいい句です。

七、これから指向する俳句・俳壇への注文

今、九十三歳ですが、九十四歳になったら九十四歳の句を創ります。九十五なら九十五の句です。私の身の回りの「境涯」「生き様」の句を詠みます。俳句は「私」ですから。

俳壇への注文は色々あります。三つ言いましょう。

まず第一点は、私が学んだ時代から比べると、俳句に対する「目利き」がいない。昔は山本健吉がいました。健吉は俳句を古典芸術から説いて、俳句のスタンダードをきちんと提起してくれました。沢木欣一の「風」が社会性俳句を特集し、「社会性俳句とは社会主義イデオロギーを根底に持った生き方、態度、意識である」などと議論が沸騰したときも、俳句はイデオロギーとは無関係であると、はっきり軌道修正しましたね。当時は、社会党の片山内閣の時代の影響がありました。草田男も社会性俳句を詠んでいましたね。第二芸術論で「俳句には思想がない」と批判されたことが刺激になっていたんでしょう。健吉が

俳壇をきちんと纏めていたから、私たちはあまり迷わなかった。今は結社が数百あって、説も色々で、若い人たちは何を学んだらよいのか、迷うんじゃないですか。優れた「目利き」が欲しいですね。「俳句研究」が終刊するころのアンケートに、今の俳壇は三流の人が三流の俳句を声高らかに評している、とありました。今のままでは、俳壇の未来がどうなるのか、分かりません。

第二点は、結社の主宰が会員に迎合し過ぎます。主宰は、自分の結社を大事にしなければなりませんから、どうしても選が甘くなる。会員に迎合することは俳句の発展に良い結果を齎《もたら》しません。

第三は、結社が同じことをやっている。似た結社が多過ぎます。沢山ある必然性がないんです。毎月、結社誌が沢山届きますが、特徴が無いですね。結社の平均化・等質化が進んでいると思います。また今は、俳句ブームと言われていますが、ある句を誰かが総合俳誌で褒めると、みんな真似する。似たような句が何百も出てくる。類想が多く、個性が無い。俳句は、自分の句を作らないとダメです。十人十色の自分の境涯を詠めば、自分らしいのができます。私は、教室では、俳句を創るとき俳句は創るなって言います。自分の生き様の「十七音の詩」を作れと言います。私もそれを目標としています。

――「昭和・平成を詠んできて、何か思うことはないでしょうか?」ということをお聞きしたかったのですが、まさに今おっしゃられた事が、その回答だったと思います。厳しいご意見でしたが実態だと思います。長時間大変有難う御座いました。

（平成二十七年三月二十一日盛岡市のご自宅にて取材）

取材者の感想

永年俳句に取り組んでこられた東北人の気概を感じさせて貰った。誠実な弛まぬ気概であり、中央に対する文学的意地は、佐藤鬼房のものと通底するところがある。その気概の発露が句集『黒い浪』および『無辜の民』であろう。戦争や震災の悲劇を、今のうちに書いて残したいという意地である。その結果〈海鼠切りもとの形に寄せてある〉のような世界を脱ぎ捨てて、今の世に訴える心が表出されている。この心を我々は多とするべきであろう。

筆者の共感句抄

海鼠切りもとの形に寄せてある

脱ぎ捨てしものの中より子猫かな

にはとりが畳をあるく夕立かな

孑孒に会ひたるのみの帰宅かな
つらなれる目刺もおなじ日に死せる
蛞蝓へそこは棲めぬと詫び給へ
無辜の民追はれ追はれて火蛾と生く
確率は確率万が一が寒し
海へ出たがる初凧の糸ゆるす
フクシマの片仮名かなし原発忌
黴臭き煙草死ねよと賜りし
つちぐもり生きて還りし軍馬なし
いのちたふとし石のなかよりさくら花
仏壇の妻に仕へて去年今年
ふたりとも亡き妻の友女礼
高からぬ山ほど親しお元日

六、ふたりの北の俳人――勝又星津女と依田明倫

その一、飯田門一筋＝勝又星津女

勝又星津女　大正十二年三月十日生まれ　平成二十七年十月十四日逝去、行年九十二。

安保法制が成立した今、多くの市民が心配していた「戦争法案」が、そうならないように、非力な俳人でも何かをせねばならないと思っている。イデオロギー論争は嫌いだが、戦争の悲劇を、愚を、月並な言い方だが、語り続けるべきであろう。そう思ってこのシリーズを書いてきたが、その女流の初めのお客様に勝又星津女「北の雲」主宰を予定していた。だが、体調不良のため、ならなかった。それどころか、平成二十七年十月十四日逝去されたとの報せを受けた。九十二歳であった。

一、樺太生まれ

勝又星津女を取材したかった第一の理由は、彼女が樺太生まれで、戦災の苦難と哀しみを背負っているに違いない、と感じたからである。幸い一人娘の津田眞智子さんと「北の

雲」編集長の滝谷泰星氏を札幌に訪ねることができた。お二人に伺った星津女の略歴は、

大正十二年　樺太の真岡（現ホルムスク）生まれ。
昭和十四年　真岡高女卒業。
昭和二十二年　終戦後収容所で二年ほど生活。母の生家のある道東の厚岸町に引揚げる。
昭和二十五年　勝又木風雨（「氷下魚《かんかい》」「雲母」の同人、札幌で京呉服商を経営）と結婚。これが俳句の機縁となる。
昭和三十年　「氷下魚」の伊藤凍魚（「雲母」同人）に師事。
昭和三十四年　「雲母」入会。晩年の飯田蛇笏に師事。以降、龍太を絶対の師と仰いだ。さらに後継誌の「白露」（廣瀬直人）、「郭公」（井上康明）の創刊同人となる。
昭和四十五年　勝又木風雨の「北の雲」創刊同人。
平成九年　木風雨逝去。主宰を継ぐ。
平成二十七年　十月十四日逝去。「北の雲」四百九十号をもって終刊。

星津女の最後の句集『北の山河』の跋文（滝谷泰星による）には、次の文がある。

昭和二十年、ソ連軍が一方的に侵攻してきて、真岡は艦砲と空爆を浴び、町民は悉く山に避難した。隊長格の元下士官中川喜八は、自ら白旗をかざしソ連軍と交渉し、二千人余りの町民全員を町へ帰還させた。この人こそ星津女の父であり、その後、家族揃って道東の厚岸町に引揚げてきた。

また、星津女の第一句集『絹の川』では、同じ樺太出身の「雲母」同人菊地滴翠が序文を書いている。昭和四十七年時点での回顧である。要旨を掲げる。

星津女さんの生まれ育った町は、いまはソ領となり「ホルムスク」という。戦前は真岡と呼ばれ、日本海に面した海岸段丘に沿った町並が拓け、商港と、漁港が整備されていて、星津女さんの育った家は、この漁港を背にした町の表通りにあり、冬になると近所のタラバ蟹の工場から蟹をうでる匂いが溢れるところにあった。

太平洋戦争のみじめな敗退により、生活の全ての基盤を奪われた邦人はやがて祖国への引揚げを認められ、このホルムスクから引揚船に乗ったのであるが、ソ領施政下の引揚者収容所は星津女さんの玄関先から真上に望まれる海岸段丘にあった。この建物は星津女さんが学んだ小学校のなれの果である。もう二十幾年むかしのことである。くり言といえばそれまでであるが、身一つで帰国した星津女さんが「衣匠かつ又」の内儀として今日を築くまでの日日が、どんなにか苦渋に満ちたものであったか……。

――樺太での終戦時の状況はどうだったのでしょう？

眞智子　幼少時代は何ひとつ不自由のない家庭だったようです。父喜八の長女でした。ときどき連れられて、真岡から小樽まで遊びに来たりしていました。そのころ札幌は小樽より小さかったようです。

終戦直後は町の人と一緒に捕虜収容所に入れられたと聞いています。母はあまりその頃のことを話しませんでしたが、厳しい尋問などがあり、惨めであったと思われます。父……私にとっては祖父ですが……は騎馬隊出身で中々のハンサムでした。仲間のまとめ役でもあったようです。引き揚げに際しては、ソ連軍から注射を義務付けられていたのですが、発熱や副作用が酷かったようで、喜八は時計や貴金属を係官に渡して免除してもらった、と言っていました。衛生状態の悪さも想像が付きますね。

喜八は交渉力・企画力のある人だったようで、厚岸に引揚げてきてから、昆布を厚岸の名産にしようと努力しました。実は海胆は昆布の敵なんですね。食い荒らすんです。それで海胆を獲っても良いという許可を役所から取り付けて、権利をみなに利用してもらえるようにして、喜ばれました。海胆の柵というのでしょうか、底の浅い木の箱がありますが、あれは喜八が創作したのだそうです。母は慣れないことですが、昆布を町民に売ったりしたそうです。箱入り娘だったですからね。晩年まで童女のような人でした。昆布干しだって、あれは裏表があるんですよ。そんなことも出来なくてね。喜八は、厚岸に橋を架ける計画があり、道庁に交渉に来ていて、勝又の家で急逝しました。

二、俳句との機縁

眞智子　母は若いときは文学少女でした。短歌を詠んでいましたが、夫となる勝又木風雨に俳句の機縁を得、昭和三十年、「氷下魚」を経て、昭和三十四年には蛇笏の「雲母」に依りました。その後、龍太先生に可愛がられ、昭和六十三年には雲母同人となりました（六十五歳）。

——ずっと地方に住んでいたためか正直言って遅咲きの俳人のように見えますが……。

滝谷　その後、昭和四十五年に夫木風雨とともに「北の雲」を創刊し、北海道の有力俳句結社にまで育て上げました。平成九年には夫木風雨を急に失い、爾来、二八七号から彼女が主宰として発刊を続けましたが、その「北の雲」もこの十月に四十五年の歴史を閉じました。星津女に特徴的なのは、「北の雲」を大事にしながら、蛇笏・龍太に深く傾倒し、「雲母」終刊後もその後継誌たる廣瀬直人の「白露」、さらにその後継誌である井上康明の「郭公」という蛇笏・龍太一門から出ようとせず、気持ちを籠めた作品を送り続けたことですね。律儀さだけでなく、この師系に動かし難い魅力と師恩があったからに違いありません。それにしても最近はこのような一途な門弟は少なくなりました。龍太さんからは随分と可愛がられました。龍太、直人、康明の三師が選んだ星津女句一つずつを掲げて見ましょう。

龍太の選　深雪後のしづけさはみな嶺にあり

直人の選　桐咲いて五百羅漢の眉目かたち

康明の選　野菊一輪遠方の友の文

眞智子　山廬へお邪魔したときは、憧れの龍太先生から離れて畏まっていたそうですが、先生が「俳句の下手な人は前へ出て坐って下さい」って言われて座を進めました。でも、緊張で口もきけず、先生が「木風雨さんはお酒はいける方ですか？」ってお訊きになられたときも、ただ指を二本出すのがやっとのことだったようです（笑）。

滝谷　「北の雲」が三百号を迎えたとき、既に俳句界から隠棲されておられた龍太先生からお祝いの言葉を戴きました。そこには、次のように書かれています。

俳句・俳句界の頽廃は、俳人がいつとはなく自然から目をそむけ、大地から遊離したとき………日頃から私は、そう考えます。自然は、いわば源流のようなもの。源流を豊かに保ちつつ、河口まで澄みを失わない努力が俳人にとっては何よりも大事ではないでしょうか。

この文章は木風雨から星津女が主宰を受け継いだときに、龍太先生が贈った次の祝句に通じているのです。

源流の澄みそのままに下流まで　龍太

三、星津女の作品

星津女には佳句が沢山ある。筆者の一存で選んでみる。ただし、彼女の句集の数は少ない。第一句集が『絹の川』（昭和四十七年）、第二句集が没年の『北の山河』（平成二十七年）である。第二句集は滝谷の強い慫慂と協力があって、ようやく刊行を見たものである。

滝谷「北の雲」はモットーとして、日頃「俳句は俳句もて習う」と標榜していましたので、「先生の俳句が手元にないと何に習うんですか？　一生のものをちゃんと纏めておかないと駄目じゃないですか」って強くお勧めしました。そうしたら「そうね」って言って下さいました。

眞智子　八十の時も、九十の時も出せって言ったのに、出さなかったんです。句集を出すのには積極的でなかった。というより「北の雲」の刊行で暇がなかったんですね。滝谷さんに勧めてもらって良かったです。

自然詠から

水芭蕉山河かがやきはじめけり
風はみなさざなみとなる九月かな
夏至の日の洗ひ上げたる北の空

特に風土を大切にした句

過去見ゆるほど水澄みて樺戸郡
深山あぢさゐ火の山を真向に
湖二つ見てゆく秋の形見とす

身辺詠

裁つ絹の塵身にまとひ十二月
夜の秋白絹の冷え手に残り
さきがけて刃物光りの北辛夷
虫のこゑ夜咲く花のうしろより

家族詠

枯菊を焚きて父の忌重ねけり
母の忌にひらきて北のさくらかな
流氷接岸木風雨忌を明日に

近詠から

ひな祭卒寿の指の紅珊瑚
贋の髪かむりて初夏の街に出づ
一病息災七草粥に梅ひとつ

四、筆者が選んだ句の鑑賞

菜の花に旅の終はりの眼を洗ふ
夜の秋白絹の冷え手に残り
遠き生国手のなかのさくら貝
裁つ前の友禅紅葉あかりかな
嫁がせて日にいくたびも掃く落葉
薬売り来てふるさとの雪降らす
約束のごとく美濃より富有柿
虫のこゑ夜咲く花のうしろより
字小黒坂十月の川の音
ばうばうと生誕も死も雪の中
花アカシヤ甲子雄師偲ぶよすがとす
ひな祭卒寿の指の紅珊瑚

一句目。大景を想像した。旅の終り、眼前に広大な菜の花畑があったのだろう。朝日の中に輝く菜の花に眼を洗われるような心持がした。目を洗うとは心が澄んでゆくことである。良い旅であったに違いない。三月の伊豆の景で、龍太の特選であったことを後で知った。花の歳時記の菜の花の項にはきまってこの句が例示されている。

二句目と四句目。星津女の家業は呉服屋「京の衣匠・かつ又」。絹に関する句が多い。中からこの二句を選んだ。艶やかな絹の手触りは、晩秋ならばなおのこと、手に清涼感を感じる。その身体感覚を詠んだ。四句目の「友禅」の深紅の「紅葉あかり」が豪華絢爛。しかも、鋏を入れる前だから、緊張と共に絹地への深い思いが籠っている。

三句目。星津女の生まれは樺太。今年九十二歳になられた。手軽には行けない故郷である。可憐な桜貝を掌にしながら、ただただ故郷を偲ぶ。筆者（＝栗林）は、星津女にお目にかかって、樺太での思い出を伺いたいと思っていた。それは成らなかったが、彼女にとって、戦時下の艱難辛苦は思い出したくもないことだったかも知れない。

五句目。星津女がお嬢さんを嫁がせたときの句であろうか。何か大切なものを失ったように、物思いに耽りながら、何度も何度も、虚ろに、落ち葉を掃いている。掃かねばならないほどの量ではないのに……。

六句目。子どものころ、富山の薬売りが、年に一度はやって来たものだ。薬売りが私たち家族に話してくれる各地の風土記のような語りが楽しかったものだ。雪深い所から来た人だから、話題は雪のことになったのかも……。ここ札幌に降る雪も、富山や樺太の雪であるかのような移調感覚となっている。抒情性豊かな句である。

七句目。〈約束のごとく美濃より富有柿〉。親しい友が美濃におられるのだろう。実のしっかりした富有柿がいつも送られてくる。北海道に柿の木はない。終戦直後は「樽柿」と呼んでいた大ぶりの、渋を抜いたのを食べた記憶が筆者にはある。勿論、内地から送られてくるのである。良い友人を持っておられる。

八句目。〈虫のこゑ夜咲く花のうしろより〉。「夜咲く花」は何だろう。筆者は「烏瓜の花」を思ったが、滝谷の跋文では、「おしろい花」であるとのこと。はっきり言わなかったことが良かったのかも。いずれにしても、「花のうしろより」がいい。句に厚み・深みが出ている。

九句目。〈字小黒坂十月の川の音〉。飯田蛇笏・龍太の山廬を詠んだもの。とすれば「川の音」は狐川であろう。龍太を、一筋に師と仰いだ星津女の思い入れが感じ取れる。

十句目。〈ばうばうと生誕も死も雪の中〉。筆者はこの句を読んで、福田甲子雄の〈生誕も死も花冷えの寝間ひとつ〉を思い出した。北海道は、年のうち三、四ケ月が雪の中での忍従の暮らしである。勿論、春が来る楽しさは大きいが、一般には、雪が重くのしかかる地の風土詠のように思う。

十一句目。〈花アカシヤ甲子雄師偲ぶよすがとす〉。この句の存在が、前句の解釈に影響を与えたかも知れない。甲子雄が「白露」の地方大会の際、札幌へこられ講演をされた。アカシヤが咲いていたころかと思う。筆者も縁があって札幌まで駆けつけたことがある。だから筆者にとっても懐かしい句である。この句のお蔭で、アカシヤの花が甲子雄のあの爽やかなお人柄に合っている、と思えるから不思議である。

十二句目。〈ひな祭卒寿の指の紅珊瑚〉。星津女九十歳の句。「紅珊瑚」が若々しくてきれい。この句の近くに〈贋の髪かむりて初夏の街に出づ〉がある。どうぞご健勝にて外出などして頂きたいと願っていたのであるが……。また〈一病息災七草粥に梅ひとつ〉が、この句集の掉尾にある。

五、辞世の句

星津女作品に戦災の悲惨さを詠った句はないに等しかった。記憶に蓋をしたかったのであろう。多感な少女時代を過した彼女にとって、その地は、今は、足を踏み入れることが拒否されている異国の領土である。考えて見れば、こんな悲しいことはない。戦争が庶民の心に刻んだ傷である。その傷を振り返りたくない、いや、振り返ってもどうにもならない悲しみが湧くだけなのであろう。眞智子氏は「母は思い出すことを拒否しているようだった」と言う。

筆者は眞智子氏と滝谷氏に星津女の辞世の句を訊いた。命終の四日前の口述句である。まだ十月なのに、生きてあれば年賀状に遣うように眞智子氏に伝えたという。何ごとも充分事前に事を運ぶという星津女の性格が想われる。

初あかね九十媼の命の灯

混濁した意識の中からの最期の一句と思えば重く響く。（合掌）

（平成二十七年十月二十九日、札幌パークホテルにて）

その二、北海道の鬼才＝依田明倫

依田明倫　昭和三年一月十六日生まれ。平成二十八年末現在　八十八歳。

依田明倫「夏至」主宰はホトトギス所属の鬼才俳人である。なぜ鬼才なのか。惹かれる句の中に次の一句がある。

星全部はだかで光りダリアの上

月や星が「はだか」であるのは当たり前のことながら、「星全部はだか」と言われると、新鮮に響く。ある結社の主宰のアドバイスや元総合俳誌の編集長の賛意もあって、是非、この俳人に会いたいと思い少し調べたが、情報はあまり多くはない。でもすぐに「ホトトギス」の巻頭を十六回も取っていることを知った。その頃の「ホトトギス」の巻頭には、杞陽、夜半、立子、爽波、けん二、青邨、風生、素逝、素十、年尾、草田男、茅舎、たかしなど、錚々たる先輩メンバーがいる。それなのに何故、依田明倫は俳壇に距離を置いているのだろうか。それが不思議であった。中央から遠く、北辺に住む遊牧俳人だからだろうか。

一、虚子との出会い

昭和二十三年の虚子との出会いが明倫にとって劇的であった。敗戦後、文武のうち武は奨励されなかったが、社会は文の発展には大いに力を入れた。当時、北海道の炭鉱企業、製紙会社の羽振りは極めて良好であった。これに医師会や大企業が協賛し、北海道の文の推奨の一環として、虚子一行を招聘した。氷川丸を借り切って大勢の著名門弟も訪れたのであった。
その時、虚子の宿舎となった札幌の薄野にある西本願寺別院に自前の牛乳を届ける役が依田明倫であった。部屋を訪れると立子もいて、お礼のつもりで短冊をくれた。

明倫　それには〈子供らの蕗つみあそぶわびしさよ〉とありました。私はつい、ああ、淋しい女の句ですねって言ってしまいましてね。そうしたら虚子先生がさっと取り上げて、「これを遣る」とおっしゃって〈天日の映りて暗し蝌蚪の水〉を一気に書いて下さいました。私は嬉しくって、図に乗って「私は先生の〈海に入りて生れかはらう朧月〉のような句を作りたいのです」って言いました。そうしたら、「そうしなさい。ひと月に十句送って来なさい。みて上げるから」とおっしゃいました。私は「謝金がありません」と言いますと「誰が礼を払えって言った」と言われました。これがホトトギスに真剣になったきっかけです。

――この事実は「俳句」平成二十六年六月号にも次の記述があって、興味深いですね。

私は当時教員を辞し、牛飼い乍らの日雇。北海道医師会長の鮫島交魚子先生の書記に時折使っていただいていた。虚子先生は先ず今回の多額の船賃の事をお尋ねになった。船会社、製紙会社、三井三菱の石炭会社、北海道医師会が一体となり、戦後の文化運動に先生のお越しを願った。下準備には年尾先生も加わったのを述べた。

二、先生の真似は駄目

明倫　それが始まりです。猛烈に句を作り送りました。先生の目は広大ですが、厳しかったです。先生に褒められようとして作った句は駄目でした。昭和三十二年のことですが、山中湖で句会がありました。風生さんも武原はんさんも来られて、虚子先生が、

風　生　と　死　の　話　し　て　涼　し　さ　よ

を詠まれた会でした。私は地元の句会で高点だった句を並べて出しました。でも殆どが駄目でした。ぽーんと原稿を投げて返されまして、「むかし札幌で、お前が言っていたことと違うだろう。お前を弟子に取ったのはこんな句を作らせるためじゃない」ってね。真似するな、ということです。今の私の句は「ホトトギス」らしくないと言われますが、草田男だってそうじゃありませんか。虚子先生は、むしろご自分にないものを求めておられたのです。

――虚子以降のホトトギスについては如何ですか？

明倫　虚子先生没後、正直言って、今の私は「ホトトギス」の軒先を貸して貰っているだ

けです。だって、草田男だって野見山朱鳥だってそうだったでしょう。まあ、年尾さんは虚子があまりに偉大過ぎて損をしてます。しかも、秋櫻子、草田男、誓子、風生、青邨など帝大出の連中とは持ち味が違います。虚子先生がこれらの帝大出を育てたから今日の俳句があるんです。良くも悪くもね。それにね、その後の皆さんの作品には虚子先生のような「遊び」がありません。俳人は俳句だけでは駄目じゃないですかねえ。他の表現芸術にも関心を示し、取り入れねばと思うんです。

――明倫さんの記録を見ますと、昭和四十七年ころから数年俳句を断っていますね？　何か理由が？

明倫　いやあ、新聞なんかで日雇農夫の私の俳句が少し騒がれると、農協から文句が出ましてね。少し文学的なことを齧《かじ》ると、そんな暇があったら農業に精を出せってね。仕事世話しないぞってね。それでいてカラオケなんかだったら文句は言わないんだよ。古いんだよ（笑）。でも、また戻りました。家内が「私が頑張るから週の一日くらいは俳句やっていいいよ」って言ってくれてね。嬉しかったよ。文学かぶれすると、その家の息子は農業を継がなくなるっていう恐れがあったんでしょう。そんな時代でした。

――それでやっぱり俳句に戻ったのは？

明倫　ほかに何にもないんだもの。それに女性に少しはもてるかなってね（笑）。歌人の方がもてるけどね。

三、俳句の友人たちやポーランドのこと

——俳句の友人は多いですよね。

明倫　ええ、実に多いです。私は祖父と暮らしていましてね、祖父は横浜の貿易商高島嘉右衛門に関係していまして、その関係でこちらの北炭（北海道炭鉱汽船）の裏の番頭役でもありました。高島農場も経営していました。北炭は大企業で裏は陸軍です。凄い財力があったんです。海軍は三菱ね。東京の連中も祖父の筋で、こちらのことを良く知っているから、犬山の城主の成瀬正俊とか、近衛の息子、京極の息子もいたな、夏休み冬休みによくここへ遊びに来ましたよ。東京にいたらろくな事しないだろうが、北海道の依田のところなら安心だろうってね。親はそう思っていたのでしょうが、まあ、いろいろ公には憚られることもありましたよ（笑）。成瀬も僕も金がなくってねえ。月寒の農場の羊番として無賃で泊めてもらったりね。

——俳句のお話に戻しましょう。北欧にも俳句の指導に行かれてますね。

明倫　ポーランドにはよく行きました。一番初めは、北大にスラブ研究所（現スラブ・ユーラシア研究センター）があるでしょう。そこと一緒に行ったのだが、ワルシャワ大学

が会ってくれなくてね。ポーランドが社会主義から自由主義に変わったでしょう。それを北大スラブ研が批判した時期があったんだね。それが気に入らなくて会ってくれない。私たちはＯＫです。ポーランドの国立劇団に七年もいたのが我々のグループにいたんでね、それに、ちゃんとお土産のリストも持って行ってね。家内も行ったんで、お土産の玉子焼きの四角いフライパンを二十個……これが大人気でね、家内がこうやって厚焼卵を焼くのよって、それから日本人のお弁当はこんなのよってね。そして東洋学科の日本語科に俳句の講義をしました。別の機会に有馬朗人さんが行った時、日本に来て勉強して下さいって約束したんですね。我々がその受け皿になったりして深い関係が出来ました。いろいろな交流が今でもあります。私は向うの非常勤講師でもあるんです。仲良くなったんで、いろいろ謝る役目もやらされましたよ。ある日本の自動車メーカーがポーランド進出を計画したんですが、それが頓挫してしまったのに謝りに行かない。それで代りに私が謝りに行って「こんな礼儀を弁えない遣り方だから日本は戦争に負けたんです」って言ったら笑って許してくれた。他にもいろいろ謝り係をやったよ。酔って列車の中でロシア女性に破廉恥行為をした仲間の代りに謝るとかね。「こんなんだから負けたんです」と言えば許してくれるんですね。日本は、随分侵略戦争したからね。

四、俳句へのきっかけ

――俳句はお爺さんの影響ですか？

明倫　いやあ、堀口大学について詩を書いてました。教員をやってたときは小説も書いたりね。でも、書いてたものをみんな燃やされてね。爺さんも父も反対だったんだね。そしたら町に俳句の会があるって知って、「ホトトギス」に少しずつ投句しました。いきなり二句入ってね。喜んだね。

――それで昭和二十七年から十六回巻頭ですね。虚子選では、秋葭の名で投句してましたね。こんなのがあります。

吾妹子の髪に銀河の触るゝかに
オリオンは韃靼の星橇を駆る

句集としては『祖父逝くや』『そこより農場』『バイカル湖』そして平成二十五年の『農場』があります。これが北海道俳句協会の鮫島賞を貰いました。

明倫　この鮫島さんはさっき話しました医師会の会長さんで、東大医学部卒。素十とは野球仲間なんです。

五、記憶に残る俳句修業

――俳句修業で特に成果があったのは？

明倫　そうねえ、平成十六年に「俳句研究」の三ヶ月競詠で、真剣にやったことかなあ。正木ゆう子さんとね。俳句の上で一番刺激を受けました。彼女とはヨーロッパにも一緒したし、この家にも泊まって貰いました。良い思い出ですよ。

――こんなのがありますね。

海豹のかばねにたかりしじみ蝶　　七月号
おもふさま日に焼けおもふさま待てり　　八月号
星全部はだかで光りダリヤの上　　九月号

それにつけても虚子という大先生に巡り合ったことは大きいことでしたね。

明倫　そうです。その通り。巨大だったなあ。私はアドバイスを良く聞いたもんです。虚子先生に「お前の北海道はまるでロシアに住んでいるみたいだなあ」って言われて、それを杞陽さんに言ったら、「そうだ。札幌ってロンドンとかバンクーバーと緯度的には同じだなあ」っておっしゃって「その土地を見つめた句を作るべきだよ」と言ってくれました。そうかって思ったね。内地とは違う、風土ですよ。風土しかないんです。ここは。俳句は風土から離れると弱くなる。

六、北辺のハンデは？

——明倫さんは中央にあってもっと露出度が高ければって思いませんか？　知られている北海道の俳人には、斎藤玄、細谷源二、寺田京子らがいますけど。

明倫　いやいや、私は北海道の風土がいい。ここで、町の人々に俳句や書を教え、悠悠と暮す。もうすぐ九十歳ですよ。今更、中央なんかはねえ。

——北海道には良い作品があるにも拘らず、著名俳人が少ない。不公平だとは思いませんか？

明倫　いやあ、そうは思わないね。中央は中央さ。私の作品がこれだけ残っていることだけで十分です。農家の婦人たちは年取って何もやることがないんだ。ここに書があるでしょう（部屋の机の脇に沢山の額入りの見事な書があった）。これは近在の婦人たちの作品なんです。彼女たちと一緒に書くと良いですよ。ときどき展示会を開きます。ほんとに充実していています。私自身も書に励んでいます。金子鷗亭を手本にね。小諸の虚子記念館にも飾ってありますよ。

七、最近の俳壇は？

――最近のホトトギスに関する意見はおありですか？

明倫　真面目な俳句ばっかりですね。虚子先生みたいな遊びがない。これは俳句全般に言えることだが、違う文化からのエネルギーを注入しないと駄目だね。私の場合は国際交流もあるし、オランダも良いですよ。文化的刺激を受けています。そして人間の匂いが手短に匂ってくる作品が大事ですね。但し、全力で当たること。人から智恵を授かりながらね。「智恵の光明限りなし」です。本当に、今の私のあるのは人様の御蔭です。私は仏教徒的ですよ。

八、明倫俳句の世界

――明倫さんのお好きな句を挙げて頂けますか………と訊いて、挙げて頂いた『農場』の中から、さらに筆者（＝栗林）の好みで次の作品を抽出した。

舟となるはずの木が夏小屋となる

黍焼酎売れずば飲んで減らしけり

散水車じゃあじゃあパイプオルガンと正午

冬の木の立ちをり駅があつたつけ
冬　の　足　音　の　三　人　目　は　僕　さ
がつたんと年越す寝台車の中で
ラ　ッ　セ　ル　車　母　の　霊　柩　車　が　つ　づ　く
夜　の　巨　人　ぎ　し　ぎ　し　と　渡　河　厚　氷
ぐ　ぐ　ぐ　ぐ　と　傾　ぐ　ま　だ　ま　だ　吹　雪　航　く

筆者注　中には海外詠があるかも知れないが、大半が雪の景である。明倫俳句が持っている風土の厳しさと寂しさが表出されている。二句目の「黍焼酎売れずば」の句に、岸本尚毅が「酒飲みの愚痴のようでもあり、愚痴といっても口調は明るい。口調は明るいから、よけいに哀しい。ライマン団地に住む明倫の場合、花鳥諷詠の潜在的な間口の広さを示す」と評している。

後ろから三句目の「ラッセル車」の場合は、鉄路ではなく道路用の除雪車であり、その後ろを明倫の母の霊柩車が続く。切ない風土詠である。

さらに、「ホトトギス」の多くの巻頭句と第一句集の『祖父逝くや』の中から次を抽きだした。

音もなく鮭の瀬づきや雪催
目に見えて仔馬は育つクローバー
馬を見る目の肥えてゐて仔馬見る
国境の野に夏花めき手折るもの
声幾重帰雁に夜空ありにけり

北海道の中小河川に遡上する鮭の群は、勇壮ではあるが同時に侘しさを感じさせる。新しい生命の誕生に引き換え自らは命終を迎えるのである。最後の句、夜空に雁は見えない。ただ鳴き声が地に降ってくるのである。広大な北の野と空を想う。
第二句集の『そこより農場』からも引いておこう。

狩の犬人の如くに葬はれ
泳ぎ切るつもりはなくて沼の心
えぞにうの花に添ひ立つもののなく

猟犬は家族同様に扱われる。明倫には〈鴨猟や僕には襤褸《ボロー》ニング銃〉の句もあり。猟を楽しんだようだ。襤褸《ぼろ》とボローニング銃を掛けていて面白い。正木ゆう子は、この句を

「女の辞書にはない」言葉を用いた句だと評していた。これも風土の一面。

最後の句、「えぞにう」は北海道の野の花。獅子（猪）独活とも言う。一メートル半ほどの高さで、大きめの白いレース状の花を持つ。広い野にあって、この花以上の高さの野の花はない。周りには何ものもないという広大な景。

新作としては、「俳句」平成二十六年六月号から一句。

苗代寒ほとけ様にもぬくいのを

豪放な物言いの氏ではあるが心根は優しい。仏さまにも温かい物を供えたいと思うのだ。空知は北海道の米どころ。だが、苗を植えるころも寒々とした日があり、温かい物が恋しいのである。

明倫主宰の「夏至」平成二十七年葉月号からも一句。

坑夫折らぬ辻の花たり桔梗たり

明倫の住む奈井江町は空知炭鉱に近かった。随分むかしに閉山となったが、氏は坑夫たちとも交流があった。殺伐な気性の彼らにも、花を愛でる気持ちがある。祖父は無賃宿泊所を持っていたことがあり、そこには戸籍のない人や、網走刑務所出の無頼漢も泊った。

彼らは、すぐに炭鉱員として「組」に収容されて行った。そんな彼らが、当時の日本のエネルギーを支えていたのである。

九、ライマン団地

——話は変わりますが、ここはライマン団地って言いますね。北大植物園にライマンの記録がありました。

明倫　ベンジャミン・ライマンは鉱山学者で新潟油田の探索やここ空知炭鉱の探査を行った人でした。北大の学生たちを引き連れてここをベースにしていました。クラークさんと遠戚だったらしいですよ。ですけど何も顕彰するものがないので、町長たちがここをライマン団地って名前にして業績を遺したのです。

——ところで、明倫さんの戦争体験は？

明倫　ないんだよ。爺さんが私の志願書を出したが、父が反対して取り下げましね。終戦間際に米兵の捕虜収容所で彼らの世話をしたことはあります。食糧事情が悪かったので、岩魚を釣って天麩羅にして捕虜たちに食べさせたりしましたが、それが気に入らない連中がいましてね……私はリンチで殺されそうになったんです。それをボクサー上がりだった黒人軍曹がたすけてくれた。ベッドの横に匿《かくま》ってくれてね。彼らは情報を持ってましてね、もうじき連合軍が勝つってね。だから悠然としていた。終戦直後、ドラム缶に食糧や衣服を詰めたのを米軍が捕虜向けに空から落として行きました。その物資の中にチョコレートなんかがあってね、それを子どもたちがねだったりしてましたよ。昨日まで酷い仕打ちをしていたのにね。戦争って、コロリと人心を変えるんだよ。酷いもんだよ。
――そうですか。いろいろと辛い話も伺いました。本当に有難う御座いました。

追記と筆者感想

明倫さんが、つくづく言っていた。「虚子晩年の句に、

地 球 一 万 餘 回 轉 冬 日 に こ 〱

朝 顔 に え ー ツ 屑 屋 で ご ざ い か な

がありますね。こんな句をいま誰が詠めますかね」

お話を聞いているうちに話題が俳句を逸れて発展する。その豪放な話し振りとその内容には度肝を抜かれる。そこで「鬼才」としたが、果たして実を表わしているだろうか。案外堅実で懐の大きい自愛の人のようにも思えた。脱線した話は極めて愉快であった。ただ、そのままを書くには弊害が生じよう。氏は、最後に氏と筆者の共通の俳友へと言って、お

気に入りの句を短冊に認めてくれた。

今も地雷原バリケード白ぶだう
夜の巨人ぎしぎしと渡河厚氷
祖父の墓けふの日傘のうれしやろ
橇犬の四つのお耳かへるさは
鴨猟や僕には襤褸《ボロー》ニング銃
舟障子すすと開きぬ平らな夜
丸天井ぽつかり砧よく響く
牛舎火事火の粉かぶりの川眠れぬ

最後の句は、友人が牛舎の火事で死んだときのもの。

それにしても氏の虚子信奉度合いは凄い。

（完）

平成二十七年十月三十日、北海道空知郡奈井江町ライデン団地の依田邸にて取材。書斎には奥様の一〇〇号ほどの油絵（春の川岸の景の大作）が飾ってあった。廊下には沢山の作品が立てかけてあり、今日が美術展の搬入の日とのことであった。

筆者の共感句抄

勝又星津女

菜の花に旅の終はりの眼を洗ふ
夜の秋白絹の冷え手に残り
遠き生国手のなかのさくら貝
裁つ前の友禅紅葉あかりかな
薬売り来てふるさとの雪降らす
字小黒坂十月の川の音
ばうばうと生誕も死も雪の中
花アカシヤ甲子雄師偲ぶよすがとす

依田明倫

星全部はだかで光りダリヤの上
狩の犬人の如くに葬はれ

苗代寒ほとけ様にもぬくいのを
舟となるはずの木が夏小屋となる
黍焼酎売れずば飲んで減らしけり
ラッセル車母の霊柩車がつづく
夜の巨人ぎしぎしと渡河厚氷
鳥が鳥襲ふはあはれ初手水

七、反戦の女流——木田千女

木田千女　大正十三年二月二日生まれ　平成二十八年末現在　九十二歳。

平成二十七年秋、金子兜太の「アベ政治を許さない」の墨書が巷間大いに出回ったのだが、結果的には、安保法制案は国会を通った。このまま日本が戦争に雪崩れ込まないようにと願うばかりだ。戦争や原爆の負の記憶を風化させないように、俳人は俳句をもって努力するのが、当を得た遣り方であろう。

「天塚《あまづか》」を昭和五十三年に創刊した木田千女前主宰（現主宰は宮谷昌代氏）は、その意味でも、反戦俳人だと言って良いであろう。九十二歳の彼女の作品に「戦」や「原爆」や「飢餓」の句が目立つ。中に、

すさまじや「全員逝きし」と石一つ

吊り皮のみな手錠めく敗戦日

流灯やひろしまの石みな仏

など、思いの深さを感じさせる作品がある。一方、

金輪際戦はするな開戦日
終つたとただ泣くだけよ敗戦日
ひもじうてただひもじうて敗戦忌
少年を還せ夕焼に飛びしまま

のような、やや直情的で報告的だが、メッセージ性豊かな句も交じる。大正十三年生まれの千女には、その年輪から生まれた句が勿論多々ある。

ちやんちやんこ死なねばならぬ一大事
チューリップわたしが八十なんて嘘
湯たんぽやわれ生涯の一句なし

もちろん、千女作品は老いの句や反戦句ばかりではない。端正な写生句も、俳諧味豊かな作品もある。

白鳥のみんな汚れて渡りきし

熊毛町
明日くると鶴守畦に焚火して
パチンコの名手となりぬ敬老日
鹿連れて移動してゐる煎餅屋

千女の句は平明である。しかし、会って話すと分かるのだが、その心情には激しいものがある。こんなのがある。

ペン先で人めつた切りペン始

一、俳句と政治信条

千女の反戦的作品に興味を持った筆者は、城陽市に彼女を訪ねた。千女を師と仰ぎ、無二の友でもある川田さちえ氏も同席の上、戦中・戦後のご苦労と俳句を伺った。

――随筆集『千女随筆集』を読みますと、千女さんは随分と涙脆い方のようにお見受けします。戦時の悲惨な場面で、すぐ涙していいます。

千女 いや、根性は強いですよ。もの凄く強いんです。でもすぐ泣くんですよ。

川田 すぐ憤るしね（笑）。

——戦争のご苦労では「ひもじい、ひもじい」の句が多いですね。

千女　そればっかり。お腹がすいて、すいてねえ。大正十三年生まれで、戦争の頃は、私立のカトリック系の学校（聖母女学院）でした。開戦のときは一年生で、よう覚えてますわ。思わず「この戦争負けるで」って言いました。負けるの分かってて、なんでやろね。今の首相も、みんな反対してるのに、どうしてでしょう。みんなが止めてくれって言ってるのに……大東亜戦争の馬鹿をなんで繰り返すんですか。オカシイですよ。私の句集『初鏡』には反戦句が多いでしょう。俳人協会系の人らしい方から電話がかかってきました。名前も言わずに、色んなこと根掘り葉掘り訊かれました。最後に「貴女はどの政党を支持しますか」って。私は腹立っていましたんで「共産党」って言ってやりましたよ。そうじゃないんですけどね。言ってしまって、クビになるやろなって思いましたら、やはりでした。

——クビになるって？

千女　俳人協会の賞の予選を通過しませんでした。他のところでは一位になっているんですよ。俳人協会は自民党だなあって思いましたよ（笑）。

——それで女学院以降は？

千女　専門学校へ行きました。大阪府立厚生学院で二年修了して養護教諭の資格を得たあと、医療関係へ進みたかったのですが、解剖の授業で貧血をおこしまして、医学関係は向かないことを知りました。大阪府立澱南中学校の教諭になりました。それから立命館大学の夜間に通い、国文科の勉強をしました。私はどうも文科系らしいですね。国文の教師になりたかったのです。

二、俳句の縁は?

千女　本格的には、鈴鹿野風呂先生のところに通い始めてからですね。子どもがいたので子連れでね。先生に可愛がられました。吟行に子どもを連れて行ったら、先生はご自分のお弁当から玉子焼きを取って、子どもに下さいましてねえ。一生忘れません。大好きな先生です。でもね、正直言いますけど、句は分からなかった。難しいからじゃない。平凡だから、どうしてこれが良いのかって。でも、先生の大きな人間性の魅力で勉強させて戴きました。賞を毎年貰いました。海道先生の時代になって、いよいよ作品が分からなくなりました。「京鹿子」の賞を戴いても、こんな句を作っていては……と満足じゃなかった。結局、辞めました。

――昭和四十一年頃から「天塚」の俳句グループを作り、昭和五十三年には結社誌を創刊なさった。「京鹿子」からは恨まれなかったですか?

千女　大変でした。謀叛者ですからね。昭和五十一年に「京鹿子」から大賞を貰っています。でも、誰のために俳句をやるのかって考えました。それで、辞めようってね。同時に、俳句の先生を真剣に探しました。そのとき鷹羽狩行先生の第一句集『誕生』に出会いました。いい句集です。

――〈天瓜粉しんじつ吾子は無一物〉が著名ですね。それから遺跡保存の活動もなさいましたね。

千女　ええ、そのころ城陽市に、遺跡を潰して宅地にしようとの計画がありました。その遣り方は今のアベ政治と同じで、滅茶苦茶でした。私らは反対し、小冊子を作って運動し、それが京都の新聞に大々的に取り上げられ、結局、運動は成功しましたが、それでも多くの古墳、城陽市の文化財がなくなりました。

三、戦時体験

――少し遡ります。戦争中どこにお住まいでした？

千女　枚方市です。食糧事情が一番の悩みでした。ひもじうて、ひもじうて。たまに粥を食べますが、目玉が映るくらいの薄さです。

――それを思い出しての一句が、

ですね。辛かったですねえ。買出しは？

千女　ええ、買出しにも行きました。むかし、わが家にお手伝いさんがいましてね。家から嫁に出して遣りました。いい嫁ぎ先でした。そこへ頼みに行けばって思って、友達を連れて行きました。自分が頼られる立場だったら、援けてあげるに違いないという単純な考えでした。でも、そうじゃなかったです。けんもほろろでした。戦争は、人の心を一変させてしまうんですね。どん底でしたね。

川田　私の経験もそうでした。一度二度は良いのですが……それ以上はもう食糧を貰いには行けないなって、思わされました。

――枚方では空襲に会いましたか？

千女　いやあ、幸い大丈夫でした。家では防空壕を作ってなかったんで、他所に入れてくれって言ったら、ダメだって言われてね（笑）。

それから、当時は軍部の嘘が多かったですね。勝ってる、勝ってるって、なんでも提灯行列なんです。

――大本営発表ってね。

川田　わが方の損害軽微って、必ず続くんです。

――通勤や通学の足の便は大丈夫でした？

千女　ええ、京阪電車でした。夜学に通ったのも、これじゃダメだ、これじゃダメだっていう思いで続けましたね。

最近、角川から久し振りに依頼状が来ましてね。戦争など、昭和・平成の一番の苦しかった思い出を書いて下さいって。書きましたよ。良かったらしくて、次に来た依頼は、地方の一番楽しい遊びは何でしたかって。書きませんでしたよ。その頃の私に何の遊びがあるんですか？　お腹は空くわ、空くわ。地方の遊びなんてとんでもない。私にゃ句会しかないって。一にも二にも句会ね。そしたら、それ書いてくれって。そのうち書くかも。

――苦しかった思い出の記事は「俳句」の平成二十七年八月号ですね。千女さんの弟さんが少年兵の志願をしようとした。受け持ちの先生がお父さんのところへ、その承諾印を貰いに来た。だが、お父さんは教師に「否」の返事をした、っていうお話ですね。それで弟さんは生きてこられた。お父さんの反対のお陰ですね。その時の句が、先にも挙げましたが、次の句でした。

少年を還せ夕焼に飛びしまま

千女さんは、他の雑誌にも反戦句を発表していますね。いささか他の俳人の作品とは趣が違っています。

千女　そうでしょう。もう齢だからね。頭は朧。今のうちに書いておかねばね。根性でもっているんですわ。だから周りが気の毒（笑）。

――川田さん、気の毒？

川田　私はおし掛けの弟子ですからねえ。戦時中は東京にいましてね。新宿近くでした。三月の空襲は何とか無事でしたが……。

こちらで先生との縁ができまして、最初、四十句持って訪ねました。そしたら「こんなもの俳句と違う」って。全部ボツですね。それで「天塚」を見せて貰い、勉強しました。その後、既に十年くらい遣っておられる方と一緒に行きまして、その人は十句、私は三句見てもらいました。そうしたら、千女先生、十句はみんな「説明」やって言われボツ。ところが私の三句は「これが俳句だ」って言われました。お気の毒ですが、その方は俳句辞められました。別の機会ですが、やはり四十句持って行きました。先生は、鉛筆で全部をさっと消され、全部ボツ。これらの句には「私」がないってね。

千女　今、若い人が「天塚」の主宰ですが、戦争を知らない世代なんです。宮谷さんって言いますが、はやく「私」を確立しなさいって言ってるんですよ。「私」が大切です。

――「天塚」のメンバーの中に素晴らしい句を詠まれる方がおられますね。私が感動した句では、

行く年を穴のあくほど見てゐたり　常子

目が見えて耳が聞えて梅の花　ちよ子

があります。「私」があります。

千女　この方は、残念ですが、もう寝たきりの方ですね。でも頭は確りしています。私ももう呆ける年頃ですが、俳句やると呆けるのが遅いです。真剣に命掛けてやってるとね。寝ても俳句、食べても俳句、喜びも俳句、悲しくて俳句ですからね。神様が呆けるのを遅くしてくれてるんですねえ、きっと。

筆者注――こうして千女は昭和五十二年に句集『焰芯』、以降、『阿修羅』『十夜婆』『白炎』『お閻魔』、そして平成二十六年に第六句集『初鏡』を上木した。

四、真剣勝負

筆者注　千女には随筆集もあり、興味ある一節がある。大事なので引用しよう。

昭和五十三年は私の生涯にとって忘れる事の出来ない年であった。当時、私は自分の俳句がわからなくなっていた。（中略）私はもう一度、はじめから出直してみようと思った。そんなある日、鷹羽狩行主宰「狩」創刊を知った。私は惹《ひ》きつけられるように投句した。（中略）待ちに待った「狩」創刊十月号が来た。私は不安にかられながら最後の頁から私の作品を探した。一句欄、二句欄、三句欄、ない。「あった」。巻頭の二番目に私の作品があった。

牛に豆電球一個菜種梅雨
奔放に生きて悔あり髪洗ふ
悪妻やぶんぶん髪にからみつき
仏壇に粥の一椀原爆忌

（中略）私はうれしかった。自信が体中に湧き、ひょっとして私は達人かも知れないと思った。次の十一月号がくるまで期待と希望に胸をふくらませ楽しかった。いよいよ十一月号が来た。今度は巻頭から頁を繰った。四句欄ない。三句欄ない。私は焦った。もう一度最初から見直した。「あった」。二句欄のビリに私があった。瞬間、私は腰がぬけるほど驚いた。巻頭からビリに情け容赦もなく突き落とす、この「狩」の選者とはどんな人物かと真剣に考えた。そこには、ただ俳句の実力だけしか見ない厳しい目、俳句に魂を捧げた人の息吹があった。透明な選者の魂にはっきり触れた。私は急に目の前が明るくなった。私が長年求めていた本物俳句を作り出す修練の場はここだ。とうとう本物を摑むことが出来ると胸が震えた。――『千女随筆集』（文學の森、平成二十四年八月）

筆者注　これに付記したいことがある。千女氏から借りた宮谷昌代の『千女の作品と人』（伊丹柿衛文庫、平成二十三年二月二十六日の講演会録）に次のような意味の記載がある。右の句群の第二句〈奔放に生きて悔いあり髪洗ふ〉に係わる裏話である。

（この句は）狩行先生が添削した結果であり、原句は「悔なし」であった。全くの逆の意味に直された。「京鹿子」を辞めるとき、これから「狩」で一から学ぶ覚悟があり、今までの勉強には「悔はない」積りでいたから、この添削「悔あり」には納得できていなかった。狩行先生に訊いたら、「悔がある方が文学的真です」と言われた。すぐには納得できなかったが、父のように優しく導いて下さった野風呂先生や、孝養を尽さないまま若くして亡くなった両親のことを思い出し、私のこれまでの生き方には「悔あり」という表現こそが真実である、と気付かされ胸が一杯になった。

筆者注　千女が筆者に送ってくれた書簡には、この「悔い」の続きとして、次のようなことが書かれていた。

生きるとは俳句すること。生甲斐の俳句を一生懸命勉強し、俳句一途の人生です。二年前夫が亡くなり、人生観が変わりました。一番大事な夫のことをおろそかにした悔いがあります。でも俳句に熱中するのを許してくれた夫に感謝して生きております。

――千女さんには、ある年の俳人協会全国大会で秀逸に選ばれた〈チューリップわたしが八十なんて嘘〉のような軽い句もありますので、いつも真剣勝負ではなく、力を抜くこともあるんじゃないですか?

千女　その句は評判が良いのですが、私はいやなのです。力が入っていない。力の入ってない句はいやなのです。いつも真剣勝負です。

五、老々介護

――恋愛結婚されたご主人は同じ職場（教諭のち校長）の方ですね。のち、老々介護の句があります。

千女 自選句をと言われればあの時代のことを詠った句ですかね。お父ちゃん大事にして、一番幸せだったかなあ。亡くなってから、自分の気分がどんと落ちました。むかしはどんどん句ができたもんです。これが老いですかね。でもね、選句と添削は今でも楽に出来ますよ。衰えてない積りです。

――「老々介護」からいくつか抽かせて戴きましょう。

病む夫を叱りて悔いて年は逝く

夫憎し愛しと火桶抱きにけり

長病みの夫へ足袋買ふ下駄も買ふ

新俳句人連盟賞の佳作だった句ですね。正直な句で飾ったところがない。

千女 何にもないから飾られへん。あったら飾りますよ。

川田 いやあ結構おしゃれなところもあります。飾らないところもね（笑）。

――千女さんの時代背景と句柄からして、社会性俳句や前衛俳句に行かなかったのはどうしてですかね？

千女 あの心は分かりますが、句はちょっとねえ。五七五じゃないでしょう。もう少し詩情が欲しい。だから行かなかった。伝統を守ってないような現代俳句はきらい。金子兜太さんの言わはることはわかりますが、「かたち」を整然として欲しいんですねん。やはり鷹羽狩行のようにね。有季定型ね。

——でも千女さんの句は、「京鹿子」とも違い、狩行さんとも違う。どこかで誰かが「千女は狩行を手こずらせている」と書いてありました。どんなことでしょうかね？

千女　いやあ、東京へ出てきなさい、色々紹介するからって言って下さるのを、我儘でお断りしたりしてね……。

——拘りますけど、もっと俳句の深い所に何かがあるんではないですか？

千女　そうねえ、狩行先生には、原爆や戦争を詠んで欲しいんですよ。その気持ちの違いかなあ……。悲惨なことも日本人は詠まなくっちゃねえ。

——それは俳人のテーマ選定の気持ちの問題で、一概に言えないかもしれませんね。虚子だって戦争は詠まなかった。三・一一を詠まない態度もあって良いと、個人的には思いますがねえ………。

千女　〈諸粥にうつる目の玉終戦日〉のような句を詠んで欲しかったんですよ。

——そこがやはり千女さんですね。俳句で何かを成就したいと考えておられる。

六、自選句鑑賞

千女さんから自選の句を戴いた。若い頃に詠まれたものから抽いたようだ。筆者の独断的鑑賞を書かせて戴く。

リンゴ割る童話の扉開くごと
夜を学ぶ少年鉄の匂ひ持つ
天高し干せるむつきは母の旗
初夢の父来てわれを肩車
雛包むちちの文殻の候文

一句目。「童話の扉を開く」とは上手く言ったもの。まさにメルヘンの世界に引き込まれる。最近は蜜林檎が出回っており、割ると芳香が立つ。いや、むかしの林檎、紅玉とか国光とかも懐かしい。童話にもし香りがあるなら、林檎の香がよいのではなかろうか。

二句目。鉄工場からまっすぐ夜学に通う少年なのか。育ち盛りの若い体臭があって、それは「鉄の匂い」だという。「夜学」は秋の季語だが、この句からは、汗をかきかき夜の学校へ急ぐ姿を思った。この頃は、千女さんも夜学に通っていたのではなかったか。汗の出る「溽暑」を思ってしまった。夏の夜でも良さそうに思うのだが……。

三句目。「むつき」は母親たるものの「旗」であるという。千女さんの子育て時代の母としての句であろうか。太陽の光を存分に「むつき」に当てる。「母の旗」という断定に強い矜持が感じられる。

四句目。初夢に父が出てきて、肩車をしてくれた。一見平凡な句のように見えるが、人は幾つになっても父母を恋うもの。夢に出て来たのは若いお父さんだったろう。夢の中の千女さんは三、四歳だったろうから、昭和二、三年のことだろう。この句が現在も千女自選にあるということは、実に九十年も前の夢を今でも鮮明に覚えているということである。夢というものは、こうも長続きするものなのだ。

最後の句。父が書き損じた和紙の反古なのだろうか。柔かく雛を包んでいる。「候文」とあるから、格式のある文体も思われて床しい。懐かしいとも何とも言っていないからこそ、そこに父への思慕を読者は感じ取るのである。

（平成二十七年十一月五日、久津川の「八百忠」にて）

筆者感想

老いたとはおっしゃりながら、気丈で反戦俳人の意気軒昂。アベ政治を批判しながら、兜太の句の姿には距離を置く。狩行に信服しながら注文をつける。己を持った先輩俳人である。長寿を願う。

筆者の共感句抄

すさまじや「全員逝きし」と石一つ
ひもじうてただひもじうて敗戦忌
パチンコの名手となりぬ敬老日
鹿連れて移動してゐる煎餅屋
藷粥にうつる目の玉終戦日
悪妻やぶんぶん髪にからみつき
長病みの夫へ足袋買ふ下駄も買ふ
リンゴ割る童話の扉開くごと
初夢の父来てわれを肩車
湯たんぽやわれ生涯の一句なし

八、橋本美代子——多佳子を語る

橋本美代子　大正十四年十二月十五日生まれ。平成二十八年末現在　九十一歳。

橋本多佳子は杉田久女に俳句を習い、「天狼」の山口誓子に師事し、多くの名句を遺した。

乳母車夏の怒濤によこむきに

夫《つま》恋へば吾に死ねよと青葉木菟

いなびかり北よりすれば北を見る

多佳子と言えば、着物姿のよく似合う凛とした容姿で、鋭く硬質な抒情を詠う女流俳人であるとのイメージがある。

この「昭和・平成を詠んで」の取材趣旨は、俳句作家の時代背景とその俳句作品の関係を探りながら、戦争などの記憶を風化させまいとする点にある。その点、華麗そのもののように見える多佳子に、そのような時代の残滓があるのだろうか、とふと疑念がわく。

橋本美代子さんは橋本多佳子の四女で多佳子創刊の「七曜」の主宰役を堀内薫を経由し、

平成三年に受け継いだ。その美代子さんに多佳子のことを伺った。そして、多佳子の句の中に次の句があることを知った。

毟りたる一羽《は》の羽毛寒月下

戦後の食糧難のときに、男性俳人たちが奈良の疎開先の多佳子邸を頻繁に訪ね、俳句談義に時を忘れた。そんなある日、多佳子は貴重な鶏を潰して振る舞わざるを得なかった。その場にいた娘美代子さんの証言を後で述べるが、多佳子なりに、楽しいが、しかし、辛い時代があったのである。

橋本美代子は、平成二十八年三月、「第十五回全国女性俳句大会ｉｎ北九州」において「母・橋本多佳子」を語った。筆者はその講演のＤＶＤを事務局から送って貰い、視聴したが、大変興味のある講演であった。このほど、「ぽち袋」（代表渡辺徳堂）がその講演を誌上に収録されたので、その記述を適宜引用させて貰いながら話を進める。なお、「ぽち袋」は「七曜」終刊後、その旧会員の発表の場として、平成二十七年七月に創刊されている。

まず、橋本多佳子の生涯を略記してみよう。

多佳子は明治三十二年に生まれ、昭和三十八年、六十四歳で他界した。大正六年、十九歳のとき、実業家の橋本豊次郎と結婚し、四女をもうけた。今回お話をうかがった美代子は四女で大正十四年生まれ。

多佳子は、現・北九州市小倉区の「櫓山荘」に住んだが、そこに高浜虚子が来遊したことはよく知られている。それを機に俳句をはじめた。その頃は、杉田久女が手ほどきをした。「ホトトギス」雑詠の初入選は昭和二年で、〈たんぽぽの花大いさよ蝦夷の夏〉であった。昭和四年大阪の帝塚山に転居のあと、大阪の「ホトトギス」大会で、久女に山口誓子を紹介され、のち師事し、水原秋櫻子の「馬酔木」の同人となっている。

昭和十三年夫豊次郎逝去（享年五十）の後、昭和十九年奈良市あやめ池に転居。ここが多佳子の生涯の家となる。昭和二十三年に「七曜」を創刊し、同時に、誓子の「天狼」に創刊参加。西東三鬼、平畑静塔、秋元不死男らと出会い、戦後俳壇の女流スターとなって行った。

俳句との出会い

——美代子先生は九州での講演で、まず初めに多佳子の俳句とのきっかけについて話されました。

橋本　昭和三十九年の東京オリンピックを前にして多佳子はなくなりまして、享年六十四歳でございましたが、今私九十歳（講演時点で）なんですね。ですから（この講演のテーマが）「母　橋本多佳子」となってはいるんですけれど、母は今の時点でいうと私の娘の齢という感じなんで、親と子が逆転してしまって妙なんですけれども。私の娘時代、俳句を始めた頃のことを思い返しますと、母の俳句は一寸手振りが大きいと言うんですか、大袈裟で好きじゃなかったんですよ。私は俳句そのものもあまり判っていませんでしたから、膝をつきあわせて俳句の話などはしたことがなく、多佳子の句を褒めた記憶もなくて親孝行ではなかったんですね。むしろ誓子先生のお句が簡潔で詩的に思えたので、直接誓子先生の末端の末端の弟子にして頂くという状態でございました。今にして思いますと、一見華やかな母の俳句の陰には紆余曲折があり、大変な苦労もした母であったことが伝わって参ります。

――多佳子の個人生活としては「櫓山荘」のころが最盛期だったと言ってよいのでしょうか？　虚子を櫓山荘に招いたり、海外旅行を楽しまれたりしました。大正十一年に虚子が櫓山荘を訪れますね。

橋本　その二年前に櫓山荘が新築されていますから、虚子先生がお越しになった時はまだ新築の香もしていたと思いますし、父にしましても大阪人ですから未だ九州の友達もそういるわけでもございませんから、寂しい丘の上で家族で住んでいたような頃ではなかったかと思います。お客様が多く来られるようになったのはもっと後になります。虚子先生の御来駕は、俳句の王様で偉い方というので緊張感が漂っていたと思われます。俳句会そのものは個人の家のことですから、メンバーはほんの数人だったようで、その中に久女さんがいらっしゃった。席題は「落椿」でした。

落椿投げて暖爐の火の上に　虚子

虚子先生の解説があります。「この落椿はまだ燃えずに美しく、燃える火の上に焦げずにのっている状態」とおっしゃっています。この日多佳子は離れてソファーに座って俳句会を見学していたんですね。虚子先生の句の「投げて」というところに自分（多佳子自身）の所作が入っているし、即興の句なのにまあ美しく、びっくりしたり、嬉しかったりだったのでしょう。俳句ってこんなに瞬間に詠めて美しく出来るものなら自分も習いたいな、ということになりまして、夫を通して同席されていた久女さんにお願いし、後に俳句を見て頂くようになったわけでございます。

——落ちた椿を暖炉に放り込んだのは多佳子だった？

橋本　虚子先生が「投げて」と詠んで下さった多佳子の動作ですが、娘の私からみるとこれが実に多佳子らしいんですよ。と申しますのは、私でしたらね、緊張するお客様の前で自分の活けた椿がぼとんと落ちましたら、ひやりとして気付かれぬように拾いそっと屑籠に捨てると思うのです。ところが多佳子は躊躇なく落椿を暖炉の中に投げ入れるという、この動作ですね。暖炉の前が主客の虚子先生の席なのに、つまり先生の前で椿をぼんと投げ入れるという非常にためらいのない行動でございまして、そこに多佳子（の性格）が顔を覗かせていのです。後々多佳子の作品の上にも自分を躊躇することなく打ち出すところがあるのです。

久女との出会い

橋本　久女さんは多佳子に写生を徹底的に教えられました。母の作品には確かに実感を通して写生が下敷きになっておりまして、感情の句が多いように思われますが「写生」があります。さらに大切なのが、久女さんは情熱をもって何も判らぬ多佳子に俳句魂を吹き込んで下さったことです。これは多佳子俳句の母体になっております。多佳子は後に山口誓子先生に師事し最後までご指導頂くわけですが、その誓子先生を紹介して下さったのも久女さんでございました。久女さん、誓子先生は多佳子にとって大変大きな出会いだったわけでございます。

――多佳子は「ホトトギス」や「馬酔木」に投句していたのですが、虚子や秋櫻子よりも久女や誓子の影響を強く受けていると考えてよいでしょうか？　それは、やはり地域的な事情が大きかったのでしょうか？　それとも、久女と虚子の確執や、誓子が新興俳句の初期に影響を与えていて、虚子とは微妙に隙間があったと思われることなどが関係しますか？

橋本　当時のことを母から聞いたこともないので、詳しく知りませんが、母の随筆「菅原抄」に虚子先生を誓子先生と訪問した話が載っています。虚子先生とは櫓山荘でのこともあり、年月も経ているので、和やかな雰囲気で書かれています。その中で母の俳名「多佳子」についてのエピソードもありますが、それは今は触れずにおきます。虚子先生にはお世話になりましたことと思います。「ホトトギス」離脱のことや、秋櫻子先生のことなどは判りませんが、秋櫻子先生にも母は大変お世話になっています。馬酔木では婦人の雑詠選句をさせて頂いたり、俳句以外にも美術など深い関心をもたれていた先生で、学ぶことも多く、尊敬しお慕いしていたと思います。美の感覚を学んだのではないでしょうか？　個人的には婦人科のお医者様でしたから、長女のお産の時はお世話になるなど大変良くして戴いたようです。馬酔木時代の多佳子の考え、作品の影響、形成について今回初めて素通りしていたことに気が付いた次第ですが、ホトトギスを離脱して馬酔木への行動は、師誓子先生のお考えに従ったというに尽きると思います。当時母は三十六歳で虚子先生の許で選を受けながら、一方で新興俳句の面白みも感じていた程度だと思います。

ある人が、多佳子は誓子につかずあのまま「ホトトギス」にいたらどんな句を作ったか、〈籾干して天平よりの旧家かな〉など太っ腹でいい句だからなあ、と言われたことがありますが、やはり多佳子の生涯を通しての生き方や性格を知るものには、久女、誓子の系統が似合った自然の姿かと思います。久女からの影響は写生と詩魂ですから、つまり虚子の影響ということですし、誓子先生も同じで、さらに俳句構成を学びました。

誓子先生は私に「ホトトギスからなぜか僕は除籍されなかった」と言うておられました。

陰と陽

――多佳子の性格というか俳句に明るさと暗さがある、とおっしゃられていますが……。

橋本　多佳子俳句には陰と陽があったように思います。明と暗、美しく言えば太陽と月と申しますかね。ある評論家が「橋本さんは人に見せたい姿と見せたくない姿がある」と書いておられます。「見せたい」というのは人にアピールするという意味ではなく、自分が寂しがりやなものですから人に囲まれていると実に嬉しくてニコニコしたりして、さらにご馳走が美味しいと手を打って喜ぶようなところもありまして、たしかに無邪気でしたね。

劇作家の秋元松代さんは多佳子の陽も陰も知っておられるので、「橋本さんが皆の中に居るときは惚れ惚れするほど美しい」などと言って下さっていますが、美しく見せるのでなく自然に愉しいものだから傍からも生き生きとして映るのだと思います。

一方、陰の方というのは、多佳子は体力も弱く人様の中でエネルギーを使い果たした後、家に帰ると誰もいないし、疲れも出て、寂しさが身を襲うようになるのでしょう。娘たちは嫁ぎ、私は芦屋の方に英語を習いに行っておりまして誰もおらず、あやめ池の家は崖で行き詰まりのようなところでしたから、夜など心細かったのだと思います。作品からいうと、陰の姿というのは心情が深くなりますね。寂しい姿というのは人には見せたくないものので、その見せたくないところが俳句に打ち出されるというか、放出されるのだと思います。それが陰の句なのです。

——講演では次のような陰の句を話されました。

青簾くらきをこのみ住ひけり
月光にいのち死にゆくひとと寝る
さびしさを日日のいのちぞ雁わたる

「ホトトギス」「馬酔木」時代

橋本　昭和四年、大阪に移りました。

青簾くらきをこのみ住ひけり

この句については久女さんが、昭和七年に創刊された「花衣」の中で取り上げて評して下さっております。多佳子は大阪に移ってから落ち着いた句を作っている、と喜んで書いて頂いています。ですから久女さんから見れば、櫓山荘の頃の句は未だどうにもならなかったんじゃないかと、私は想像するのですが……。久女さんは評に「青簾くらきに住む、とは光源氏ならずとも垣間見たくなるであろう」と書いて下さってまして、光源氏まで出てくるのはやはり久女さんならではの評ではないかと思います。

月光にいのち死にゆくひとと寝る

夫との別れの場の句でございます。そして、こんな悲壮な時なのに表現として美しすぎるし冷静すぎるのではないか、ということで作品としては悪評でございました。この句は処女句集にも収められまして、だいたい処女句集というのは褒められることが多いのですけれどね、母にしてみれば悪評だったのでびっくりしたわけですよ。俳句評論家の神田秀夫さん、「俳句研究」の編集もしてらっしゃった方ですが、その神田さんが「そんな悲しい時にこんな綺麗ごとですむわけがない」、また「多佳子は自分に無いものを一生懸命摂取しようと無理している」というような評をされていましてね、神田さんは多佳子をよく摑んでいる方でもあったので、この指摘で多佳子はああそうなのか、とはじめて自分の俳句に気づくわけですね。母にはすぐ反省する素直なところも確かにありましたように思います。

その頃私は小学生でいつも父母の傍に寝ていましたので、この時も父母の傍におりました。母は涙を見せませんでしたし、父は五十歳で亡くなっておりますから黒髪だし、苦しそうな顔も見なかったんですね。ですからまさかそんな別れの場とはわかりませんでしたが、窓から月光がひしひしと射し込んでいたのは覚えております。私にとりましても父の死は、生まれて初めて死というものに出会ったのですから、大変な寂しさでございました。後日、母が泣いているのを見たんですね。その時とても悲しくなって私もわーわー泣いてしまったんですよ。母は驚き慌てて「ごめんなさい、ごめんなさい、私がしっかりしないといけないのにね」と言って慰めてくれました。その時のことは印象強く残っています。母こそ誰よりも辛く耐えていたのに、子供への責任を深く感じていたんだと思うと、今も胸が熱くなるんです。

さびしさを日日のいのちぞ雁わたる

この句は、先の「月光に」の句から四年目、「夫の忌日に」という前書があります。ここでは自分の気持ちを「さびしい」と打ち出しているところが処女句集『海燕』の作風と違い自分をさらけ出した姿ですね。夫を亡くしてからの母は頬がこけ、すっかり痩せて、微熱を出したりしておりました。夏は静養がてら信州の野尻湖に山荘を借りて過ごしました。この句は、その野尻の山荘での作ですが、娘達は年頃でもあり母の寂しさなどには気づかず夏休みを謳歌しておりました。誓子先生はこの句について、「さびしさが命であるようなそんな寂しさ」とおっしゃっておられます。ほんとうにただ寂しさイコール命という表現の句でございましてね、この句と並ぶ作品の前後を読みましても身を通して寂しかったんだろうと察せられます。

誓子時代

――それから誓子時代に入ります。「天狼」ですね。戦後の苦しい時代の作品も見られます。特に女手一つだったでしょうから、苦労されたと思います。

橋本　桑原武夫の第二芸術論に反発し、論よりも俳句そのもので芸術作品を作り応答しようということを（誓子先生が）言われまして、賛同した西東三鬼、平畑静塔を中心に山口誓子を主宰とする「天狼」が昭和二十三年に創刊されました。「酷烈なる精神」の許に集まった同人十人足らずで、多佳子も同人として参加しております。

時代は終戦直後ですから財政も新円に変わり、旧円の価値が百分の一くらいになったのでしょうか。家に働く者のいない多佳子などは財産もなくなり、新円も入らず、国も食料不足でお米が配給になり、主食のお米が一人スプーン三杯くらいでおかず程度なんですよ。後は母が丹精込めた収穫の薩摩芋を頂いてました。その頃は帝塚山から奈良に転居していましたが、一番張り切って愚痴も言わずに働いたのが多佳子でした。「天狼」創刊前後から母の生活環境もがらりと変わり、もんぺ姿の多佳子を訪ねるお客様が多くなりまして、そのお相手は、母から見ると今までとは全く違った、無季俳句を作る現代俳句の荒武者みたいな方たちで、そういう方たちとお付き合いが始まるわけでございます。疎開先の我が家の三部屋ほどの小さな部屋に、そういう男の人ばかりの来客が朝と言わず夜と言わずいらっしゃって俳句論が交わされます。後に細見綾子先生や桂信子先生などもいらっしゃいましたが、それは大分後のことでございます。男の方は食事のことなど忘れて話されるし、多佳子は一方で夕支度も思いますから、思案の挙句に家で飼っていた鶏をつぶして鶏鍋のようなものを作り出したりもしました。その時の句が、

毟りたる一羽《は》の羽毛寒月下

でございます。私は陰のお手伝いですから鶏を絞めた時の声も聞いていますし、男衆さんが毛を毟っているのも垣間見て、辛かったのを記憶しています。母も同じ気持ちだったのでしょうが、そんな素振りは見せず、お客様が帰られた後、鶏の毛が残されていてそこに月光が射しているという状態の句なのです。ですがこの句、ただの羽毛じゃなくて「一羽の羽毛」というところが良いですね。一羽の羽毛となりますと殺された一羽の鶏の命まで感じられますし、お話ししたような殺伐な場面なんですが、美しく内容もさらりと詠んでいるなあ、と私は感心致しました。

――確かにさらりと詠まれていますが、背景を考えると、私などは男衆の無神経さに反発を覚えますね。女一人の家に数名で押しかけて食糧難の時代に貴重な鶏を潰させるのかって！　鶏卵は貴重な蛋白源でした。とにかく着物姿の美しい多佳子がもんぺをはいて農作業をする姿は想像していませんでした。

橋本　この時代の母は私の記憶の中でも一番母親らしく、生活においても、俳句においてもいじらしいほど一生懸命でした。最も観察力の敏感な年頃だったので、母の苦労が少し判ってきたからでしょうか、家庭的には私の着物からもんぺを作ってくれたり、お百姓さんとかけあって反物とお米を交換の交渉をしたり、私はその運び屋でしたから、よく知っているのですが、帝塚山の奥様であった頃とは別人のようで、畑を耕すのもうまく、土でドロドロになっているところに、電話もない時代ですから突如来客があるわけです。慌てて待って頂き泥着をぬいでお目にかかると、待たされた来客は「お化粧に時間をかけて出て来た」と書かれる始末、ほんとうに母が可哀そうで、そんな客には怒りを覚えましたね。母にすれば身だしなみぎりぎりの姿だったのですから。その点では日吉館でのお仲間は母を同類の俳句仲間とみて深夜でも炬燵を囲んでの句会をするという、俳句一念でいられたのが楽しかっただろうと思います。この頃のこと平畑先生は多佳子に「こつかれた」の「階段から落とされそうに怒られて」など面白おかしく書いておられます。母は齢からいうと年上ですから、遠慮することなく、ぶつかって行けたのだと思います。

――美代子先生ご自身のご苦労は？

橋本　私自身の苦労は大したことありません。時代が時代でしたからね。畑への肥やりなども一生懸命でしたよ。着るものは姉たちのお古でね。かえって姉たちの方が、慣れない環境変化で大変でした。

星空へ店より林檎あふれをり

母の陽の方の句です。天狼の大会が九州でございまして同人のお仲間とご一緒で非常に楽しかったらしいんです。寺井谷子先生のお父様の横山白虹さんが同人でいらっしゃって、いろいろご案内して頂いたようです。白虹さんは母の良友悪友とでも申しますか、私には佳きおじ様でいらっしゃいます。この句は夜の街の小さな果物店で林檎が軒より溢れているのを見て作ったのです。子供としましても、こういう句にはほっとするんですよ。星空のお星様がみなリンゴ大に見えまして、童画を見ているような気分で、私の好きな句です。この句は教科書によく採用されています。

罌粟ひらく髪の先まで寂しきとき

多佳子自身の言葉「神経八分」で作った代表のような句ですね。「髪の先まで寂しき」なんて言えないんじゃないかと思うんですよね。それほど寂しさが切実だったということなんです。母は口に出して愚痴など一切言わない人でございまして、例えば九州の櫓山荘時代は良かった、帝塚山時代は良かった、などと昔と比べて今を卑下するようなことはありませんでしたし、事実、戦中戦後にはもんぺを着て畑仕事に夢中で、麦の芽が出たと言っては喜び、馬鈴薯の花は綺麗な洒落た花だと言っては楽しみ、何事にも一生懸命で無邪気な人でございました。ですけど、そういう思いの陰には常に盾になる人もなく寂しさがあったわけで、私も今頃になって気がつくんですね。罌粟の花のデリケートな薄い花弁と母の感情がよく効いていると思います。

多佳子の代表句の中で

――それから、人口に膾炙する多佳子句に触れられますね。

雄鹿の前吾もあらあらしき息す
夫恋へば吾に死ねよと青葉木菟
いなびかり北よりすれば北を見る

橋本　先の神田秀夫先生が「橋本さんという人は人をはらはらさせるお人である」と書いていらっしゃるんです。

――第一句目ですね。すれすれの句かと……。

橋本　雄鹿の前吾もあらあらしき息す

確かに傍でひやひやさせられる母でございました。こと俳句になれば一途で物怖じしないところがありました。奈良の鹿ですが、雄鹿は秋が一番雄鹿らしく闘争心がむき出しで眼は引きつっていますし、闘った傷で血みどろのところに泥のぬたが生乾きという無惨な状態で、近づきがたく怖いのです。そういう鹿を観察するには正直、恐る恐るどきどきしながら近付くより仕方ないのです。「あらあらしき」には対象に迫る姿が感じられ母らしい一面が出ております。

――恥ずかしいのですが、私は勘違いしていました。

橋本　男の方々はそういう風に解釈しますが、そうじゃないですね。多佳子は対象と一体になって、感じたことを直に書くんですね。誤解されて怒っていたこともありますよ。三鬼さんなどはちゃんと理解して下さってました。

鹿の句は句集『紅絲』に二十句ちかく出しています。

袋角鬱々と枝《え》を岐ちをり

野の鹿も修二会《しゅにえ》の鐘の圏《わ》の中に

など実態をよくとらえていると思いますね。多佳子は半生を奈良で過ごしているのですが、昔から奈良が好きだったようです。九州での講演では触れなかったのですが、奈良は母の俳句成就の地と思いますので、もう少し奈良での句を揚げてお話すればよかったと思うのです。新薬師寺での次の句は、最後の句会での作で、中句は多佳子の命の迫っている心情が意識しないままに表出されています。

またたくは燃え尽きる燭凍神将

多佳子には「恋仏」が多く、見に行くとは言わず「会いに行く」と言い、句がないと恋仏の許へよく出かけてました。

蝶が来る阿《あ》修《しゅ》羅《ら》合掌の他の掌に

など、句の字余りが阿修羅のあの手の存在を示していますし、蝶と共に楽しんでいる母の様子が見えるようです。鹿もそうですが、素材にのめり込んで一体になってしまうようです。

橋本　夫恋へば吾に死ねよと青葉木菟

この句は、夫を亡くしてから十一年目（昭和二十四年）の作でございます。青葉木菟は本当に暗い低い声で鳴くので、奈良の一人暮らしの身には寂しかったと思いますし、九州の櫓山荘でも鳴いておりましたから、思い出もあったのだと想像できます。「そんなに夫を想うなら、自分が死ぬより仕方がないよ」と青葉木菟が言っているという句ですが、木菟の声がセリフになっているような、寂しい中にも何か童話めいたものがあるようで、これまた私にはホッと致します。

いなびかり北よりすれば北を見る

母の代表句とも言われております。この句の中にイの音が繰り返されていることを山口女子大の上野先生が指摘され、イ音が続くことで、ひとつの貫いた強さが生まれるとされています。本人は一瞬の作ですし、そこまで考えていなかったでしょうけれども、確かに一筋の強いものがありますね。要は「北」という方位でございまして、東でも西でも南でもなく、やっぱり北でなければいけない。北という方位から北極などの冷たさや寂しさ、北枕とかの霊的な不安感などにも通じますし、現実に多佳子の反射的姿勢でもあったのですが、この北という方位は詩の上でも決定的でございます。

——そうですね、「北帰行」などにも通ずるかと……。それから久女さんについてもお話しされました。

久女のこと

橋本　万緑やわが額《ぬか》にある鉄格子

久女さんの終焉の地、九州の大宰府の保養院を訪ねた時の句です。九大の分院で立派な病院でございましたが精神科でしたので、久女さんが亡くなられた部屋には鉄格子が嵌っておりました。当時は戦時で病院もままならず、入院のことはご主人の宇内さんが決められたそうですが、久女さんは入りたくないと言われたそうです。私はそのことを聞いただけでも胸が疼き涙が出るんですけれども、多佳子が現実にその場を訪ねた時のショックはどんなだったかと想像できるんですね。日頃から多佳子は私に「久女さんに俳句の手ほどきを受けながら何一つ恩返しが出来なかった」と言っておりまして、この時ほど悔いたことはなかったと話しておりました。現実に自分の額に鉄格子が嵌っているという、久女さんを深く悼む句でございます。

――不遇な才女に対する虚子や宇内の対応、白虹さんの立場について、何かお話し戴けますか？　さらに、虚子は久女没後、除名してしまったことを遺憾に思っていたことはあったのでしょうか？　久女に関する著作では、松本清張の小説『菊枕』、吉屋信子の小説『底のぬけた柄杓』などがありますね。その後、久女の長女の石昌子の著作、田辺聖子の実録小説『花ごろもぬぐやまつわる…わが愛の杉田久女』などによって修正されてきておりますが、如何でしょう？　実は、このことは美代子さんにお聞きしたかった一つのテーマでもあるのです。よろしく御願いいたします。

橋本　久女さんは俳句をひたむきに指導して下さいましたし、母も学歴はない人ながら向学心をもっていましたから、久女さんもその気になって教えられたのでしょう。櫓山荘での久女さんが夕遅くまでいて云々の話（筆者注＝弁当を持参したという話）も嘘ではないと思いますが、兎に角、俳句に一生懸命だったんです。その久女のひたむき過ぎるところが虚子の重荷になったんでしょうか。

――虚子は久女没後、お墓に参っていましたかね？

橋本　虚子も気持ちを表したんでしょうね。石昌子さんの編まれた『杉田久女句集』の虚子の序文に、先生の久女を悼むお心が出ていますね。〈思ひ出し悼む心や露滋し〉の悼句も巻頭に記されています。石昌子さんは一生を母久女さんのために尽くされました。「俳句」誌で久女について書くように頼まれて、私の五十代の頃ですが、先ずは石さんに会いたくてお願いしたのですが、その頃は「坊主憎けりゃ」のようでしたが、次第に判って下さり、晩年はとても仲良しでございました。共に母親のことですからね、多佳子も若き日で、事実をそのまま言うたのですが、取材的に興味本位にされ、後々あれこれ小説化されて行ったのだと思います。多佳子も心痛めておりました。

晩年の多佳子と誓子

橋本　「天狼」の主宰誓子先生と「七曜」の主宰多佳子は大会の吟行や地方支部のお招き

で旅をしばしばご一緒する機会がございました。

早瀬ゆく鵜綱のもつれもつるるまま

岐阜の長良川の鵜飼の句でございまして、誓子先生の句碑〈鵜篝の早瀬を過ぐる大炎上〉と共に山下鵜匠さんの前庭に句碑が立っております。今でこそ女の鵜匠さんもおられますが、その頃は鵜舟に女性が乗ることは禁令でございまして、それを母がどうしても乗りたいと申しまして、山下鵜匠さんを困らせましてね、鵜匠さんは多佳子と親しくしておりまして、一晩考えた末に断り切れず、黒装束で乗舟を許されたそうです。多佳子が以前一人でお訪ねした時はそんな我儘は言わなかったのですが、ご紹介した誓子先生が鵜舟に乗られて良い句を作られて、自分は観光のように見るだけでは悔しく、自分だって鵜匠さんの舟に乗れば良い句ができる、作って見せるという意気込みだったと想像できますし、誓子に負けない句を作るのだ、という勝気が露わに出ています。多佳子は誓子先生より二つ齢が上で、姉さんだったので、大尊敬しながらも時折そういう場面があったように思います。誓子先生には命終るまでお世話になりました。幸せな多佳子でございます。

最晩年

——入院されるとき多佳子は次の二句を短冊に書いて美代子さんに渡されたとか……。

雪の日の浴身一指一趾愛し

雪はげし書き遺すこと何ぞ多き

橋本 多佳子は手術のため入院することになりました。「浴身一指一趾」の一指は手の指で、一趾は足の指ですが、最後になるかもしれぬ自分の軀を愛おしみつつの湯浴みでございます。多佳子は人様から美人とか、黒髪でもないのに黒髪滴るとか言われることがありまして、どうしてなのか自分では腑に落ちないと、よく私に申しておりましたが、多佳子に何か惹きつけるものがあるとすればそれは雰囲気だろうと思います。一つ言えるのは、手足が綺麗な母で足の指など桜貝のようでございました。「一指一趾」は自分の今生きている身を代表しております。多佳子らしく最後になるかも知れぬ吾が身を愛おしんで詠んでおりまして、誓子先生は多佳子の最後の「自己哀惜」の句だと申されました。生き抜いてまた新しい句を作るのだという祈りが断たれてしまった母のことが悔やまれ多佳子を真実愛おしく思われます。

——二句目についてもお話し戴けますか？

橋本　雪はげし書き遺すこと何ぞ多き

まさに遺言のつもりで書いたのです。これは俳句のことというより、身内に対して四人の嫁いだ娘たちに書いたものですが、遺すものは何もなく、住んでいる土地くらいのものでしたが、子供のいない私のことが不憫だったのか、配慮が感じ取られました。そのために母らしく姉たちにも気遣いを忘れずに丁寧な文で、巻紙に墨で書かれています。ほか尊敬する友人、作家にもさらさらと文をしたためておりました。多分自分の心境を信頼している方々にしたためたのだろうと思いますが、内容は判りません。手術以後のこれからの新たな晩年を生きようと信じつつのことで、万が一の時の責任のための遺言でした。「雪はげし」の打ち出しがこの句のほかにもありますが、凍ての激しい夜で母の心境がよく判るように思います。この遺言は私に託されました。口述で頼まれたのは死後の句集のことでした。

あるとき母は自分の病のことを「ああ、わかった」と言いました。悲しかったです。誓子先生がご自分の新しい句集を母に渡され、それを持った多佳子は「重たい」と言いました。先生は「私の句集は重たいだけ？」とあとで私に残念そうにおっしゃいました。亡くなる少し前のことです。

四Tのことなど

――ご講演では時間の都合でお話にならなかったことをお訊きしたいと思います。まず、男性俳人の四S（秋櫻子・素十・青畝・誓子）に対して女性の四Tがありますね。多佳子・三橋鷹女・星野立子・中村汀女ですが、代表句としては、多佳子のは先に出てきましたが、

いなびかり北よりすれば北を見る　多佳子

があります。他の三者の代表句は

大仏の冬日は山に移りけり　立子
外《と》にも出よ触るるばかりに春の月　汀女
この樹登らば鬼女となるべし夕紅葉　鷹女

とされていますが、こうやって比べますと、多佳子の句は理知的に響きますが、如何でしょうか？

橋本　私は勉強させて戴く側なので、四Tの方々の句と多佳子の句を比較して考えたことはないのですが、立子先生のお句はやはり虚子を踏まえながら、立子先生らしい姿勢があり、清々しくて好きです。汀女さんのお句は暖かく身近に通うものがあり、私がよく抽象

の句を作るので、汀女さんや波津女さんを学べと母に言われました。鷹女さんの句集はいっとき座右に置き、こんな飛躍をしてみたいなと憧れていました。多佳子の句より理知的で興味を持ちました。

荒百舌鳥や涙たまれば泣きにけり　多佳子

老鶯や泪たまれば啼きにけり　鷹女

と、同じような句がありますが、作の年代からいうと多佳子の方が先に作っています。作風は違いますが、どこか性格が似たようなところがあったのではないでしょうか。

――そのほか、今までのお話に追加なさりたいことがおありでしたら、お願いいたします。

橋本　この機会に母多佳子の固定してしまったイメージを、もう少し実像に近づけたいと思っていたんです。娘から見た実像ですね。

橋本美代子＝「七曜」の終刊まで

――ここで、美代子さんの作品も是非……。

橋本　懐かしい三句を掲げましょうか。

さくらんぼ笑《えみ》で補ふ語学力　昭和三十五年

白き蓮天意のままにひらきけり　昭和六十一年
冬木描くいきなり赤を絞り出し　平成十五年

二句目は西大寺に、多佳子の「いなびかり」の句と並び、句碑になっています。多佳子の「七曜」は、多佳子没後、堀内薫を経て私が平成三年から引き継ぎました。その後、平成二十七年三月に八百号をもって終刊しました。この分厚い八百号には「七曜」の長い歴史が詰まっています。

――今日はいろいろなお話を有難う御座いました。

（平成二十八年九月二十九日、奈良市の西大寺にて）

取材を終えて、凛とした今までの多佳子のイメージが和らいだ。それにしても戦後の苦労が深窓の令夫人にまで及んでいたこと、その苦労の最中でも、作物の育つのを楽しむ無邪気な多佳子が居たこと、などを知った。対久女観についても、固定化された多佳子像に少し修正が必要であるようだ。美代子さん自身のご苦労はあまり口にされなかったが、「運命のまま一生懸命生きて来ました」と語っておられた。それは同時に多佳子の姿でもある。

筆者の共感句抄

橋本多佳子

月光にいのち死にゆくひとと寝る
さびしさを日日のいのちぞ雁わたる
雪はげし抱かれて息のつまりしこと
星空へ店より林檎あふれをり
雄鹿の前吾もあらあらしき息す
春空に鞠とゞまるは落つるとき
罌粟ひらく髪の先まで寂しきとき
夫恋へば吾に死ねよと青葉木菟
螢籠昏ければ揺り炎えたゝす
乳母車夏の怒濤によこむきに
いなびかり北よりすれば北を見る
雪はげし書き遺すこと何ぞ多き

橋本美代子

ワイシャツ干す炎天の他触れさせず
さくらんぼ笑《えみ》で補ふ語学力
紫陽花に向き無欲とは言ひきれず
白き蓮天意のままにひらきけり
冬木描くいきなり赤を絞り出し
飢餓の子の目が真直ぐ来る新暦
多佳子忌の蝶・蛇・百足虫みな化身
棒立ちで取つてもらへり草虱

九、橋爪鶴麿――東京空襲のことなど

橋爪鶴麿　昭和二年三月二日生まれ　平成二十八年末現在　八十九歳。

永年俳句を研鑽されてこられた橋爪鶴麿さんを訪ね、「昭和・平成を詠んで」をテーマに、お話を伺った。まず氏の生い立ちと、俳句との係わりから始めよう。

一、生い立ち

橋爪　昭和二年三月に生まれました。先祖は紀州藩の鶴を飼育する綱差《つなさし》の家柄でして、将軍吉宗の江戸城入城に従って江戸に入り、屋敷を与えられ、大森で鶴の飼育にあたりました。明治維新の幕府瓦解により廃業しましたが、曽祖父は綱差役にかわって、明治政府から神官役を命じられました。私の「鶴麿」の名は父が祖先の生業を留めるべく名づけたのだと聞いています。橋爪家の墓地は現在も大森にあり、鶴の供養碑も建てられてあります。でも、詳しいことは分かりません。父の資料が長持ちに一杯あったのですが、戦災で焼けてしまいました。読んでおけば良かったと思っています。

筆者注　鶴麿さんのお話には「鶴」のほかに「鷹匠」「狩場」「鶴御成」などの言葉が出て

くるのだが、少し解説しよう。

江戸幕府の初期の将軍家康や家光は狩を好み、将軍の権威の象徴としての鷹狩をよく開いた。六代将軍綱吉が「生類憐れみの令」を敷いたことで鷹狩は中断されたが、八代将軍吉宗はこれを復活。特に紀州や伊勢では鷹狩が盛んであったらしい。

鷹は普通自分よりも大きな獲物は襲わないが、訓練により鶴をも襲うようになる。その訓練の役が「鷹匠」（世襲）であり、幕府の重役の下できちんとした階層管理の元にあった。将軍が狩場にお成りになり、鷹を放ち、獲物の鶴を仕留める際、その鶴を飼育しておくのが綱差であり、鶴磨さんの祖先はその役だった。鶴は京都の天皇に送られる。これが「鶴御成」である。

二、俳句との係わり

橋爪　俳句の師は中島斌雄先生でした。中島先生に会うことを奨めたのは、旧制中学と慶応義塾大学の先輩に当る櫛見充男氏でして、慶大俳句研究会の発足句会の帰路でした。櫛見氏は府立七中時代に中島先生に国語を習った一人だったのです。昭和二十一年、終戦直後のことでした。
その旬日後に「麦」の前身の「塔」の句会に出席しましたが、当日の先生の句は、

赤ん坊腕《て》にやはらかし虹仰ぐ　斌雄

でして、戦後の焦土の中での風景ながら、温かい人間愛とやさしさに満ちたその傾向に大きく魅了されました。「麦」の創刊に参加したのは、この句との運命的な出会いの結果だと言ってよいと思います。

　昭和二十二、三年頃、私が慶大俳句研究会でもっとも影響を受けたのは楠本憲吉氏です。氏は昭和二十三年慶應の法学部政治科を卒業後、二十五年には文学部仏文科に入っています。「なだ万」が家業ですが、日野草城らを擁し俳壇で活躍しましたね。一方、早稲田出身ですが富澤赤黄男の印象も鮮明でした。一度、憲吉氏に赤黄男たちの句会へ連れて行ってもらったことがあるんです。当時の空気の中で、新しい傾向に憧れたんですね。

筆者注　鶴磨さんの第一句集『ゴンドラの月』の跋文を、楠本憲吉が書いている。憲吉は鶴磨さんに初めて会った時の印象を「少年クラブの表紙絵のような童顔で、顔面一杯に笑みを湛え、健康優良児のごとき厚い胸を張って『橋爪鶴磨』です、と名乗った」とある。

橋爪　その後、昭和二十二年に「麦」同人となり、編集を担当しました。昭和二十五年には、慶応大学を卒業し、鐘淵紡績に入社、富山県高岡に勤務。爾来、静岡・大垣・群馬・大阪と転勤を重ねました。昭和四十一年には、関連会社の役員として帰京。その後、京都府長岡京市・東京・長野などに住みました。鐘紡のアパレル関係事業に係わり、ファッション業界の激烈で賑やかな環境を楽しみました。制作から販売までを手掛け、会社の合併や買収・整理など幅広い経験を持ちました。昭和六十二年、鐘紡を退社。昭和六十三年、中島斌雄先生逝去。平成六年、現代俳句協会常任幹事就任、「現代俳句」編集部長。平成十六年、「麦」の会会長と続きます。

筆者注　ここで師の中島斌雄に触れねばなるまい。「俳句」昭和六十三年六月号が斌雄の追悼号であった。鶴磨さんを含む多くの俳人たちが斌雄の秀句を上げている。

金子兜太は　置 手 紙 西 日 濃 き 匙 載 せ て 去 る
　　　　　　陽 炎 に ど う と た ふ れ て 勞 れ け り

などを掲げ、「西日濃き匙」が「ひどく新鮮だった」といい、「氏は現実主義を生涯にわたって貫いていた、と私は見ている。社会性の展開に与し、前衛の活動を支援したのも、早見えのお先走りではなく、氏が求める現実主義の路線に適っていたからである。新風を真風たらしめんとしていたのだと思う」と賛辞を書いた。

中村苑子は　子へ買ふ焼栗《マロン》夜寒は夜の女らも

を掲げ、その知性で包んだ社会性のある作品を「俳論も進歩的でありながら綿密・おだやかな中庸性の理論で読者の信頼を得ていた」という。

原子公平は　麥を蒔く風強ければ躬を曲げて

酒井弘司は　爆音や乾きて剛《つよ》き麦の禾《のぎ》

橋爪鶴麿は　酒のまぬ生涯の谿夕ざくら

筆者注　鶴麿さんは斌雄の「実体への肉薄」に示される描写の深化に畏敬の念をもったと思われる。今考えると初期に斌雄が主張していた「実体への肉薄」ということは「胸中山水」と同じ意味ではなかろうかと、鶴麿さんは思っておられるようだ。つまり、対象を一度自分の腹に取り込んで咀嚼してから表現過程に移るのだ、という。この辺りをいつかきちんと書いておくべきかも知れない、と仰っている。

一方で鶴麿さんは、人生派としての加藤楸邨の句に揺曳する、生きることへの問い掛けの句風にものめり込んで行った。

橋爪　当時私は、熱心に「寒雷」を読んでいました。楸邨の次のような句に刺激を受けたんです。

鰯雲人に告ぐべきことならず
蟇誰かものいへ声かぎり
木の葉ふりやまずいそぐないそぐなよ
冬嶺に縋りあきらめざる径曲り曲る
冬の浅間は胸を張れよと父のごと

「俳句界」平成二十六年四月号に、楸邨の〈冬嶺《ね》に縋りあきらめざる径曲り曲る〉について、短い鑑賞文を書きましたが、この句に、己を偽らず本当の声で力強く気持ちを打ち出していることに共感しました。私が、俳句でものが言えると感じさせてくれたのは勿論、その後も俳句を続けさせたのは、師斌雄への思慕と、楸邨の作品の魅力の双方が大きかったと思うのです。

筆者注　しかし鶴磨さんは「寒雷」には入らなかった。とはいえ、斌雄の社会性を帯びた実体への肉薄と楸邨の人間探究派的持ち味を重ね持った鶴磨さんの句柄は、ここに源泉があるように思える。

橋爪　私が俳句を創りはじめた頃、斌雄先生から教わった先ず第一番は、「実体への肉薄」

という、対象の深奥にじかに接するような実感があり、触れれば切れるような真実性を持つ作品ということで、二番目には、作者の態度として、自分自身の生きている姿をさながらに詠い、「生きるたしかめ」として作品を創り出すべきだ、ということにあったように思います。

前者は単純な「写生」「花鳥諷詠」という虚子の称えた作り方から脱して、もっと対象の真実に迫ろうということで、季節の言葉に寄掛かるようなことを止めて、自分の目で確かめ、むしろその対象のもっている表層のものでなく、奥深いところまで見ることによって感応するところのものを把握しなさい、ということだと思います。

また後者は、「何故俳句を創るのか」にかかわる問題ですが、自己表現の手段として俳句を選んだ者としては、当然のことと受取れますが、つい忘れがちになるための警告とも考えられます。

――ところで斌雄先生の句でお好きなのは?

橋爪　斌雄先生を語る上で落してならないのは、昭和四十三年に北軽井沢に「月土山房」を開いてから、同地での生活と思索の結果が生れた次の作品です。

涸れ川を鹿が横ぎる書架のうら　（昭和四七年）

鯉裂いて取りだす遠い茜雲　（昭和五三年）

鱒となり夜明け身を透く水となり　（同）

ここにあるのは、現実世界を起点としながら、新しい自然秩序への思いがあり、過去の多くの経験を通して、より深く再構築を果そうとした作品です。

三、俳句への思い入れ、俳句とは何か

橋爪　いろいろな人からの影響もありますが、現在の俳句の在り方を、「心の発露を社会の中で訴え、自由な拡がりの中から、生きる確かめを十七音にしてゆく」という方向へ、自分の志向をむかわしめました。この背景の一つには、卒業論文に選んだジャン・ジャック・ルソーの「人間不平等起源論」の影が あると見ていいと思います。つまり世の中は不公平なものであり、不条理なことが往々にしてある。そのことを意識した態度で俳句作品を作るということです。

四、「現代俳句」編集長として

——俳句の世界での鶴磨さんの仕事にはどんなものが?

鶴磨　いやあ、あまり自慢できるものはないね。でも、かなり入れ込んで出したのが、「現代俳句」平成九年七月号（現代俳句協会創立五十周年記念特大号）ですね。「戦後五十年

を振り返る」として、佐藤鬼房・原子公平・阿部完市・川名大さんらに話してもらい、司会を森田緑郎さん、編集は私が受け持ちました。

一方、「二十一世紀の俳句を考える」という座談会も同誌に載せました。安西篤・須藤徹・大井恒行さんの座談会を松林尚志さんが司会し、これも私が編集しました。――読ませて頂きました。現代俳句の歴史にもなっていますね。ここでお話し下さった俳人のうち、物故された方は、佐藤鬼房・原子公平・阿部完市・須藤徹の各氏ですね。若くして亡くなった方もいて、残念でした。

また、不勉強でしたが「現代俳句」の前身として「俳句芸術」が昭和二十三年に発刊されていたこととか、中村眞一郎のエッセイなど、興味深かったです。

橋爪　もう一つあげれば、あの頃は、俳句の評論がもっと「起れ！」という不満感を持っていましてね……特に写生を金科玉条にしてきた伝統俳句に対して、見えないものも、胸の内も吐露した俳句も、これは前衛俳句に限りませんが、それらをもっと大きく捉えて、「表現主義的な傾向の俳句」というくくりで、その傾向の俳句が将来どうなるのかを書いて欲しいと思っていましてね、それで江里昭彦さんに依頼しました。それが氏の「近代に対する不機嫌な身振り―表現主義的な傾向の俳句について―」という論文になり、結果的に評論賞に輝きました（第十六回、平成九年度 現代俳句協会評論賞）。

――ナチスが表現主義を徹底的に叩いたんですね。私も、絵画の世界で、写実主義だけでなく、表現主義への流れが大きくなって行くのを見ていて、俳句の世界でも当然の流れだと思っていました。江里さんは、この論文の末尾に、大意として、

「『表現主義的な傾向の俳句』はしばし過剰なゆがみを伴うことがあるにしても、また、成果よりも失敗の事例を多く撒き散らすことがあるにしても、近代が設定した社会秩序に向けた、意識せざる、反抗と拒否と非適応の身振りなのである。してみると、〈効率〉と〈健康〉を奉じるナチスが、表現主義美術を『退廃芸術』として排斥したのもしごくもっともなことに思える。忘れてならないのは、狂信的な愛国者ばかりか、秩序を信頼するごくふつうの市民が多くナチスを支持したという事実である」

という意味のことを書かれていますね。市民の態度がナチスを容認どころか、絶対支持したのですね。今の日本の様相に似ているというと言いすぎですかね？

五、作品から見えてくるもの

――鶴麿さんに自選十句を掲げて戴きたかったが、遠慮された。そこで、各句集から筆者の共鳴句を抽き、それらを鑑賞することで鶴麿さんを語ることとしたい。

(一)『ゴンドラの月』

昭和三十九年七月、麦の会刊。田島隆装丁の垢抜けした詩集のような新感覚の句集。中島斌雄序文と楠本憲吉跋文が豪華。先に上げた「少年クラブの表紙のような」という憲吉の文章がここにあり、表紙には「LA LUNE DE GONDOLU」とある。

ヨット出て湖の真中の旗となる
万緑や病みてかなしき力瘤
蜩や病者いつとき銭数ふ

一句目。山中湖とあり、この句集『ゴンドラの月』の冒頭の句である。単なる叙景句に止まらない清澄さと力強さを感ずる。昭和二十一年の作で、鶴麿作品第一号である。

二句目。昭和二十八年頃と思われるが、鶴麿さんは結核に罹って療養しておられた。海に近い療養所での句である。健康そのもののように思える鶴麿さんにして、若き頃得た病は、氏をして色々なことを思わせたに違いない。「かなしき」との直情は己の「力瘤」を見ながら、大きく膨らむ。

三句目。この句から妙な屈折感を感じる。極めて個人的でありながら、当時の世相をも思わせる。この句の前後に〈梅雨長し腹に据えかねたる一言〉と〈街遠く病むや燦々たる銀河〉がある。氏が置かれた心理的環境と療養環境が垣間見える。

あとがきには、「『俳句はヴァイタリティだ』との信念が湧いたのは、病気が癒えて暫くしてからである。特にやかましい俳句論が末梢的な論に終り、作品においては反覆と異常な前衛諸作が流行するとき、伝統の強靭な骨格に、新鮮な肉づけをもって、力強く詠いあげられる生命のほとばしりのごときものでありたいと思ったからである。しかし、この健康な思想にしても、俳句観の一面と言うことが出来よう。戦前から、文学上の主義・思想の影響を心にうけていた私にとって、戦後の頽廃と虚無の精神の堆積が、私の俳句観を多面的に育ててきたことは否定できないし、俳句が一面、悲しみの底にある呻きにも似たものであることも理解しているので、この健康さがむしろ私の俳句をつまらなくしはしないかとの大いなる心配がある」と書いている。慎重である。

㈡『橋爪鶴麿句集』

昭和五十六年十月、八幡船社刊。田沼文雄が解説。

冬田に子一人あまりしごとく遊ぶ

泳ぎ疲れしほてり女と会いたくて
胸にあたためつづけし言葉秋日のカテドラル
夕日を煮込むごとき蟬声旅了る
三月や群を外れてもひとに蹤き

一句目。「あまりしごとく」の「あまりし」なる措辞を子どもに対して使ったところが、妙にニヒルに言い切って寂しさを表出した。見事な比喩・感受だと感銘した。

二句目。直情を吐露した句。

三句目。氏はアパレル関連の業務についていた。パリに視察に行かれたときのものであろう。氏が「あたためつづけ」ていた言葉とは何だったのだろうか。寺院がヒントになりそうだが、よく分からない。だが、この種の経験は読者にもよくありえる。のちに氏は、〈滾るものあり日盛りの祷りの木〉（第四句集『祷りの木』）という句を詠んでいる。「滾るもの」は、作者は勿論分っているが、読者には分からない。でも、確かに「滾るもの」を持つということは読者にもよくある。たまたま、この句の「滾るもの」とは、原爆の犠牲者への哀悼の念であることが、別のところで示されていたのだが………。

四句目。ここでの「煮込むごとき」が一句目の比喩と同様にうまい、と思った。

五句目。円満な性格の氏らしい一面。

(三) 『冬欅』

平成十一年十二月、現代俳句協会刊。宮脇白夜が作品各論を、松林尚志が跋文として、出色な橋爪論を書いている。

ひまわりを赤く塗っては慟哭す
池めぐり来てまた触れる冬欅
蓮の花に溺れる昨日原爆忌
星になるまであじさいの蔭にいる
万歳は悲しき言葉鳥雲に
桜から微熱をもらう志野茶碗
耳ふさぐことも三月十日かな

一句目。驚かされた。激情か、錯乱か？　いや、鶴麿さんは「ひまわりを赤く塗って」いる人を見ているのだろう。その人は戦争体験か何か大きなトラウマを持った人なのかも知れない。「表現主義的な傾向の俳句」と言えようか。

二句目。巡ってきて「冬欅」の大樹にまた触れる。その手触り。それは、自らの原点に戻って来たような安堵感であろう。一句目とは情緒の点で大きく異なる。

三句目。氏に原爆忌の句が多い。またご自身でも「原爆忌考」を書かれている。氏の『表現のわざ』（夢書房、平成十七年九月）によれば、金子兜太の言を引きながら、原爆忌の季題情緒化をおそれる、と書いている。原爆禍を、もっと生な感覚のまま受取りたい、という思いなのである。

四句目と六句目。筆者が好む、柔らかい抒情句である。鶴麿さんの作品にときどきこのような句があることを喜んでいる。とくに「微熱をもらう」なる措辞が魅力的。

五句目。〈万歳はかなしき言葉鳥雲に〉を読んで、筆者はなぜか攝津幸彦の〈送る万歳死ぬる万歳夜も円舞曲《ワルツ》〉を思い出した。「万歳」はまさに「かなしき言葉」である。万感がこもっている。

七句目。〈耳ふさぐことも三月十日かな〉。あとで昭和二十年三月十日の東京大空襲の際の鶴麿さんの証言を書くが、この日のことは耳を塞いでも消えない「音と光景」である。

㈣『祷りの木』

平成二十五年十一月、文學の森刊。この句集は、東日本大震災を区切りに、原爆禍も含めての問題意識のもと詠まれたものとの趣旨が、あとがきに書かれている。

春の星おんぶの腕が首を巻く
気負いなく生きて桜の盛りかな
逝く春や和紙に漉き込む花を摘む
秋夕焼声をあげねば亡ぶかな
死を軽しと言いし日ありぬ冬欅
団扇置く決意と言うには遠きもの
山割って奔る谷川秋の蝶
祈るのみの日々や楽土の崩れては
人の死に慣れしや騒ぐ樟若葉
掃き寄せて枯葉の嵩を二つにする
春は名ばかり何もできないもどかしさ

一句目。鶴磨さんの相好を崩した様が見える。このような平和な句もいい。この句は鶴磨さんの俳友たちにも評判が良い。前田弘、堀部節子、遠山陽子、川村研治、金谷和子、西大舛志暁らが選んで鑑賞している。

二句目。鶴磨さんの生活態度そのもの。逆らわずに人生をすごす、という氏のモットーが見えるようだ。その様に思わせる句が他にも沢山ある。たとえば、六句目〈団扇置く決意と言うには遠きもの〉がそうであるし、〈なにげない生き方であり大根干す〉という句もある。氏の泰然自若として、あくせくしない生き方を思わせる。

三句目は、筆者は好きなのだが、あまり話題にならない句なのかも知れない。和紙・漉き込む花・逝く春……そろって抒情性豊かな措辞が並ぶ。花は押し花にでもして保存しておき、あとで紙に漉き込むのだろう。

四句目。〈秋夕焼声をあげねば亡ぶかな〉は、楸邨の〈蟇誰かものいへ声かぎり〉を思わせるし、このことは、ご自身のモチーフとして、ずっと持ち続けてきたものなのだろう。鶴磨さんの作品の特徴を誰かが「存在の不安」とか「直撃性」という言葉で評していたが、その通りだと思う。いつも何か真摯なメッセージを表出している。メッセージ性や意味性を指向しない俳句が多い世の中となったような気がするが、氏のそれは堂々と主張している。そこが痛快。

五句目。〈死を軽しと言いし日ありぬ冬欅〉だが、貫禄のある「冬欅」は〈池めぐり来てまた触れる冬欅〉と同様、自分の原点だという感覚があるのだろう。頷ける。

七句目。〈山割って奔る谷川秋の蝶〉は確りした叙景句。谷川の勢いと、秋の蝶の静かな動きが同居している。今瀬剛一氏はこの句を高く評価し、このような句があるから他の句も信頼できるのだ、と述べたという。

さて、八、九、十一句目。〈祈るのみの日々や楽土の崩れては〉〈人の死に慣れしや騒ぐ樟若葉〉〈春は名ばかり何もできないもどかしさ〉、これら三句は、当然、東日本大震災の句であろう。思えば、この句集『祷りの木』は原爆犠牲者と東日本大震災被災者を悼む心がモチーフであったろう。あとがきに「句集を纏める気になったのも、この数年を振り返り、一つの区切りをつけたいとの思いからで、敢えて、二〇一一（平成二十三）年を以て巻を閉じることにしたのも、この衝撃の強さからで、以降のあり方は更に検証してゆきたいとの思いがあるためである」と記している。

次の句については、既に述べたからここでは省略したが、

滾るもの　あり　日盛り　の　祷り　の　木

という一句があり、この句集の表題になっている。この句は、小檜山繁子、松林尚志、石寒太、美馬順子、松岡耕作、酒井佐忠、堀部節子、安西篤、小森谷正枝、吉澤利枝、高橋悦子ら、多くの俳人が取り上げている。鶴麿さんの代表句と考えて良いと思う。

この句集の最後は、次の二句である。

この一年の哀しみを負う冬夕焼
春を待つ地震の怖れを引きずって

鶴磨さんのこれらの句は、上手く書こうというのではなく、言葉を飾らず、直情を十七音に託すという思いで、「詠む」というより「書く」という意識を感ずる。そこに感銘を覚える。そして、俳句に語らせようとの意識が、動詞の多用と、上五の軽い破調として、氏の作品一般に表れているように思う。俳句に語らせようと努力するが、平和維持・戦争回避といった大きなテーマに対しては、俳句は非力であることを氏は十分承知している。

六、戦災

――原爆忌や大震災の句がありました。一方、鶴磨さんは「俳壇」平成二十七年八月号の特集「戦後70年」に「父母を探す」として五句と三月十日の東京空襲の体験を書かれています。その辺のお話を戴けますか？

橋爪　ええ、最近作ったものですが、つぎの五句です。

劫火のあとの静けさの中父母探す

春や寒煤け疲れて父母探す
怒り凝る三月の陽の柔らかきに
また三月が来て酷《むご》い日の還りたる
夕焼濃し祈り疲れて今日の鉦

この前日、私は夜勤かなにかで家に帰らなかったのです。昭和二十年三月十日ですから数えで二十歳です。戦争がもっと続いたら学徒動員で戦地へ送られていたかも知れないんです。現に友人で、幼年学校などに行った人はずいぶんと亡くなっています。私は慶應の文科系でした。当時は技術者か医者になる人は動員されなかったのですが、文科系はずいぶんと戦地へ送られました。私は早生まれだったし、視力が弱かったから、兵隊には取られないだろうとの考えで文系に行ったんです。

あの頃は、学問をする時間も環境もなく、学生勤労動員で、大崎にある日本精工の工場に行き、ベアリングを造る仕事を手伝っていました。ベアリングは軍の武器・装備には不可欠な部品です。夜が明けると酷いことになっていました。品川か新橋か、記憶が定かでありませんが、歩いて行き、地下鉄が奇跡的に動いていましたから、それに乗って家のある浅草まで行きました。地上に出ると、東武電車の駅が煙を吐いていました。仲見世は覗きませんでしたが、恐らく焼けていたと思います。隅田川を渡って家の方向へ彷徨いました。橋上には傷ついたり放心したりした人々が、煤けた姿で蹲《うずくま》っていて、眼下の川面は見たくないほどの凄惨さでした。家の方向は、コンクリート造りの学校以外は真っ平で、父母の生死が先ず心にかかりました。

たまたま近所の人から、隅田公園で見たと聞き、急ぎました。父母は無事でほっとしましたが全てを失いました。このあとどう暮らすかが心にかかりましたが、とりあえず羽田神社の神官である叔父を頼って父母と三人で転がり込みました。そこも五月の空襲で焼け出され、やむなく父母には長野の伊那へ疎開してもらいました。空襲を恨む一方、生きることのぎりぎりで苦しんだと言っていいですね。

戦争は無辜の人々まで痛めつけることを思い知らされた。だが、このことを語ることもなく、一心に生きてきた七十年でした。生涯の悲惨を胸に刻み込みながらの歳月ではありましたが、この取材が回想の切っ掛けともなりました。

心に蟠《わだかま》る悲痛の痕跡は実に大きいです。その回復に資するのは、戦争の無い世界の実現でしょう。先の戦争で亡くなった方々、原爆・空襲で命を落とされた方々への鎮魂の思いを深く胸にしています。祈りの先に、平和の時代が続くのを念じるばかりですね。

この意味で、次の句が悔恨と悲しみが素直に出ている句として、思い出されます。

水《み》脈《お》の果て炎天の墓碑を置きて去る　　金子兜太

　この思いをした方々が多いと思いますね。

——そうですね。切ない句ですね。ところで俳句は平和のためにはなにができるのでしょうか？　先ほどの江里さんの論文にもありましたが、市民一人一人の意思がナチスを大きくさせてしまった事実は重いですね。

橋爪　俳句自身は、残念ながら無力でしょうね。ですが、個人のこころの表出の手段として大切にすべきでしょうね。兜太さんは、今、さかんに戦争への心配を表明しておられます。俳句作家だけでなく、多くの表現者、あるいは一般市民でこれに賛同する人々が、増えていますね。それが静かで大きな力になれば、と思います。

七、俳壇へのコメント

——最近の俳壇に対するコメントがありましたら、お願い致します。
橋爪　原爆や震災に対してだけでなく、現在の俳句は作者の心がなかなか見えて来ないですね。勿論、一つの思想に凝り固まるというのではなく、一面は良き社会人、反面はその批判者としての姿を持ってもらいたいですね。

――確かに鶴磨さんの作品は「心」をはっきり表出したものが多いですね。最後に、昭和・平成を詠んできて、つくづく今思うことはどんなことでしょうか?

橋爪 俳句はそんなに大それたものではないです。十七音の中で悶えることが、その人の思想を静かに養うものと思っています。

――今日はいろいろお伺いできました。長時間有難う御座いました。

（平成二十七年七月十三日、立川にて）

取材者の感想

鶴磨さんは、終始ぶれないで生きて来られた。氏は中島斌雄の教えに従って、対象の「実体に肉薄」し、対象を「胸中山水」化し、「私」を発信することを心がけてきた。終始一貫このことにぶれはない。そして、一見、温厚なお人柄に見える氏は、ヒリヒリするような、メッセージ性ある作品を発表し続けて来られた。その指向はこれからも続くのであろう。

筆者の共感句抄

万緑や病みてかなしき力瘤

蜩や病者いつとき銭数ふ
冬田に子一人あまりしごとく遊ぶ
ひまわりを赤く塗っては慟哭す
池めぐり来てまた触れる冬欅
星になるまであじさいの蔭にいる
万歳は悲しき言葉鳥雲に
桜から微熱をもらう志野茶碗
耳ふさぐことも三月十日かな
祈るのみの日々や楽土の崩れては
人の死に慣れしや騒ぐ樟若葉
滾るものあり日盛りの祷りの木
劫火のあとの静けさの中父母探す
また三月が来て酷《むご》い日の還りたる

十、柿本多映の世界

柿本多映　昭和三年二月十日生まれ　平成二十八年末現在　八十八歳

柿本多映の俳句開眼の一句は次の句である。

出入口照らされてゐる桜かな　『夢谷』

句集『夢谷《ゆめだに》』（昭和五十九年二月、書肆季節社。平成二十五年八月、東京四季出版より再版）にある。序文が桂信子、跋文が橋閒石という贅沢な布陣の句集である。関西の超党派句会に出したもので、永田耕衣から「この句出したんはだれや、だれや」って訊かれて「私です」って言ったら、「へえーっ。多映さん、これ書いたはええけど、いま書いてしもたら、あと、えらいこっちゃねえ」と言われたという。この句は出入口が鑑賞の要である。耕衣は「異界」への出入口を思ったのであろう。多映が感じた出入口は目の前の具象のそれではない。心の奥に見えた何かの出入口なのである。そこがこの句の佳さ、耕衣のいう「えらいこっちゃ」なのであろう。読者を名状し難い世界に誘う。多映俳句の魅力の一つである。

――第一句集で、既にすごい一句を書かれたのです。桜は三井寺のでしょうが、限定しなくても良いですね。
柿本　そう、場所はどこでも良いのです。桜に魅せられ、その下に立ったとき、一気に口を突いて出てきたのがこの句でした。桜の季霊が書かせたとも言えます。先生方に、はじめて認められた大切な一句で私の原風景でもあります。

一、戦争俳句

――このシリーズ「昭和・平成を詠んで」では、戦争俳句があれば取上げるようにしています。柿本先生に戦争俳句があるようには思っていなかったのですが、今回見直してみて、銃後回想の句が結構多くありますね。

柿本　そうなんです。短歌は戦前から作っていましたが、それを止め、赤尾兜子について俳句に入ったのは昭和五十一年でした。ですから回顧の句なんですが、鮮明な銃後記憶が書かせたものです。辛い句ばかりですがね。

――こんな句がありますね。

広島に入りて影濃き日傘かな　『蝶日』

我が母をいぢめて兄は戦争へ
莫蓙を巻くことも八月十五日
敗戦日生米を一摑みする　『花石』
牛乳瓶に雨降る八月十五日
起きよ影かの広島の石段の　『仮生』

柿本　一句目は戦後の広島をはじめて詠んだものです。原爆の言葉は使っていませんが、暑い夏の「影濃き」で気持ちを籠めました。最後の句「起きよ影」は、今の若い人たちは分からないかも知れませんが、銀行の玄関の石段に坐っていた人が、原爆の熱線で一瞬に揮発してしまい、黒い影として石に焼き付けられてしまったのです。何とも恐ろしいことです。結婚して間もない頃、主人に連れられてはじめてあの銀行の前に立ちました。その人は、まだ銀行が開いていなかったから通帳を持って石段に坐っていたそうです。そこへ爆弾が落ちた。そして円い影になってしまったのでした。一瞬に刻印された人間存在の証明だったのです。被爆者だった私の友人が旅立ったとき、はじめて「起きよ影」って書くことができたのです。それまでに五十年もかかりました。それは「生」の傷痕としての「霊」を深く認識したからでした。

——二句目は実兄が出征されたときですか？　お二人？

柿本　兄は三人でした。長兄は大学生のとき肺浸潤で亡くなりました。この兄には随分と文学上の刺激をもらったものです。兵隊に取られたのは次兄三兄の二人です。幸い外地に送られる前に終戦を迎え、無事でした。その二人が、その後の三井寺の長吏を務めてくれています。例の玉音放送を聴いて、母は「息子たちが帰ってくる」と言ってその場に泣き伏しました。父は「泣くな」って母をたしなめていました。「いぢめて」と書いてありますが、「悲しませて」という意味ですね。わが子を戦争に取られる母親の気持ちをそのとき確りと感じ取ったのでした。

その次に〈莫蓙を巻くことも八月十五日〉がありますが、あの頃隣接する軍の施設が攻撃され、寺の住職も負傷し、急遽、防空壕を作ることになったのです。その時、家に置いてあった莫蓙を敷きました。折り畳んでね。因みに莫蓙はもともと貴人の「御座」に敷くものだったそうです。

八月十五日を境に、陛下は現人神から人間天皇になられ、時代は大きく変わったのでした。終戦の解放感と共に複雑な気持ちでした。結局、防空壕は一度も使用されず片付けられました。「巻く」という行為を改めて思っています。

四句目の〈敗戦日生米を一掴みする〉には、敗戦直後の三井寺のことをお話しせねばなりません。本山には扶持米というのがありました。蔵に貯蔵してあったのですが、食糧難でその米を解放することにしました。すぐに無くなりました。当時は米が貴重でして、米櫃を見る度に、ねえやが溜息をついていたのを覚えています。私たちを含めて食べ盛りの小僧さんにも、しっかりと御飯をという彼女の切ない愛情でもありました。「一摑みする」も、あの頃の切実な思いです。

五句目の〈牛乳瓶に雨降る八月十五日〉はね、当時、牛乳などは余程のことでないと飲めなくなりました。一合のガラスの壜に入っていましてねえ。円い紙の蓋が嵌めてあります。それを開ける針のついた道具がありまして、パカッとあけるのが楽しみでした。ある時からその牛乳もなくなり、配達してくれていた少年のことは、すっかり忘れていました。後に、戦死したと聞きました。少年兵だったのです。雨が降っていました。

二、戦時の日常

——切ない時代背景が出ていますね。ところで戦時中はどんな毎日でした？

柿本　女学校の三年生のころは農家の手伝いがありました。多くの農家が徴兵により人手不足でしたからねえ。はじめは麦刈り。次には米作り農家の手伝い。田圃では、泥田に浸かって蛭《ひる》なんかに吸い付かれてねえ。稲刈では、私は手先が器用でしたから、稲を左手で摑み、右手の鎌で刈り取って、さっと結わえ、稲架《はざ》にぽいと掛けます。上手かったですよ。次は葭刈り。近江八幡が葭の産地でした。所謂「援農」です。辛かったですよ。

私は四修で京都女専（現、京都女子大）に入りましたが、翌年一月から工場への学徒動員が始まりました。京都の島津製作所です。金属棒を旋盤加工してナットを作る仕事です。目が良かったので製品検査も任されました。マイクロゲージという寸法精密測定器で検査します。飛行機の部品ですから責任があります。でもね、「特攻隊の飛行機用で、片道だけ役に立てばいいんだ」って、耳元で囁かれ、悲しかったです。朝四時に起きて電車を乗りついで七時から作業、五時まで続きます。食糧事情も悪かったです。小さなお握り一つと味噌汁だけ。お握りはコーリャン入りです。みんな栄養失調で、顔が風船のように浮腫《むく》みました。

機銃掃射に遭ったこともあります。大阪爆撃のついででしょうか、京都も攻撃されたのです。私は、丁度麦畑の傍の土手にいました。斜面から転がるように逃げました。右から襲われると左に転がり、左からは右斜面に、という具合いでした。私の学校、京都女専にも爆弾が落とされました。焼夷弾じゃなく殺傷目的の爆弾です。京都が爆撃されなかったなんて嘘です。東山区の馬町あたりが酷かったです。憲兵も後の進駐軍も緘口令を敷いたのです。学校に見に行ったら憲兵がいて、立ち入り禁止にしていました。校舎に落とされた不発弾を始末していたのです。

――戦後、三井寺にも激変があったでしょうか？

柿本　ええ。ご多聞に漏れず三井寺も宗教法人法の発令で、天台寺門派から天台寺門宗として発足しました。その頃、聖護院門跡など脱離した寺もありましたねえ。宗派の混乱期でした。円満院門跡も離れました。ところで、円満院には以前園城寺事務所があり、子供の頃は一山の会議などがあり、いつも賑やかでした。実家の光浄院のすぐ下にありましたから、裏からよく遊びにゆきました。明治天皇の御座所もありましたが、何より面白かったのは「放屁合戦」という戯画でした。何とも滑稽でした。この絵が覚猷《かくゆう》つまり鳥羽僧正（園城寺第三十五代長吏）のものかどうかは分かりませんが、今もはっきり思い出しますから、余程印象深かったのでしょうね。

話は逸れてしまいましたが、農地改革で園城寺（三井寺）の田畑も小作に移りましたし、当然年貢米の制度もなくなりました。戦前の生活とがらりと変わりましたが、反面随分気楽になったのが何よりでした。いろいろな改革があり、理不尽なことが多かったと思いますが、その波をひとまず乗り切った父を尊敬しています。

三、生い立ちと俳句へのきっかけ

柿本多映（旧姓福家《ふけ》妙子）は昭和二年滋賀県大津市の三井寺に生まれた。境内は「三井の晩鐘」で知られるような歌枕、俳枕としても著名である。芭蕉や蕪村の句も残されている。

三井寺の門たゝかばやけふの月　　芭蕉
三井寺や日は午にせまる若楓　　蕪村

父は、天台寺門宗管長で、かつ総本山園城寺（三井寺）の第百六十一代長吏《ちょうり》であった福家守明《しゅみょう》大僧正であった。その後の長吏には、多映の次兄福家俊明《しゅんみょう》が、その次は三兄福家英明《えいめい》が選ばれている。長兄は、先に述べたように、大学生のときに亡くなった。

――境内の雰囲気などをお話し戴けますか？

柿本　普通のお寺の感覚とはちょっと違いました。境内には山や谷があり、小暗い路傍には銀龍草（幽霊草）などがありました。小さいときこれを見つけて飛び上がりました。お化けか幽霊かって。そのときの驚いた自分の姿・顔を今でも覚えています。そのあたりは不思議な場所だったんです。大木の枝から得体の知れない寒天状の塊が降ってきて、地面に転がっていました。触りたいのですが気持が悪かったので、母のところへ息せき切って駆けつけ、訊いたら、「あれは魂が落ちているんです。だから触ってはいけません」と言われました。ああ、ひとの魂ってこんなものかなあって思いました。それらが私の心に焼きついているんですね。仁王門から実家に続くこの道を私たちは「細道」と呼んでいました。また山内の奥深くに無縁墓地があり、身元不明の人が埋葬されています。早くに身元が分かると、市の人が来て、遺体を大八車に乗せて返すんです。たまたまその大八車とすれ違ったことがあるのですが、供の者が「眼をつぶりなさい」と言って、私の手を引いて走るんですが、私は不思議に平気だったんですね。これがひとの死なんだって、ぼんやりとそう思っていたようです。

また、裏山には「つちのこ」……ここでは「御八寸」と言っていますが、短い蛇が出たんですよ。胴回りが八寸なんです。草刈していた女の人たちが鎌を抛りだして逃げ下りてきました。後で、兄たちと探検に行ったりして……。

三井寺のような本山では葬式はやりません。ですが、近くの少年飛行兵学校の子が三井寺の近くの古井戸で自殺したときはあまりにも可哀そうだったので父が弔いをしました。そうしたら、その筋から「非国民になぜそうするんだ」って詰問されました。父は「何びとに対してもその死出を飾ってやるのは僧侶として当然だ」って反論していました。

——そんなこともあったのですね。ところで、俳句のきっかけは確か赤尾兜子でしたね。

寺という最も古めかしい印象を与える環境に育たれましたが、実態は自由主義的であったようですし、最初の師がかつて前衛の旗手で「渦」の主宰赤尾兜子でしたから、多映先生の句柄が現代俳句的である訳も分かりますね。昭和五十一年に「渦」に入り、五十五年には「渦」賞を貰っています。次席は岸本尚毅氏でしたね。多映先生の俳句作品には、兜子との縁を思わせるものがあります。

私が勝手に選ばせて戴いた句に、次の句があります。

大雷雨鬱王と會うあさの夢　兜子
立春の夢に刃物の林立す　多映
心中にひらく雪景また鬼景　兜子
風景の何処からも雪降り出せり　多映

また、その後の師または俳友の句も掲げます。

雪山に頰ずりもして老いんかな　閒石
いつの世も朧のなかに水の音　信子
夢の世に葱を作りて寂しさよ　耕衣

太古より墜ちたる雉子の歩むなり　　悟朗

四、鬼房さんのこと

――さらに、こんな句があります。

鬼房と蓮池まではゆくつもり　　『肅祭』

柿本　鬼房さんは私の尊敬する先輩俳人のお一人でした。お会いしたのは東京での攝津幸彦を偲ぶ会のときだったと思います。その後、増田まさみさんと連れ立って月山に行きました。でも閉じられていまして、湯殿山（筆者注、御神体は女陰を擬した奇岩で湯が湧いている）に廻りました。その帰り塩釜に鬼房先生を訪ねたのです。先生は生憎入院中でした。でもわざわざベッドから降りて面会室へ来られ「おおそうか、湯殿山に行ったか！　そこまで行ったか」っておっしゃられて、私たちを歓んで迎えて下さいました。その後で、ムツオさん、誠一郎さん、佐藤きみこさんたちと歓談できたのも楽しい思い出です。

――そうですか、良かったですね。増田さんは「小熊座」の表紙を描いておられる方ですね。多映先生は良い先輩を大勢お持ちです。こんな句もあります。

兜子問石耕衣鬼房敏雄留守　　『肅祭』

五、震災句

——銃後の俳句以外に当然「震災」に関する作品もあります。阪神淡路と東日本大震災です。

地震のあと四の五の言はず鯰食ふ　『白體』
倒壊のあとの大きなかたつむり
目印は小さな靴です鷗さん　『仮生』
ひんがしに米を送りて虔めり

柿本　阪神淡路大震災では、永田耕衣さんのことが思い出されます。ご自身は助かりましたが、最晩年の入院中は悲しい思い出です。お見舞いに行きましたら泪を流して喜んで下さいました。思わず頬ずりをしてしまいました。

——一句目の「鯰食ふ」はあえて軽く書かれたのでしょうか？　地震の元凶である鯰を喰らうことで被災者への元気付けをされたのでしょうかねえ。

柿本　この句には後日談があります。神奈川県のある私立中学校の入学試験にこの句が出たんです。正確には覚えていないんですが、この句の一ヶ所を伏字にして、〈地震のあと四の五の言はず○食ふ〉だったかなあ……○を埋めよっていう出題なんです（笑）。

二句目。〈倒壊のあとの大きなかたつむり〉は、阪神淡路大震災で友人のマンションが倒壊しました。全財産をつぎ込んで買ったんですが、もう年齢ですからどうも出来ません。それに比して「かたつむり」は家を持っているから良いなあって。でも蝸牛の家は同時に哀しみでもあります。

――そうですね。「でんでん虫のかなしみ」という童話がありますね。殻には沢山の悲しみが詰まっていると……背景を知ると哀しみが湧きますね。

柿本　東日本大震災では、やはり津波と原発ですね。非力な自分を思い、怒りと悲しみが募りました。

三句目の〈目印は小さな靴です鷗さん〉は、津波の犠牲者への祈りと希望の句です。それを鷗に託しました。

――犠牲者は、少女でしょうね。鷗に、私に代わって捜して下さいという思いですね。

四句目の〈ひんがしに米を送りて慶めり〉は、慰問の意味で米を送られたのですか？

柿本　ええ、地震災害以外に放射能汚染でお米が穫れない。それに一時、流通問題があって水や石油が大変だったでしょう。お米も役に立つかなって思って、Sさんにお送りしました。若い人たちが心を合わせて友人を励まそうとしていたのですが、私も一枚加わらせて戴きました。

六、不思議な句

——多映先生の作品の幾つかは、三井寺の環境を知ると、成る程と納得できます。不確かなものへの研ぎ澄まされた感覚と、異界のものかと思える不気味さへの感受が入り混じっているんです。それに「ひらめき」の句が多いですね。不思議な句が沢山あります。

老人を裏返しては梅真白　『仮生』

多くの賞を取られた『仮生』の一句ですが……。

柿本　いえいえ、これは何でもありません。主人がお風呂で急に足が利かなくなりまして、助け出そうとしたのですが手に負えません。重たいんですよ。私は非力ですしね。いえ、大事に至ってはいません。三十分ほど頑張ったけど駄目でしたので救急車を呼びました。救急士さんは見事ですね。さっと引揚げてくれました。でも、これが介護の始まりでした。

——そうでしたか。老人をモノ感覚で詠んでいる怖さ、凄さと同時に面白さがあります。さらに不思議なひらめきの作品が続きます。すべて『仮生』から抽きました。

晩年は下駄履きでくる鯰かな
ほうたるはふつと螢を忘れけり
身体に闇の多くてかたつむり
鶏頭の殺気スペインまでゆくか
神様に命日があり日短か
凍蝶にカーテンコール響くなり
椿より綺麗にひらく落下傘
てふてふや産んだ覚えはあるけれど
春の木に差しだす綺麗なみづぐすり

筆者注　ここからは暫く筆者なりの鑑賞を試みてみよう。第一句。〈晩年は下駄履きでくる鯰かな〉。先に〈地震のあと四の五の言はず鯰食ふ〉があった。地震に鯰は分かる。だが、この句もなぜ「鯰」なのかが不思議。鯰に似た先輩俳人がいつも下駄履きでやって来たのであろうか。「晩年」が鍵かも知れない。そう思うと多映の周りの先輩男性俳人の顔が幾つか髣髴として浮かび上がる。一方で、筆者はふと大津絵を思い出した。大津市には大津絵のタイル張りの小径があり、鯰は大津絵の大事なモチーフなのである。

第二句。〈ほうたるはふつと螢を忘れけり〉は比較的すっと入って来た。我々には何も考えていない瞬間がある。螢の場合はふっと暗くなる瞬間がそうなのだろう。写生的でかつ抒情的。もっと深い句なのかも知れないが。

第三句。〈身体に闇の多くてかたつむり〉。「身体の闇」とは、心をも含めた闇。人間の内部には分かっていない部分、つまり、闇がある。蝸牛も殻の中に色々なものが入っている。勿論、哀しみも含めて……。だが、ただそれだけに終らない何かを感じさせる。多映にはそんな句が多い。

第四句。〈鶏頭の殺気スペインまでゆくか〉。鶏頭の花に殺気を感じる人は少ないかも知れないが、あの赤さには一徹な強さがあることは頷ける。しかし何故スペインなのだろう。スペインといえば闘牛。赤と殺意を思わせる。カルメンの赤い薔薇とドン・ホセの悲劇をも思い出させる。それとも、あまり深く考えずに楽しめば良いのか。加藤郁乎の「晝顔の見えるひるすぎぽるとがる」の句のように音感を楽しみながら……。

第五句。〈神様に命日があり日短か〉。命日があるという断定が面白い。イエスには確かに命日はある。だが、神は命を超越した存在だと思っている向きには衝撃的である。一方で、「軍神」とか「山の神様」などを当てはめると急に俗な面白さとアイロニーが生ずる。

第六句。〈凍蝶にカーテンコール響くなり〉は、蝶好きな多映に相応しい作品。凍蝶への応援歌であり優しさである。自由な発想が羨しい。

第七句。〈椿より綺麗にひらく落下傘〉。これは良く分かる。落椿の姿より、空からゆっくり降りてくる落下傘の方が美しい。椿から落下傘への展開が見事。

第八句。〈てふてふや産んだ覚えはあるけれど〉。ユーモアがあり、かつ、結構ニヒルである。出来の悪い子によく「産んだ覚えはない」などと言うが、ふっと蝶に心の内を洩らしたのかも。「や」で切れているから、ことは微妙。

最後の句。〈春の木に差しだす綺麗なみづぐすり〉。木にとって水はまさしく薬である。綺麗な水である必要がある。「差しだす」と「みづぐすり」という迂遠な言い方が、多映作品の妙技である。別の読み方があるのだろうか。

以上の作品だけでは、柿本作品の全貌を鑑賞したことにならないであろう。さらなる句群を鑑賞してみよう。

第一句集『夢谷』より

立 春 の 夢 に 刃 物 の 林 立 す

鳥 曇 り 少 女 一 人 の 銃 砲 店

真夏日の鳥は骨まで見せて飛ぶ

指ずまふの指を愛《かな》しむ春夕べ

第一句。立春とはいえ、まだ木々は芽吹いていない。冬木立を見て、それが刃物の林立であるという。夢だから、何が出てきても良いのだが、夢＝心の深層と考えれば、夢に刃物が出てくるのは尋常ではない。ご主人の友人阿川弘之がこの一句をみて「わが旧友柿本大尉も大変だ。奥さんは並みの俳人ではないぞ」と驚いた句である。

第二句。〈鳥曇り少女一人の銃砲店〉。銃砲店に店番が少女一人というのは、如何にも不安感が募る。季語「鳥曇り」との微妙な距離感。

第三句。〈真夏日の鳥は骨まで見せて飛ぶ〉。鳥が飛ぶとき骨は見えない。見えないものでも、多映には見える。飛ぶことが宿命である鳥への賛歌であろう。貪欲なまでに生を見つめている句でもある。北辺の俳人寺田京子は、いつも死を見つめながら、〈日の鷹がとぶ骨片となるまで飛ぶ〉と悲痛な句を詠んだが、一生肺の弱かった京子と、いつも活動的な多映の句とは、当然ながら違いが大きい。

第四句。〈指ずまふの指を愛《かな》しむ春夕べ〉の指相撲の相手は確か高柳重信ではなかったか？　意外に柔かい手であったそうだ。

第二句集『蝶日』より

やはらかく猫に咬まるる寺の裏
また春や免れがたく菫咲き
桃吹くや地の穴穴の淋しけれ
この村に気配の見えぬ祭かな
美少年かくまふ村の夾竹桃
桃咲いてからだ淋しくなりにけり

第一句。〈やはらかく猫に咬まるる寺の裏〉や、五句目の〈美少年かくまふ村の夾竹桃〉のように、多映にはエロスの句もある。だが、彼女は「これはエロチシズムと違って、タナトス、つまり『生』の本質に迫るものだ」と主張する。

三句目。多映に「穴」のモチーフが多い。穴は命に繋がっていると思えるからであろう。例えば、〈穴を掘る音が椿のうしろかな〉、〈昼顔のひるなまぬるき鍵の穴〉、〈八月の身の穴穴に蓋がない〉などがある。あとで触れよう。

五句目の〈美少年かくまふ村の夾竹桃〉は、〈ひるすぎの美童を誘ふかたつむり〉、〈おくりびとは美男がよろし鳥雲に〉と同様、若くて美しい肉体への拘りを感じさせる。

第三句集『花石』より

うたた寝のあとずぶずぶと桃の肉
ひるすぎの美童を誘ふかたつむり
風景の何処からも雪降り出せり
まんぢゆうに何も起こらぬ夏の昼
老人に口開けてゐる桜かな
雪虫やらふそく灯しにゆくところ
穴を掘る音が椿のうしろかな

一句目。「うたた寝」に配するに「ずぶずぶと桃の肉」が魅力的。しかも「ずぶずぶ」という退廃的な音感と質感。彼女のどこからこの感覚が生まれて来るのであろうか。

四句目。〈まんぢゆうに何も起こらぬ夏の昼〉。力を抜いた、人を喰ったような句である。「まんぢゆう」は何を指しているのかなど、あまり考えないで、この諧謔を一瞬楽しめばよい。飯島晴子がいい句だと言ったそうだ。

五句目の〈老人に口開けてゐる桜かな〉は、「てにをは」がポイント。一読可笑しさがこみ上げてくる。咲いている桜を生き物のように看做して「口開けてゐる」と書いた。読者は「老人が」の間違いかなと思うのではなかろうか。

最後の〈穴を掘る音が椿のうしろかな〉は、例の「穴」のモチーフ。不気味で意味するところが深そうだ。しかも「うしろ」という措辞によって、奈落に通じるような深層の闇を思わせる。美しい「椿」を背にして「穴」を掘る行為は、子供のころ体験した死者を葬る「穴」を思わせて凄味がある。穴を掘る「音」だけが聞えてくる。

多映の詩嚢にはいくつもの原風景が納まっていて、いつもそれが詩の言葉の源泉となっているのだ。

第四句集『白體』より

海市より戻る途中の舟に遭ふ
こめかみに螢が棲んでからのこと
吊橋の蟻を追ひ越す遊びかな
人形の混みあふ春の病かな
天才に少し離れて花見かな

純少年ひる白骨となりゐたり

第一句。〈海市より戻る途中の舟に遭ふ〉。虚の世界の蜃気楼から現実の世界に帰ってくる舟。その舟に、多映の舟が出遭うのだ。つまり、「私は今、虚の世界に向かっているのです」と言っている。虚を実のように描いている。

第二句。〈こめかみに螢が棲んでからのこと〉。こめかみに螢が棲んでいるという感覚は、面白い身体感覚である。このあとどんなことになったのかは詮索しまい。微妙な身体感覚の表出も彼女の作品のモチーフであり、第二句集には〈桃咲いてからだ淋しくなりにけり〉があった。

五句目。〈天才に少し離れて花見かな〉。兜子に〈数々のものに離れて額の花〉がある。兜子の句は、不特定な物から離れている額の花一点を詠んでいるのだが、多映の句は、天才という特異な一点から離れている自分、もしくは不特定多数の人間が離れている、と詠んだ。「に」の使い方は、通常は難しいのだが、この句の「に」は解釈を援けてくれる。それにしても、天才は孤独なものである。

最後の句。〈純少年ひる白骨となりゐたり〉。「純少年」という清潔感のある措辞でさらっと詠いあげているようでいて、実は悲しい内容だ。悲しいながら美しいのは「純少年」であるからだろう。無季句。

永田耕衣に〈野を穴と思い飛ぶ春純老人〉がある。晩年の耕衣に傾倒していた多映の胸の裡のどこかに、この耕衣の句が潜んでいたのであろう。感動する詩語を媒介に、刺激しあえる関係を、耕衣も多映もお互いに喜んでいたのであろう。力を認め合う俳人同士は、見事なまでに影響し合う。句会や結社の賜物である。死の間際の耕衣を見舞いに行ったときの多映の話を聞いてつくづくそう思うのである。

第五句集『粛祭』より

昼顔のひるなまぬるき鍵の穴
蟻の巣に水入れてゆく他人かな
人が人を拝んでゐたる秋の暮
白襖倒れてみれば埃かな

二句目。〈蟻の巣に水入れてゆく他人かな〉。奇妙な句であるが、惹かれる句だ。「他人」とは身内でない人のことと考えれば、身内にそんな可哀想なことをする人はいない、ということ。だが、言いたいことはそれ以上にありそうな句である。「他人かな」が見事。この句も、考えようによっては「穴」のモチーフである。彼女の独壇場の作品。

三句目。〈人が人を拝んでゐたる秋の暮〉。最初、この句は強烈な皮肉の句だと思った。拝む対象は神や仏ではなく、生身のヒトなのだ。世俗を揶揄した句だと……。しかし、訊いてみると、単なるスケッチから得た句だという。老人が向かい合って話をしている。その様子が互いに合掌しあっているように見える。なんでもない句を深読みし過ぎると、彼女に笑われそうである。そう分かると、「秋の暮」も過不足なく納まっている。

四句目、〈白襖倒れてみれば埃かな〉も、秀逸の句ではなかろうか。何かの暗喩と取っても良いが、襖がずらりと並ぶ三井寺ならではの句と思える。この白襖は、もと国宝級の絵襖で、今は古びて白っぽくなったもの、と読むのは深読みに過ぎるであろう。伺ったら、白襖は本当に白のままの襖だという。深読みが過ぎた。

第六句集『仮生』から

既に十句ほど鑑賞したが、あと数句見てみよう。平成二十六年に詩歌文学館賞を受賞した句集である。

八　月　の　身　の　穴　穴　に　蓋　が　な　い

敗戦日梯子は空を向きしまま
　桂信子逝く
吾に賜ふ冬青空のあり愛し
死に頃の春や脇見をしてをれば
おくりびとは美男がよろし鳥雲に

第一句。〈八月の身の穴穴に蓋がない〉。「八月」といえば敗戦を思う。「身の穴穴」は、まず目、鼻、口、耳であろう。そこに蓋がないという。だが、目には目蓋がある。だからこの句はそう単純ではない。多映には結論の出しづらい句が実に多い。それでも、気になって引用してしまうのだ。

二句目。〈敗戦日梯子は空を向きしまま〉。梯子は使わないときでも納屋などに立てかけておく。でも「敗戦日」とあることで意味が深まる。前日まで、勝つと信じて頑張って、いや、頑張らされて来た国民にとって、急に「敗戦」と言われても、外された梯子はまだ立ったままなのだ。

三句目。師の桂信子を悼んだ。〈吾に賜ふ冬青空のあり愛し〉。厳しく、しかし、愛多く育ててくれたという。「冬青空」には秋の澄んだ空とは違った別の輝きがある。師の厳しさの中に愛を感じていた多映の信子追悼の句である。多映は桂信子賞をも戴いている。

四句目。〈死に頃の春や脇見をしてをれば〉。生れてこの方ずっと余所見ばかりしていた。気がついたら、もう余生を数える頃になっているんだなあ、という感慨。

最後の句。〈おくりびとは美男がよろし鳥雲に〉には、死ぬときも美醜に拘る、いや、エロスやタナトスを大事にしようとする多映の気持ちが出ている。

七、最近思うこと

――米寿を迎えられました。俳壇に対してのコメントを。

柿本　いやあ、余りないです。でも、この頃、総合俳誌を見ていて思うんですよ……売れないと困るから大変だなあって。経営が大事ですからねえ。だから入門的な記事が多いですね。もっとじっくり作品の鑑賞と批評を読みたいですねえ。もちろん、俳句は自得の文芸だと思っていますが、「俳句とは何か」という問いを心のどこかにそっと置いておきたいものですね。お互いにね。読みはもちろん自由で良いのですよ……。

――そうですね。私も読解力不足でいつも反省です。ところで、多映先生の俳句作品はこのころ「突き抜けて」きたとどこかでおっしゃっていましたが、私から見たら、初めから「突き抜けて」いたように思います。題材としては、戦争・原爆・震災なども詠んでおられますが、それらも社会批判・悲憤慷慨ではなく、自身の内部に沈積している悲しみのようなものを詠むことに徹していて、句柄は変わっていない。
柿本　それは有難いですね。ますます自在になって行きたいと思っているんですよ。この間、珍しく雪が降ったでしょう。庭木が雪で撓《たわ》んでいました。その夜、湯船に浸かりながら、

雪女郎来てゐるお風呂沸いてゐる

なんて詠みました（笑）。こんな時はとぼけるしかないんです。何しろ雪女郎を呼びこんだのですからね（笑）。
――今日はお忙しいところ有難う御座いました。（完）

（平成二十八年二月二十六日、琵琶湖ホテルにて）

筆者の共感句抄

出入口照らされてゐる桜かな
広島に入りて影濃き日傘かな
我が母をいぢめて兄は戦争へ
敗戦日生米を一摑みする

風景の何処からも雪降り出せり
老人に口開けてゐる桜かな
穴を掘る音が椿のうしろかな
海市より戻る途中の舟に遭ふ
人形の混みあふ春の病かな
昼顔のひるなまぬるき鍵の穴
蟻の巣に水入れてゆく他人かな
白襖倒れてみれば埃かな
目印は小さな靴です鷗さん
起きよ影かの広島の石段の
てふてふや産んだ覚えはあるけれど
雪女郎来てゐるお風呂沸いてゐる

この原稿を脱稿する寸前、柿本さんが平成二十九年度の現代俳句大賞を受賞されるとのニュースが入って来た。うれしい限りである。

十一、星野　椿――虚子・立子を訊く

星野　椿　昭和五年二月二十一日生まれ。平成二十八年末現在　八十六歳。

鎌倉虚子立子記念館

鎌倉宮から瑞泉寺の方へ歩き、途中、永福寺《ようふく》遺跡を左に折れると間もなく記念館がある。星野椿・高士が中心となって「天界からの指令を聞く思いで」設立した。虚子や立子の資料が豊富に展示されている。加えて、俳句愛好の友がお茶の間の雰囲気を味わえるような記念館にしたいとの思いもあったようである。椿さんはどこかに「お茶の間で実に多くのことを学びました」と書いていた。

取材はまさに「お茶の間」談義の雰囲気の中で始まった。

小泉淳作画伯

――今日はお忙しいところを……。

椿　お待ちしてました。北海道の帯広の出身と聞きましたが、小泉淳作画伯をご存知でしょう？　そう、「玉藻」の表紙を描いて下さってました。小泉先生が龍の天井画を北海道でお描きになったでしょう。先生はこの記念館のすぐそばにお住みだったんですよ。このあたりを毎日一万歩ずつ散歩しておられました。

――はい、中札内という田舎の廃校を借りて描かれまして、地元では大きなニュースになりました。

椿 そう、建長寺のです。でもなんでそこへ行かれたのでしょうかね。六花亭さんの紹介ですかね。

――六花亭は有名な銘菓店で、今では全国展開していますが、企業の社会文化貢献をも目指し、子供たちの短歌などを募集し、サブレの袋に印刷したりしています。随分と昔からのことです。

椿 そうでしょう。小泉画伯のスポンサーにもなっており、凄いですよ、家まで建ててあげたりしてね。私たちもそこへ招待されましてね。六花亭さんのお世話で温泉にも泊めて戴きました。建長寺の龍を見てごらんなさい、年々深みが増してきています。政治家小泉策太郎の息子でしたが、事情があって、お父さんが亡くなってから家を出されましてね。苦労なんか全くなかった生活からその日にも困る状態に陥って、それでも頑張って芸大の日本画科を出て大成しました（そうおっしゃって「玉藻」の表紙を見せて下さった。椿や芙蓉が生きているように描かれてあった）。

——私の地元の坂本直行という画家もちょっと有名でして、野の草花を沢山あしらった六花亭の買い物袋が……。

椿　そうそう、あれね。あれを持っている人を見かけると、ああ北海道からの帰りかな、なんて思ったりしてね。

初めての北海道、初めての俳句

——北海道ついでに、椿先生は氷川丸で北海道へ行かれ、初めて俳句を詠まれました。昭和二十三年でした。そのあたりの思い出話をお願いできますか？

椿　ええ、あれは騙されました（笑）。いえ、俳句は作らなくて良いからアイスクリームを食べに北海道へ行こうってね（笑）。中ちゃん（坊城中子＝虚子の孫で年尾の長女）と句会場だった小樽の和光荘を抜け出す計画でいたのですが、京極杞陽さんに見張られていましてね（笑）、お庭にマーガレットが咲いていましてね、これが大輪なんですよ、それを見せられ、杞陽さんがゲーテのファウストに出てくる恋占いのお話を熱心にして下さいましてね……花びらを一枚ずつ「実る」「実らない」って千切って行くんです。マーガレットの花壇の半分くらい毟っちゃったの（笑）。結局、そこで捕まってしまって句会場に連れていかれ、まあそこに坐んなさいって。そこで出来たのが

ファウストのマーガレットにまた会ひし　　早子

でした。早子は私の本名です。これがおじいちゃまの選に入りました。でもね、今でも忘れられないのがアイスクリーム。北大でね、バケツに入ったのが出てくるんですよ。美味しかったわよ（笑）。

ですから杞陽さんが私の俳句の原点ですね。あの時は母立子、伯父の年尾、叔父の池内友次郎、素十、杞陽、五十嵐播水などが一緒でした。

氷川丸は素晴らしかったです。夜はダンスパーティ、食事は、乏しい時代にしては美味しいものがふんだんにありました。嬉しくて船中、中ちゃんと駈け廻っていました。相当揺れた時もあったでしょうが、平気でしたねえ。そう言えば着流しの虚子がよろよろ歩いてましたから、揺れてたのかもね（笑）。そうそう、中ちゃんが上級船員に憧れましてね、カッコよかったわよ、後で逢ったらしいですよ。でもねえ、陸に上がって制服脱いでいると全然ダメだったって（大笑）。

戦時の苦労

――お話を戦時に戻しますが、立子さんの句で、戦時の状況が句に表れているのはあまり

ないですね。ですが、

美しき緑走れり夏料理　立子

が、食糧の乏しい戦時にこのような句を詠むとは何事かって言う批判があったと聞きました。

椿　そう、それはね『立子俳句３６５日』（梅里書房）に本井英さんが書いています。大野林火が「昭和十九年と言えば、自分等が学徒動員で油まみれ汗まみれになり、物資も不足して買出しなどをしていた頃、同じ国内でこんな豪華な料理を並べていた人物がいたのかと思うと釈然としない」ってね。それがねえ、そうではないのよ。お粥に青菜をあしらったような食事だったらしいですよ（笑）。

——質素な食事でもこのように美しく詠えるのは、立子のセンスもありますが、俳句の恩恵でしょうねえ。ところで、立子にこのような句があります。

皆が見る私の和服パリ薄暑　立子

椿　これは昭和三十一年ですね。これも同じ本に高田風人子が書いていますが、日本からの文化視察団だったんです。新劇の杉村春子、音楽家の芥川也寸志などと一緒でした。洋行にあたって洋服をあつらえ、初めはそれを着てジバンシーのファッションショーを観に行ったんですが、なんとなく消え入りそうに感じたらしく、それ以来、和服にしたんだそうです。

——椿先生の母を詠んだ句に、次の句があります。

紫の人とも云はれ立子の忌　椿

紫の立子佇つ如花菖蒲

椿　そう、母は着物が良く似合いました。しかも、手軽にさっと着ていましたね。母はね、虚子のお供でほとんど家にいなかったんです。その点は気の毒に思います。年中、高浜の家から呼び出しがありましたし、行って食事を一緒にしたり、旅行へも一緒ですよ。一か月くらいの旅行が普通ですからねえ。虚子の袴の寝押しや、自分の足袋の洗濯とかねえ。虚子も旅好きでして、ご存じでしょうが、戦前に洋行してますね。パリですよ。

——ドイツへも行かれてベルリンで京極杞陽に会ってます。

椿　そうそう、さっきも言いましたが杞陽さんはほんとうに素敵な人、良きお殿さまですよ。従姉妹たちがみな憧れていました。

小諸への疎開――ニワトリ一羽で決意

――戦時中は小諸に疎開なさいました。立子さんも椿先生もご一緒に？

椿　そうです。疎開の件はね、叔母の高木晴子（虚子の五女、「晴居」主宰、一時「玉藻」の雑詠選も担当）が縁なんですよ。連れが日銀で函館、秋田、青森など転勤がありました。ですからね、高木の子供たちはそれぞれ違う方言を話すんですよ（笑）。函館時代に、親しい隣人に「私たちも疎開しないといけないかも」と話したら、「それなら小諸に姉がいるから、そこへ行きなさい」って言われて小山栄一さんに繋がったんです。小山さんは最後の「それじゃあ、虚子先生も一緒にどうですか？」って言われましてね。小山さんは信濃の遊び人で、小諸の長者と呼ばれていた方なんです。実は、虚子は正直あまり気が進まなかったんです。寒いところですからね。そしたらある日、見慣れぬ格好の人が鎌倉の原の台の虚子庵に現れましてね、小山さんです。その時の小諸からのお土産、なんだと思いますか？　縄で縛った生きたニワトリ一羽でした（笑）。それを抱いて十時間も汽車を乗り継いで来られたんです。そうして「高浜家みんなを世話するから、安心して来なさい。住と食は心配かけないから」と言われました。その意気に虚子は感動したんですね。じゃあってなって、私ら五軒揃って、金魚の何とかのようについて行ったんですよ（笑）。ほんとうにお世話になりました。

――虚子先生は戦後もしばらくは小諸に留まりましたね。

椿　ええ、戦争が終わってからも二年程居ましたね。居心地よかったのかもね。でも寒いところでしてね。よく風邪ひかなかったって……お米も何もかも小山さんが不自由させないの。私たちの住まいはリンゴ園の中の農具小屋でした。窓なしの土間を改造して下さってね。三軒長屋。虚子は十分ほどのところに居て、そう、今の小諸虚子記念館の隣です。戦中戦後、ひもじかったという人が多いのですが、小山さんのお陰で、ぜいたくは出来なかったが、何とかやってこられました。小山さんが供出すべきお米を私たちに工面して下さったようです。これは最近聞いたことなのですが、それがもとで一晩牢屋に入れられたって！　泪が出ますよ。小山家には娘さんがいまして、久子ちゃんと言いますが、こんなことも聞かされました。「あなたたちは良いもの食べていたわね。私たちはおやき（代用食）だったわ」ってね。小山家には七人子供がいたんです。一番下の娘のカヨちゃんは高浜家に行儀見習いに来ました。その弟が亡くなったとき弔句が欲しいって言って来られたりして、今でもお付き合いがありますよ。

私は戦争が終わってから早く戻りたいと思っていました。そこで新田の叔母様（宵子、虚子の三女、立子の妹、男爵の新田家に嫁いでいた）に手紙を書きました。調布に大きな邸宅がありまして、子供が四人いました。叔母は「四人が五人になっても大したことない」って受け入れてくれました。多摩川が見える屋敷でした。食糧不足の時によく面倒みてもらいました。やはりニワトリがいましてね、今日は早ちゃんのお祝いだ、なんて言ってニワトリを絞めてくれました。絞めるのは運転手です。当時の貴重な栄養源で、美味しかったです。今でもトリは好きですよ（笑）。

戦時の学徒動員

――椿先生は、結局はラッキーな戦時中だったんですね。学徒動員なんかは？

椿　はい、行きましたよ。白百合学園にいましたからね。辻堂に横河電機の工場がありましてね。旋盤作業は危ないので事務を手伝いました。でもあまり真面目でなくてね、しょっちゅう休みました。そしたら工場長が心配して家まで来ましてね、「病気なんですか」って。母立子は乏しい中から白米のご飯を出してできる限りのおもてなしをしました。お客様に対する高浜家のやり方なんです。そうしたら工場長は感激して、厳しいことも何も言わずに帰られました（笑）。工場では三時に雑炊が出てきました。おやつです。不味かったですが、おなかを一杯にすることが先決でしたからねえ。十五、六歳でしたかね。

代表的立子俳句の鑑賞

ここで母立子の代表的俳句作品を挙げて、幾つかを鑑賞しよう。表記は『三代』（飯塚書店、平成二十六年六月刊行）に依った。

まゝごとの飯もおさいも土筆かな
灯してうき立ち見ゆるひゝなかな
昃れば春水の心あともどり
囀をこぼさじと抱く大樹かな
皆が見る私の和服パリ薄暑
美しき緑走れり夏料理
父がつけしわが名立子や月を仰ぐ
秋茄子ややさしくなりし母かなし
大仏の冬日は山に移りけり
負真綿父のおかげのものばかり

まず経歴に触れておこう。立子は虚子が数え三十歳のとき、妻いととの次女として誕生。明治三十六年十一月生まれ、昭和五十九年三月三日没。行年八十。昭和元年虚子の勧めで初めて句作。昭和五年二月、長女早子（俳号椿）誕生。同年「玉藻」創刊。昭和三十四年、虚子死去の後「朝日俳壇」の選者となる。昭和四十五年、脳血栓に倒れ入院。右手麻痺。句作を続け、十四年後の雛の日に亡くなった。

ま、ごとの飯もおさいも土筆かな

自然の柔らかい姿を、素直な写生の目で表現する立子の特性が現れている句。虚子自身が「私が勧めて来た写生をさらに立子から教わった」と語るほどである。「土筆」だけが描写されているのだが、当然、そこにいるであろう子供の姿が見えてくるから不思議である。

昃れば春水の心あともどり

「日が差している間は春の水と見えた水面が、日のかげったことで急に寒々しいものに変わってしまった。もう春、と思った心が、前の季節にあともどりしてしまったような、なまじ心が浮き立ったゆえの淋しさが表れている」。この鑑賞は西村和子のものだが（現代俳句大事典）、写生を超えて自らの心象をも描写している点で、筆者も感動を頂いた一句である。

囀をこぼさじと抱く大樹かな

小鳥が大きな樹を溢れんばかりに集まってきている。囀りが耳に聞こえてくる。大樹を擬人化し、一羽も零さないように枝葉を小鳥たちに委ねている様が見える。「こぼさじと」は言えそうで言えない表現だと思う。

父がつけしわが名立子や月を仰ぐ

立子は虚子が三十歳（而立）の年に生まれた。恐らく虚子は自身への檄のつもりで、「立つ」を用いたのであろう。その父の想いを立子は知っていて、胸に強く意識しつつ月を仰いでいる。その立子の凛とした姿が見える。

秋茄子ややさしくなりし母かなし

母いとは半生、下半身が不自由であったことを椿さんから聞いた。にも拘らず原の台の虚子庵のすべてを采配されていたと聞く。もちろん、鎌倉に集結して住んでいた娘や孫たちが来ては手伝ったのであろうが、土地の野菜や魚を用いた料理はおいしかったという。どこかに、鎌倉の鰺の銀作りが美味かったと椿さんが書いている。その母が「年を取ったなあ」と分かるような仕草を、立子に見せたのであろう。秋茄子を料理していた際なのかも知れない。

大仏の冬日は山に移りけり

おおらかな大景叙景句。鎌倉の大仏を見に行くと、意外に山が迫っていることに気が付く。短日の太陽がもう西の山の上に迫っている。

負真綿父のおかげのものばかり

負い真綿は、防寒用に上着や羽織背中の部分に入れた真綿。袖なしのようにしたものである。それが虚子のお下がりなのか、それとも虚子の縁でどなたかから戴いたものなのか、いずれにしても父の恩情を思わせ、温かい思いに包まれる。

鎌倉虚子立子記念館へ行くと、虚子・立子周辺の資料をたくさん見ることが出来る。筆者が以前訪ねた際には、立子の義父の星野天地の資料も展示されていた。氏は文武両道に長けた事業家であられた。記念館では、立子が病で右半身が効かなくなってから、訓練し、左手で書く練習をされたことも知った。

接収

椿　私が戦後すぐにお世話になった調布の新田の家は、米軍がすでに良く調べていて、あらかじめ目星をつけておいたんですね、すぐに接収されました。戦時には爆撃されて、二階の風呂場に穴が開いたりね。新田家も、戦後は爵位剝奪とか大変でした。京極さんも同じでしたね。杞陽さんは子供が男ばかり六人で、お米の値段を気にしていたということを書いていますね。それ以前の関東大震災では、姉一人と自分だけ残って一族がみな亡くなったんでしたね。何歳でしたかね、子供の頃ですよ。

――たしか十五歳くらいでした。

お小遣いのことで虚子に談判

――ところで、椿先生の句に

　髪 洗 ふ 十 六 歳 の 反 抗 期

というのがあります。高士さんのことですか？

椿　いえいえ、孫ですよ。今はもう三十七歳かな？　反抗と言えば私も反抗期があったんですよ。まず、東京の小学校が気に入らず、登校拒否をしました。鎌倉から通うのは電車が好きでしたから良いのですが、女性の校長先生が怖かったの。黒衣の中に私を包み込み、宥めて下さるのですが、下から覗くと少し太った赤ら顔が微笑んで私を見下しているんです。その鼻の辺りに少し髭が生えていましてね、益々怖くなってねえ……結局、学校側も業を煮やし、母は大恥をかき、一年そこそこで無罪放免となりました（笑）。

それにね、虚子にも反抗したんですよ。私くらいじゃないかと思うんですが……お小遣いのことでね。おじいちゃまは孫たちに折々お小遣いを下さるんですが、それが一軒に同額、例えば千円ね。五家族いますからね。私は良いですよ、一人ですから。真下（虚子の長女）のところも一人。でもね、新田では四人ですよ。それを分けるんです。従姉妹がね、「早ちゃんは良いわね」って言うんですよ。それで私は虚子のところへ行って「おじいちゃま、あれは不公平です。一人づつ同額にすべきだと思います」って抗議したんです。そうしたらね、虚子は面白くない顔をしましたね。いえ、虚子は結構ムッとするんですよ（笑）。怒ることはありませんがね。イヤーな顔するんです（笑）。

――こんなこと書いていいですかね？

椿　いいわよ。もう時効ですから（笑）。しばらく黙り込んでいましたが、やがて「今の通りで良いとおじいちゃんは思います」って。きっぱり拒否されました（笑）。

――お小遣いを渡す句があります。

孫達に虚子の手渡すお年玉　椿

ここで少し椿先生のお句についてもお伺いします。私の好きな句の一つに

欲しい時すつと麦茶の運ばるる

があります。なんというのでしょうか、このタイミングの絶妙さ。こころに感じた幸せな一瞬。俳句に無理をさせない、という感じ。

椿　有難いです。主宰になると褒めてくれないんですよ（笑）、いや本当ですよ、特にお弟子さんたちがね（笑）。こころがふわっと出てくる句、最近はこんな句を作る人が居なくなりましたね、難しいのが多くてね。

――こんな句もあります。

小鳥来て幸福少し置いてゆく

蝶々に大きく門の開いてをり

椿　一句目はね、大石悦子さんがＮＨＫで褒めてくれました。二句目を少しお話ししま

しょう。

これはね、ブラジルのお弟子さんたちが日本に来られたときの句なんです。「玉藻」の方々にお客様を泊めて頂いたりお世話したりすることを頼みましてね……お金を溜めてようやく来られるのです。母が采配しましてね、その方がここに来ると言うので、門を大きく開けて待ってましたら蝶が入ってきましてね。

――皆さん、いらっしゃいって言う感じですね。

ブラジル、セイロン、スイスなどなど
――先生はブラジルにも行かれましたね。句碑の除幕のときにも蝶が飛んで来た、とあります。

椿 そう、サンパウロの東本願寺別院に母の句碑

望郷や土塀コスモス咲き乱れ　立子

がありますが、僧らの読経が終わって句碑が除幕された瞬間、句碑を横過るように黄色い蝶が現れました。あまりの一瞬の出来事に誰もが立子の魂かと思いました。

――ブラジルと蝶と言えばイグアスの滝ですね。たしか、行かれましたね?

椿　蝶が凄かったですが、水量も凄い滝です。吸い込まれそうな壮大なエネルギーは怖いくらいでした。

――そのほか、海外旅行は頻繁に行かれましたね。

椿　スイスも良かったですよ。主にジュネーブでした。レマン湖のほとり。和服で行ったんですが、足袋が汚れないんです。不思議に思いました。ホテルに帰って洗おうと思っても、汚れていないんです。

それに、スリランカがとても印象的でした。スリランカへ行った訳は、例の反抗期の孫がアメリカンスクールに行ってましてね……幼稚園から行かせたんです。立子が賛成しましてね。その時の先生がスリランカの王族の出でした。その先生が孫たちに、遊びに来なさいってことで、私たちも行ったわけです。パリーさんという方の家で大歓待して戴きました。セイロンの鳶が金色なんです。乗り物は幌馬車のようなものでした。

駅馬車の如く夏野を越してゆく　椿

がありますが、とにかくスリランカは凄いところ。三十年くらい前のことですから……たとえば女中さんはみな裸足、庭師も大勢いて、食事時には外で待っていて鐘を鳴らすと集まって来て食事を受け取るんです。大変だったのは、私たちを大変気に入って下さったご主人が、お土産を持って行けって言うんです。何だと思います？　十代の女中ですよ（笑）。メミタっていう名の子でした。メミタを日本に連れて行きなさいって。料理も英語もできる。気に入らなければ別の子でも良いって。お断りするのにあんなに困ったことはありませんねえ（笑）。奥様の外出時には、メミタは裸足で奥様の化粧箱などを持ち幌馬車のような車に乗って隅に乗る。奴隷のようでした。

――米国南部の綿花摘みの奴隷みたいですね。

椿　そうそうスリランカは紅茶で有名でしょう。パリー家は紅茶畑をもっていました。

――カルチャーショックですね。

椿　ドアの陰でメミタが耳を欹《そばだ》てているのよ。私の応え一つで自分の運命が変わるんですよ。とても俳句どころではありませんでした。

椿句鑑賞

――お話が弾んで時間が無くなりそうです（笑）。俳句に戻ります。先生の句から私の好きなのを幾つかを抽出し、鑑賞させて頂きます。

夕　顔　の　音　の　し　さ　う　な　蕾　か　な

雫ごと今朝の椿を供へけり
初雪や仏と少し昼の酒
新涼やお米ふつくら炊き上がり
もしかして部屋の中かも鉦叩
遠山に移る日射しも暮春かな
来し方は水の如しよ日向ぼこ
虚子忌とは初心に還る事と知る
進むべき我が道一つ日脚伸ぶ
幕開いて東踊のよーいやさ

先ず星野椿の経歴に触れよう。本名中村早子は昭和五年二月、東京の赤坂に生まれた。立子の一人娘である。立子が病に倒れた昭和四十五年ころから俳句に全力傾注。昭和五十九年、「玉藻」を継承。平成二十六年六月、「玉藻」一〇〇〇号を機に、長男高士に主宰役を譲る。現在名誉主宰。作句信条は「見たまま思ったままを写生すること」で「花鳥諷詠」に徹すること。

夕顔の音のしさうな蕾かな

雫ごと今朝の椿を供へけり

見たものを感じたように詠う。じっと見る姿勢がないと「音のしそうな」の措辞は生まれない。夕顔の姿が生き生きと見えて来る。二句目は、朝、雫がついたままの椿を仏に供えた、というありのままを詠って、これも椿の新鮮さを見せてくれる。

初雪や仏と少し昼の酒
新涼やお米ふっくら炊き上がり
もしかして部屋の中かも鉦叩

初雪という清浄な場面。「仏」は虚子か立子だろう。昼の酒だから、量的には少しのことで、初雪だから、酒は人肌の燗であろう。ほのぼのとした安寧の時間が流れる。
二句目。季題「新涼」が、炊き上がったご飯の温かさと香りを見事に引き立てている。これは嗅覚の句。
三句目。鉦叩きのしんとした声が聞こえてくる。姿は見えないが、どこか至近にいる。「もしかして部屋の中かも」によって鉦叩きの声が近づいて来るようだ。聴覚の句。

遠山に移る日射しも暮春かな

来し方は水の如しよ日向ぼこ

「遠山」の句。勿論、虚子の名句がベースにある。虚子の句は「枯野」だが、氏は「暮春」を詠んだ。祖父虚子に近づきたいとの思いをもって詠んだとも思える。

二句目。虚子・立子を鑑に、自然な水の流れに沿うようにここまでやって来た。「日向ぼこ」をしながら、氏はそう思う。こころの平穏を楽しんでいる様を思わせる。

虚子忌とは初心に還る事と知る

進むべき我が道一つ日脚伸ぶ

一句目。俳句を続けると、いろいろな考えが湧いて来る。何か新しいことを……とか悩むこともあったに違いない。だが、虚子忌が来るたびに、写生と花鳥諷詠、そして定型という大原則を踏襲することが、やはり一番だと気が付き、そう心に言い聞かせる。

二句目はこれからのことを言う。進むべき俳句の信条は変わらない。

幕開いて東踊のよーいやさ

氏が敬愛していた京極杞陽を思い出す。〈都踊はヨーイヤサほほゑまし　杞陽〉あの澄んだ掛声が耳に響いて来る。東踊を心から愉しんでいる様が見える。

句集『波頭』への合評

星野椿には句集『早椿』（昭和四十八年からの作品で昭和五十九年刊行）から『華』、『波頭』、『雪見酒』、『マーガレット』、『マーガレット以後』、および『金風』（平成二十三年刊行）がある。中で、『波頭』（平成七年刊行）の作品について多くの俳人が鑑賞文を寄せているので抄録しよう（「俳句」平成八年一月）。椿の人柄を知る上で参考になる。

三橋敏雄

三橋敏雄は『波頭』の中では次の三句が白眉だという。

川曲り花の堤となりゆける
月白の中に青空ありにけり
その人が現れて華やか冬のばら

黒田杏子

黒田杏子は椿のことを、鎌倉の「お日様」だという。

俳小屋の句屛風だけは黴させず
初雪の横川ときけば聞くだけで

着ぶくれてゐて安心をしてをりぬ
明日の事分からぬがよし日向ぼこ
多作多捨水涸れる事無かりけり

後藤比奈夫

月白の中に青空ありにけり

「素直な感性の豊かさに惚れ惚れする。『波頭』を詠んでまず感じることは、星野椿という作家が、星野立子の娘であり、高浜虚子の孫であることが、まさに句集の隅々にまで歴然としていることである」と書いている。

鈴木真砂女

草庵の客に鯛昏れてきし

真砂女の店での月曜会という藤田湘子を中心とした主宰クラスの会があった。椿、高士親子もこの会の一員。椿が姿を見せると急に座が明るくなった。この句は、メンバーが椿に招かれ、立子居へ伺った時のものだという。酒の席になり、盃を上げたとたんカナカナカナと得も言われぬ蜩の鳴き声が立ったらしい。

今井千鶴子

その人が現れて華やか冬のばら

今井千鶴子は「椿さんは華やかな人である。ことに笑顔が良い。立子先生の笑顔も良かったが、先生には一抹の淋しさが漂っていた。椿さんにはそれが無い。天性のしんそこ明るい笑顔で人を魅了する。相当にキツイことをおっしゃっても、言われた方は怒る気になれない」と書いている。

中原道夫

　春風に包まれてゐてなつかしき

椿さんがいるといないとでは座のルックスがまるで違う。童女がそのまま主宰になったような方である。

藤田湘子

　夕顔の音のしさうな蕾かな

『波頭』という句集名は、女流のそれとしてはかなり剛直な感じがする。（中略）しかしその俳句はじつに繊細で透明感があって、それはまぎれもなく母立子の一面を、見事に承けついでいる。

上田五千石

　山吹は一重がいゝと又思ふ

こういう思うところただちに句になるというところが、椿俳句のなんとも言えないいいところである。「一重がいゝ」まではいいが、「と又思ふ」の「と又」が出てこない。

ゴルフ俳句

――極めて椿俳句らしいのを勝手に鑑賞させて頂きました。また俳壇諸氏の称賛の言葉も掲げさせて戴きました、が、先生に特異的なのはゴルフの句が散見されることです。これは珍しいことです（笑）。

ボール飛ぶ飛ばぬと一と日芝青し

ゴルフ好きは有名らしいですね（笑）。高士さんには、勉強しろとは一度も言ったことがなく、率先してゴルフと麻雀を教えたと（大笑）。稲畑汀子さんも椿さんの

ペン捨てゝ春爛漫の野に出でん

を「（椿さんに）似合っている」「椿さんの明るさは誰にも真似できるものではない独特な雰囲気をもっている」と書いていますね。

椿　昨日もゴルフだったのよ。暑かったわよ。でもね、プレーのあと句会もするのよ。三句出し。「玉藻」の仲間との会ですが、こんな句もありました。〈秋暑しスリーパットを友

として〈半次郎〉〉（笑）。「友として」が良いでしょう（笑）。
――作者の名前もいいですね（笑）。不思議に俳人にはゴルファーが少ないですね？
椿　鷹羽狩行先生とご一緒したことがありますよ。尾崎兄弟と一緒にプレーするテレビ番組でした。私は結構よかったですよ（笑）。狩行先生はゴルフウェアでも、きりりと決める方ですねえ。振舞いも几帳面でいらっしゃる。
――楽しいひとときでした。有難うございました。

（平成二十八年十月七日、鎌倉虚子立子記念館にて）

椿先生のお人柄のおかげで実に楽しい取材が出来た。母立子の句に〈うぐひすや寝起きよき子と話しゐる〉がある。きっと椿さんのことに違いないと思った。

筆者の共感句抄
星野立子

ま丶ごとの飯もおさいも土筆かな
灯してうき立ち見ゆるひ丶なかかな

昃れば春水の心あともどり
囀をこぼさじと抱く大樹かな
皆が見る私の和服パリ薄暑
美しき緑走れり夏料理
父がつけしわが名立子や月を仰ぐ
秋茄子ややさしくなりし母かなし
大仏の冬日は山に移りけり
負真綿父のおかげのものばかり

星野　椿

欲しい時すつと麦茶の運ばるる
夕顔の音のしさうな蕾かな
もしかして部屋の中かも鉦叩
遠山に移る日射しも暮春かな
来し方は水の如しよ日向ぼこ
虚子忌とは初心に還る事と知る

その人が現れて華やか冬のばら

着ぶくれてゐて安心をしてをりぬ

夕顔の音のしさうな蕾かな

山吹は一重がいゝと又思ふ

十二、黛　執——湯河原のことなど

黛　執　昭和五年三月二十七日生まれ　平成二十八年末現在　八十六歳。

永年俳句を発表されてこられた黛執さんを訪ね、「昭和・平成を詠んで」をテーマに、お話を伺った。平成五年に創刊された「春野」を、最近、新主宰奥名春江さんに渡された。

一、主宰禅譲

――この七月、創刊二十二年にして名誉主宰となられました。編集長だった奥名春江さんは「春野」を熟知されておられ、角川俳句賞受賞者でもあります。十歳お若いですね。作品も、主宰就任時の八月号に、

野の水のしきりに光る巣立ちかな　　奥名春江

があります。黛執の世界ぴったりの作品ですね。まさに当を得た委譲だったと思います。一方で、外部の俳句雀たちからは、黛まどかさんの線はなかったのか、という興味本位の思いもあるようです。

黛　ははは。そういう声もなかったわけではありませんが、彼女は忙し過ぎてダメですね。その代わり、協力の姿勢を表わすという意味で、毎月寄稿して貰っています。「ヘップバーン」を一〇〇号で終えまして、もしまた雑誌を出すとすれば、そちらの方でしょうねえ。

――そうですか。まどかさんには、ご自分の志向がおありですから、分かりますね。

黛　新主宰も従来の「春野」に何か新しいものを加えようと頑張っておりますよ。

二、学徒動員・環境保護市民運動

――黛先生のご経歴は「俳句研究」二〇一一年夏号に詳しく載っていますが、今日は、それを補完するようなお話と、それ以降、つまりこの四、五年間の推移をお訊ね致します。まず昭和十九年、十四歳ですね、学徒動員で横浜の工場に行かれます。

黛　ええ、横浜の杉田にあった日本飛行機の工場でした。あの傍に海軍の追浜飛行場があったんです。この工場では特攻用の「桜花」というグライダー方式の自爆機を作っていました。敵艦が見えてから爆撃機の腹から切り離されて突っ込むのです。ベニヤ板製の一人乗りで、胴体が爆薬なんです。エンジンが無く、操縦桿しかないから還ってこれないのです。酷いことです。殆どは敵艦に当る前に落とされたと聞いています。スピードがありませんからね。それ以外には「秋水」というロケット飛行機も造っていましたが、実用を見ずに終戦になりました。この工場は本来E―16という水上戦闘機を造るところでしたが当時は特攻用ばかりになっていたんですね。私の実際の仕事は力仕事ではなく、在庫管理のような業務でした。

――寮生活をされたと聞きますが、食糧状況は民間よりは良かったのでしょう?

黛　いえいえ、酷いもんでした。特に私は身体がひ弱でして、甲乙丙の丙種だったんです。食事の量は甲種が一番多く、丙は最低なんですよ。力仕事ではなかったせいもありますがね。しかも、大豆から油を採ったカスにサツマイモが少し混ざっているだけのものでした。それで栄養失調。医者が同情して家に帰してくれました。

――それから終戦ですね。その後、昭和二十一年から明治大学で勉強し東京のある会社に就職。しかし結核に罹り帰省療養。悶々とした毎日を過されます。幸い二年後健康を取り戻し山歩きが出来るようになります。山スキーも楽しみますね。これが先生をして自然派といわれる素地となりました。自然環境を大切にされます。

黛　そう大それた山登りではありません。信州出身の友人に誘われて、よく彼の在所の山を歩きました。里山派ですね。山川草木に親しみ、茸採りとかね。

――それが昂じて環境保護市民運動を展開します。温厚そうに見える先生にしては思いきったことでした。

黛　ええ、猪突猛進な面もありました。東京の大手観光開発会社が巨額の資金を用意し、湯河原から箱根までの一帯の道路を整備し、住宅地を造成し、一大リゾート地にしようと計画を立てました。私たちは反対でした。しかし徒手空拳です。幸いこの地には文人墨客が多く、小説家の山本有三さん、経済学者の沖中恒幸さん、憲法学者の我妻栄さん、文学者の綿貫哲雄さんらです。賛助会員になってもらいました。沖中さんは私たちの「湯河原の自然を守る会」の会長になってくれました。町も町民も農民も多くは開発に賛成でした。農家は傍に立派な道路が出来れば土地が高く売れますからね。私たちは烈しい非難と執拗な妨害行為に晒されました。「アカ」だといわれ学校の教師は山奥へ飛ばされ、町と取引のある銀行は取引停止をいわれ、私も家族も「明日の青空は見させない」などと脅かされ、娘のまどかも、友人の親から「うちの娘とは絶交だ」とさえいわれました。でも、マスコミが注目してくれましてね。市民運動の走りだったんです。イデオロギー的なことは一切いいませんでした。自民系の県会議員も理解してくれて、非公式ですが応援してくれましてね。運動はだんだん広がっていきました。売られた山が殆ど全部県の「土砂流出防備保安林」の指定を受けていましたので、開発にはこの指定を外さねばなりません。開発側は外すよう申請しました。これに対し我々は町の有権者六千名の署名を集めて、指定を外すなどという請願書を県に出しました。これが県議会で可決され、開発会社は撤退せざるを得なくなりました。これで運動は成功したんです。街の人々は、農家の人々も含めて、結果的には良かったと言ってくれました。

三、俳句への接近・角川俳句賞次点王・「春野」創刊

――運動成功ですね。その少し前から先生の俳句が始まりますね。

黛　親しかった友人が急逝しました。その葬儀のとき、祭壇に〈流星や使はぬままの釣道具〉という悼句が供えられてありました。故人は釣が大好きで、翌日は釣に行く積りだったのです。愛用の竿なども並べてありました。感動しましたね。僅かな字数で、こうも見事に追悼ができるんだって……。それが映画監督の巨匠五所平之助さんの句でした。それを機に、月一回の無償の俳句指導を受け始めました。この辺の事情は、栗林さんの『俳人探訪』にもありますね。五所さんが天丼を食べない理由とか……（笑）。五所先生からは、俳句の三原則を仕込まれました。

俳句は美しくなければならない。
俳句は見えなければならない。
俳句は平明でなければならない。

そのあと、五所さんの薦めで安住敦さんの『春燈』に入りました。安住先生からは、
花鳥とともに人間が居、風景のうしろに人間がいなければつまらない。

という俳句信条に強い衝撃を受け、自然と人間との一体論が、私の作品の方向を決定付けました。

――そして昭和五十三年、角川俳句賞に応募。爾来、五年続けて次席という珍記録を作られます。凄い記録です。飯田龍太先生とはそのころから……。

黛　たしか後ろの二回くらいは龍太先生も選者であられたと思います。角川春樹さんからは「次点王」と綽名されました。私の句は登竜門的作品ではなかったのだろう、と結論付けまして、それ以来やめました。この珍記録を龍太先生が覚えておられたのかどうかは定かでありませんが、私が平成五年に「春野」を創刊したとき、龍太先生から「俳句に適ったひと」という、丁寧な有難いお祝いの文章を戴きました。

――龍太先生は、黛さんの句を抽きながら、お祝いの文を書かれていますね。

夜 は 風 に も て あ そ ば れ て 遍 路 笠

がその一句でした。

黛　ええ、私はもし可能なら龍太先生ご自身の一句を戴きたかったのですが、すでに俳句は作っておられなくて、そのかわり丁重なお祝いの文を戴いたんです。廣瀬直人さんからは、「よく書いてもらえたね」っていわれました。

――執先生のことを龍太先生がかなり気にされていた証左ですよ、きっと。龍太先生は角川俳句賞の該当者なしの年、後で「あの作品でも良かったなあ」と述懐され、その方に色紙を贈られたとか聞きました。お心の広いお方です。

それから鈴木真砂女さんからも応援を受けておられますね。

黛　「春燈」からのご縁でして、実は私は、真砂女さんを立てて「春野」を興したかったんです。私は編集長になる積りでした。真砂女さんは「考えさせて」とおっしゃられました。安住先生が亡くなられて五年経っておりましたし、「春燈」の句風が私のと少し違って来ていましたので、何かを試みたかったのです。真砂女さんは喜んでくれましたが、一週間熟考の上、結局断わられました。もう八十歳を超えておられましたからね。その代り応援するってね。真砂女さんを慕ってくる人たちを随分「春野」に入れてくれました。

――「春野」創刊には永作火童さんの助力もあったと聞いています。

黛　そうです。火童さんが「春燈」の人材を育てる意図を持って地方を回られ、その一環で湯河原にも見えました。それ以来のお付合いで、私が不得手だった「多作」を勧められました。角川俳句賞への応募も火童さんの励ましがあったからでした。その後、私が「春燈」を去るかどうか悩んでいたころ、真砂女さんも理解してくれましたし、火童さんも、「ただ辞めるんでなく、湯河原の仲間もいるでしょう、彼らをどうするんだ」って言われましてね。すでに末期の癌でしたが、奔走してくれました。大磯で創刊一周年記念のパーティを開いたんですが、私は一年での祝賀会というのは気が引けると、本当は消極的だったのです。余命を意識しておられたんでしょうね、火童さんが「いや、私のために開いてくれ」っていうんですよ。同人会長として、それほどの思いを抱いていてくれたんですよ。「俳句」の編集長の秋山みのるさんが挨拶で、「創刊一年目でこのようなパーティを開くのは、よっぽど自信があるか馬鹿か」と言ってみんなを笑わせました。火童さんは、それから半年で亡くなりました。「春野」の最重鎮ながさく清江さんは、火童さんの奥さんです。

――大峯あきらさんの「晨」に入られました。大峯先生との接点は以前からあったのですか？

黛　創刊に際してお誘いをいただき、超結社でしたので、安住先生のお許しを得て入りました。でも、「春燈」の中には不快に思われる方々もおられました。やや閉鎖的でしたからね。

――その後、平成十六年、第四句集『野面積』で第四十三回俳人協会賞を受賞なさいます。それから、平成二十一年、第五句集『畦の木』を、平成二十五年、第六句集『煤柱』を刊行されます。そして平成二十七年、「春野」主宰を奥名さんに委譲しておられます。その間の大きな出来事は何かありましたか?

黛　いやあ、何もないと言うか、いや結果的には無かったんですが、第六句集『煤柱』が蛇笏賞候補になりました。初めは期待していなかったのですが、角川から選考会がいついつあるから、その日は「必ず家にいて下さい」って連絡がありましてね。そうまで言われると、つい期待するじゃありませんか。高野ムツオさんと深見けん二さんが受賞され、当然のことと思いました。候補は、柿本多映さん、茨木和生さんと私でした。名誉なことです。

四、句集鑑賞

(一)　第一句集『春野』

昭和五十六年二月、東京美術刊行。序文は安住敦。

雨だれといふあかときの春のおと

振返ってみたくて上る春の坂

大杉の真下を通る帰省かな

身の中を日暮が通る西行忌

第一句。第一句集の第一句目。黛俳句の嚆矢である。「あかとき」という雅語の響きが心地よい。大峯あきら氏がこの句を鑑賞している（『黛執』花神社、平成十年五月）。この句に関しては、多くの俳人が鑑賞文を書いているが、これほど丁寧に、しかも高く評価している文章を、筆者は知らない。

春暁の雨音を詠っているが、場所や対象物の呈示は何ひとつ無い。視覚の句ではなく聴覚の句だから、当然のことではないかと言われるかもしれないが、わたしが言うのはそれだけのことではない。その聴覚そのものが対象的構造をもたないことを云うのである。作者の耳が聴いているのは、向う側にある対象としての雨音ではない。春暁の天地一体を自らの内に包んでいるような雨だれの音である。世界の中に雨だれの音があるというより、雨だれの音の中に世界がある。その世界は空間だけでなく時間をもふくむ。いわば源氏物語以来の日本人の季節感の中を流れてきた時間をふくむといってよい。普通は「春暁」という季語をそのまま使いがちであるが、作者はその既成形態を一旦解体して、この季語の発生状態を再現したのである。解体といっても知的操作でなく、一瞬の詩的観入によるものであるから、「春のおと」が概念的にひびかず、実感をともなっているのだ。作者の非常に早い時期に出現しているこのような季語の使い方は、その後も間欠的にあらわれているから、この作者の永続的な個性を形づくっている重要なモメントの一つといえるだろう。

第二句。〈振返ってみたくて上る春の坂〉、この状況は読者にも心当たりがあるであろう。筆者にもある。丹那盆地を見下ろす韮山の丘に登り、振り返ると駿河湾の一部が光って見えた。それ以来、ときどき振り返るためにこの丘に登ったものである。黛さんも家がある湯河原から近い丹那や韮山を歩いたのであろう。人生を振り返るなどと、深読みしなくても、書かれていることだけで、十分、良い句だと思う。

第三句。〈大杉の真下を通る帰省かな〉。黛さんには他にも帰省の句がある。いずれも好句である。例えば、〈ぐんぐんと山が濃くなる帰省かな〉(『野面積』より)。湯河原に近付くと、東京からですら、「帰省」という感じが湧く。それは「大杉」のせいであったり、「山の濃い緑」であったりする。それぞれが黛さんにとっての原風景なのである。この句と次の句を、飯田龍太が「今年の秀句」として毎日新聞で講評したことがある。

第四句。〈身の中を日暮が通る西行忌〉、珍しく心象句である。想念主導の句ではあるが、日暮れの中を歩くとき、「西行忌」なる季語が働いて、あたかもおのれが流浪の旅の中にあるごとく思える。日々の時間がおのれの身中を過ぎて行く儚さのようなものを感じさせる。誰かの作で、身中を「水」が流れる、という意味の句を見た記憶があるが、「日暮」は「水」よりもモノ感覚が薄く、その代りに時間感覚がある。しかも、もう戻ってこない、儚い時間感覚であり、その感覚がこの一句を完成させた。

(二) 第二句集『村道』

昭和六十一年三月、東京美術刊行。

うぐひすに山墓の水やつれけり

馬の眼のかくもしづかに草いきれ

第一句。黛さんの作句の場を想起してみる。湯河原から三十分もドライブすると小さな集落や豊かな里山に至る。そこには多分小さな墓域があって、土地の人がお参りをした跡が見られたのであろう。供花は朽ち、閼伽水も涸れていたのかも知れない。「やつれけり」なる措辞がそう思わせてくれる。そこに鶯が鳴いている。山鶯であろうから、朗々と囀っている。それが、ややうらぶれた山墓と、えもいえぬ配合の妙を醸している。

第二句。作者は、つぶらな「馬の眼」をまじまじと見ている。目は澄んでいて「しづか」である。周りには草が茂っていて、夏の陽に「草いきれ」を醸している。ここまでは平明過ぎるほどの景であるが、しかし「かくも」でそれぞれの措辞が急に力を得る。作者がその感興の強さを読者に伝えたいとする強い思いを感じた。俳句表現技術の確かさが分かる。

㈢　第三句集『朴ひらくころ』

平成七年八月、角川書店刊行。

うしろから道ついてくる枯野かな
ふるさとの柱太かり蓬餅
夜は風にもてあそばれて遍路笠

第一句。己が歩いた後に必ず道が出来てくる、という自信。いや自分にそう言って聞かせているのかも。「枯野」が効いている。孤独感もある。仙石原でなくても良いのだが、枯れた薄原の石ころ道を歩くと、そんな感じがするのである。

第二句。「蓬餅」は氏のよき句材である。「草餅」なのだが、〈縁側といふ草餅の置きどころ〉が第六句集にある。同時に家の太く煤けた大黒柱や梁も氏のよき句材である。里山の自然・農家の佇まい・そこに感じられる生活者の日常的情趣……それら「ふるさと」の素材が氏の句を立ち上げる。これもまた黛さんの原風景なのである。

三句目。〈夜は風にもてあそばれて遍路笠〉。この句については先に少し述べたが、次のような飯田龍太の鑑賞がある。

「強いて一句を選ぶなら、この句。作品の情景はもとより札所の宿のこと。夜の遍路行とすると特異な場合だろうし、『もてあそばれて』もこれでは孤愁の強制が過ぎる。宿の壁かどこかに掛けた遍路傘に折からの夜風が、と解するのが自然だろうと思う。そこから逆に、その日の行路を無事に了えたひとの安堵感が浮かび上がってくる」（『黛執』花神社、平成十年五月）

㈣　黛執句集『野面積』

本阿弥書店　平成十五年三月一日刊行。俳人協会賞受賞。

海見えてきし遠足の乱れかな
またひとり海を見に出る年忘
干襁褓くぐりて交す御慶かな

啓蟄の土をほろほろ野面積
まつしろなごはん八月十五日
桃さくら婆が焼かれて戻りけり
鶺鴒とおなじ水飲み寿《いのちなが》
痛さうに空晴れてをり冬ざくら
竹馬の凭れてをりし野面積
水打つて路地に夕べの声ふやす
秋まつり大きな山の影の中

俳人協会賞に輝いた句集であるだけに佳句好句がたくさんある。

第一句。遠足の児童の足並みが、海が見えた途端に乱れる。われ先に浜に下りたい気持ち。先生がそれを制する声が聞こえそう。

第二句。忘年会の一シーン。五所平之助の映画の一場面にありそう。真鶴あたりに魚のうまい店がある。ふいに海を見たくなって喧騒をいっとき中座する。ベランダには先客がいたかも知れない。何でもない景ではあるが、ペーソスを感じる。

三句目。〈干襁褓くぐりて交す御慶かな〉は、如何にも田舎の近所付き合いの中の正月風景。お正月であるし、赤子がいるので、余計に明るさが感じられる。最近では、都会様式の住宅が増え、庭もない。このような景は、だんだん少なくなってきた。考えてみれば、人口密度の高い都会には「人」を感じず、密度の低い田舎の方に「人」を感ずるのである。四句目と後ろから三句目は「野面積」を詠んだ句。不揃いの石を積んで農地の法面を守る。その積み方は、素朴だが、仕上がりは頑丈であるらしい。筆者は「竹馬の凭れてをりし」の方により強く共鳴する。景に人は出てこないが、当然、子どもの姿が見え隠れするからだ。

五句目。〈まつしろなごはん八月十五日〉。何も言っていない。終戦日が重く効いている。仏飯なのだろうか。昔を思い出しての句に違いない。思い出の句であるところは正しかったが、実は、状況は違った。氏の自解によれば、少年の頃の学徒動員の思い出だとある。あまりにもひもじい思いに、病欠の友の食券を借り、二度食いを試みたが、見つかって罰として二日食を干されたとある。その食事とは、先にも書いたが、大豆油を絞ったあとの豆カスであった。

六句目。〈桃さくら婆が焼かれて戻りけり〉。氏の作品の中では珍しい句柄の句である。自解にこうある。「九十歳をとうに超えた老女が、ぽっくりと逝った。昨日まで元気な姿を見せていた婆の突然の死に、人々は天寿を称え、死に様の見事さを羨んだ。通夜の席では長寿を祝う紅白の饅頭が会席者全員に配られた。折りしも葬家の庭前には、桃と桜が満開であった」

七句目。〈鶺鴒とおなじ水飲み寿〉。これも丹那盆地での景に違いない。あの辺りには小川が流れており、鶺鴒が遊んでいる。長閑である。鶺鴒は水を飲んでいたのだろう、この土地の人たちと同じ小川の水だ。ここの人たちは、みな長命なのだろう。黛さんの、土地の人々への優しさが伝わってくる。

八句目。〈痛さうに空晴れてをり冬ざくら〉。伊豆高原の桜ばかりを集めた「桜の園」での嘱目句だという。十二月中旬、雲ひとつない青空に点点と鏤められた冬桜の風情は譬えようもなく可憐であった、とある。「痛さうに」が中々言えない。

最後の句。〈秋まつり大きな山の影の中〉。こんもりとした山が集落に迫っている地域。その山の日影の中に、祭の幟や御輿や人々の動きが、妙に鮮明に見えたに違いない。里山好きの氏ならではの嘱目の一句。

㈤　**黛執句集『畦の木』**

角川ＳＳコミュニケーションズ、平成二十一年一月三十日刊行。

老人に日向の余るお元日

山に雪沖に兎のとぶ日かな

煤柱すくと八十八夜かな

さへづりへ開く棺の小窓かな

縮んだり伸びたり春の野辺送り

ふんはりと峠を乗せて春の村

なきがらの上の蠅取りリボンかな

水仙にあつまつてくる光かな

立話する間も麦を踏んでをり

遠くまで見ゆるさびしさ麦の秋

打水の上ていねいに通りけり

一句目。元日から老人たちは為すこともなく日向ぼこの中にいる。淋しいととるか、長閑ととるか……。せめて元日くらいは、家にいて家族や年始客の応対で忙しくあって欲しいと考えると、やはり淋しい句なのだろう。「余る」のは日向だけでなく、老人の時間をも指しているのかも。

二句目。「沖に兎のとぶ」が白波の喩だと識って納得した。

三句目。「煤柱」も大きな農家の古い梁も、黛さんの好む句材。なにせ後の第六句集を『煤柱』としたのである。薄暗いに違いない農家の炉辺に、明るい「八十八夜」の季語の斡旋が効いている。

四、五、七句目。〈さへづりへ開く棺の小窓かな〉、〈縮んだり伸びたり春の野辺送り〉、〈なきがらの上の蝿取りリボンかな〉と葬の句が続く。棺の小窓を開けて、故人に囀りを聞かせてやっている。その優しさ。野辺送りは、山村ではいまでもあるようだ。墓地への道は、春になって潤みはじめ、ところどころ潦があったり、ぬかるんでいるのであろう。そのせいで葬列が伸びたり縮んだりしている。亡骸の上に蝿取りリボンとはよく気がついた。

八句目。〈水仙にあつまつてくる光かな〉。水仙に俳句の焦点が絞られている。こう詠まれてしまうと、何のことはない、と思うが、実は、なかなかこうは詠めないものだ。黛さんの見る力の確かさを感じる。

九句目。〈立話する間も麦を踏んでをり〉。農夫の動きに、よくぞ気がついたものと感心する。

十句目。〈遠くまで見ゆるさびしさ麦の秋〉。「麦の秋」は五月の季語。黄金色に稔った麦畑が遠くまで見渡せる。それを「さびしい」と感受したのは、必ずしも予定調和的ではない。その独自の微妙な感覚に魅力を感じた。

十一句目。〈打水の上ていねいに通りけり〉。この感覚、よく分かる。丁寧に歩くのは、氏の人柄ゆえであろう。

㈥　黛執句集『煤柱』

平成二十五年十一月五日、角川学芸出版刊行。

春の水いくつも跳んで母がりへ
分校は節穴だらけ小鳥くる
田の闇を抜けて踊の灯の中に
風よりも月に乱れて萩の花
縁側といふ草餅の置きどころ
布団干すぐるりと山を見まはして
遠目してをり花種を蒔きしあと
どの家も暖かさうに灯りけり

暮れかねてゐる縁側の湯呑みかな
肥柄杓立てかけてある野梅かな
桐いつも遠いところに咲いてをり
八月六日こんなにも青い空
あたたかし藁家に雪の積む夜は
飲食の箸をしづかに広島忌
今朝秋のするする玉子かけごはん

筆者の数多くの共鳴句を絞って、右の十五句に集約した。
一方、黛先生は、筆者の執拗な求めに応じて、最近刊行のこの『煤柱』から、次の三句に丸を付けて示して下さった。いずれも黛俳句の典型を示す佳句であると、筆者は感銘している。

縁側といふ草餅の置きどころ
どの家も暖かさうに灯りけり
桐いつも遠いところに咲いてをり

黛執俳句は、里山の自然を、そこで生活する人々の日常を、美しく、平易に、見えるように詠っている。それが黛俳句の柱であるとすると、この三句ともその典型である。三句目の「桐いつも」にしても、遠くの桐の花を、憧れをもって眺めている「人」の存在が分るからである。

一方、筆者が掲げた十五句の共鳴句の中で、実は、次の四句が、それぞれ別の理由で、筆者にとっては少し特別なものに見えている。

風よりも月に乱れて萩の花
肥柄杓立てかけてある野梅かな
飲食の箸をしづかに広島忌
今朝秋のするするする玉子かけごはん

一句目は、際立って唯美的であり、芸術的ではあるが、人が出てこず、モノを冷徹に描写している。第五句集にある〈水仙にあつまつてくる光かな〉にも通じ、水原秋櫻子の名句〈冬菊のまとふはおのがひかりのみ〉のような美しさがあると思った。

二句目は、敢えて美しくないものも詠んだ。梅の「美」に対し肥柄杓の「醜」を対比させており、実景ではあるが、構成的である。

三句目は、原爆犠牲者にこころを寄せながら、箸を使うにも気遣いを見せている。〈八月六日こんなにも青い空〉にも通ずる社会性がある。

最後の句は、健康的で、黛さんにしては珍しく、軽くて、少し俗っぽいが、そこに、よろしさを感じた。つまり、風土（＝自然と人）詠を太い柱とする黛俳句の周辺にこれらの作品が存在するのである。筆者は、それが意外だと言う積りはない。むしろ逆で、大いに共鳴している積りである。この方向が、これからの氏の作品傾向と、どう重なっていくのかに、大いに興味を持っている。

五、戦争や三・一一の句は？

――先生の句集を読んで気がついたのですが、戦争や三・一一の句がありません。そのあたりのお考えは？

黛　確かに無いですね。三・一一の場合、直接体験していなくても、その対象を「詩」として受け止めることができれば、大いに詠むべきと言う意見、たとえば金子兜太さんのお考えがありますね。伝統俳句側には、テレビであの凄まじい光景を観て、さもその場にいたかのように俳句を詠むのは、如何なものかという考えがあります。私もそうです。耐えられないんです。あの悲惨さをね。せめて自分が東北に住んでいたとか、親戚が被害にあったとかなら詠めるでしょうね。高野ムツオさんなどの作品は良いですよ。ご自分の身体で味わった実の経験ですからね。

――そうですね。報道は、フィルターを通ってきていますから、詠むべきではないという意見がありますね。それともう一つは、特に先生のように、美しいものを、目に見えるように、平易に、という志向では、詠みづらいのではないでしょうか？

黛　そう、それも大きいですね。ダムでも原子炉でも「詩的感動」の対象となるなら大いに詠んでいいのだという意見がありますが、詩は自由だということを言うためにダムや原子炉を持ってきたのでしょうが、私にとっては勇み足だと思います。「詩的感動」なんてものではなく、これらは自然破壊の元凶であって告発されるべきものです。

――最近こんなデモ用のビラがあります。金子兜太さんが書いたもので「アベ政治を許さない」と墨痕鮮やかに書かれています。これが実物です。

黛　ああ、勢いのある字ですね。この小さな町でも「安保法案に反対する会」ができましてね、私も呼びかけ人になっています。怖いですよね。心配な時世になってきました。これに関係して思うのですが、昔、寺山修司が「こういうときには大いに意見を持ってよい。しかし、詩人はそこまでで、実践者になってはいけない」という意味のことを言っています。芭蕉は、『野ざらし紀行』で捨て子に出会って哀れみますが、通り過ぎ旅枕を続けます。藤原定家は源平合戦で宮中が大騒ぎのときでも静かに歌を詠んでいます。西行も北面の武士を捨てて現世超越的です。世事には係わらず芸術至上主義ですね。私も今まではそれを通してきました。でも、今は違いますね。「安保法案反対運動」を行うなんて、修司に罵倒されるかも知れない（笑）。手を出してしまうということは、私はやはり詩人にはなりきれないのかもね。自然環境保護の市民運動の昔に戻ったようです。

――実はこの取材は、今の時世について、今言っておきたいことをシニアの俳人に語っていただくという主旨があったんです。ここで先生の今のようなお気持を伺えて良かったと思います。

六、俳句とは何か？

――最後に、俳句とは先生にとってなんでしょうか？

黛　俳句を始めて今年でちょうど満五十年になります。五十年を経てつくづく思うことは、俳句は「一期一会」の詩であるということです。毎日眺めている山でも川でも、自然は時の流れとともに寸時も留まることなく刻々と変化を遂げています。それは人間でも、自分でも同じです。一分前の自然、一分前の友、そして一分前の自分にはもう二度と出会うことはできない。その一期一会の「今」の出会いを詠い止めるのが俳句なのではないかという思いです。
――先生は以前どこかに「俳句は『生きがい』だと思っていたが、今は『空気のようなもの』と思っている」とお書きになっておられましたが、現在は、逆に、もっと重い受取り方をされているのですね。
今日は長時間、ほんとうに有難う御座いました。

（平成二十七年七月二十八日、湯河原のご自宅にて）

黛先生の取材を終えて、美しき風土を詠まれたその土地は仕合せである、とつくづく思わされた。最後の「俳句とは何か」は換言すれば「ただいま現在の一回性の詩」である、ということであろう。重く受け止めた。

筆者の共感句抄

雨だれといふあかときの春のおと
身の中を日暮が通る西行忌
うしろから道ついてくる枯野かな
夜は風にもてあそばれて遍路笠

海見えてきし遠足の乱れかな
またひとり海を見に出る年忘
まつしろなごはん八月十五日
桃さくら婆が焼かれて戻りけり
痛さうに空晴れてをり冬ざくら
秋まつり大きな山の影の中
なきがらの上の蠅取りリボンかな
立話する間も麦を踏んでをり
遠くまで見ゆるさびしさ麦の秋
打水の上ていねいに通りけり
春の水いくつも跳んで母がりへ
遠目してをり花種を蒔きしあと

十三、俳人・有馬朗人――政治と研究と

有馬朗人　昭和五年九月十三日生まれ　平成二十八年末現在　八十六歳。

物理学者・政治家・俳人と多面的な活躍をされておられる有馬朗人さんを、学校法人根津育英会武蔵学園の学園長室に訪ね、俳句人としてのご活躍、世界遺産化の狙い、物理と俳句の世界の違い（あるいは共通点）、大学改革や政治家としての成果などなど、興味ある諸点について伺った。

一、幼少から苦学生時代まで

――まず、ご幼少の頃のお話からお伺いします。俳人一家のご家庭にお生れで、僅か十五歳で「ホトトギス」に入選されたと聞きました。

有馬　父も母も俳句が好きで「ホトトギス」に入っていました。母は「玉藻」にも入っていました。私の浜松時代です。富安風生先生が三河のご出身でして、敗戦直後のある日、浜松で句会をやって下さった。そう、ちょうど田植の季節でしたよ。母は、ずっと後に青木月斗の「同人」にも関係し、編集長を経て「同人」の主宰になりました。この浜松の句

会で、私は五句作って出しました。三句は採られませんでしたが、二句が特選でした。中学生が来たというので、先生も喜んで採って下さったのかもね。それを、改めて「若葉」と「ホトトギス」に投句しましたら、風生先生虚子先生がそれぞれ

蓮一つ魁咲ける田を植うる
雨雲のいゆき烈しき田を植うる

を入選としてくれました。昭和二十一年のことで、この頃の雑誌はうすっぺらで、一回に三句ほどしか投句できなかったと思います。両誌とも、選は厳しかったです。

——以来、虚子先生との接点は多かったのでしょうか?

有馬 いえいえ、雑誌「ホトトギス」を通して勉強はしましたが、虚子先生とは三回しかお会いしてないんです。一回目が銚子でした。父が地元の俳人たちと一緒になって虚子先生をお迎えし、句会を催したのですが、会場は、今でも犬吠崎にある「暁鶏館」でした。その句会に出たのですが、なにしろ小学一年です。つまんなくて眠ってしまいました。二回目が、「ホトトギス」に入選した翌年昭和二十二年でした。東京駅のそばの日本工業倶楽部で俳句のお話がありまして、それに出ましたら、風生先生もおられ、風生先生が虚子先生に「雨雲の」の句のことを紹介してくれました。良く覚えておられまして、そのとき

虚子先生に声を掛けて戴きました。三回目も、工業倶楽部だったと思います。虚子先生のご逝去の直後、私はアメリカへ行ってしまいますから、虚子先生とは浅い縁でした。

実は、父が橋本から浜松の軍需工場に移っていたのですが、昭和二十一年一月に結核で亡くなってしまいます。母は定職がありませんし、以来、経済的に随分と困窮しました。

私は、中学四修でこの武蔵高校へ入りましたが、毎日がアルバイトで暮れました。ですから、時間的にも経済的にも句会には自由には出られませんでした。深見けん二さんなどは裕福でしたから、虚子邸へ行って俳句をされていましたが、羨ましいと思いました。結社はその後、山口青邨先生の「夏草」一本にするんですが、昭和二十五年に東大工学部の青邨先生を訪ねまして、そうしたら、「これから『東大ホトトギス会』があるから来なさい」って。私が入ると家族は無料になるんです。ですから母も「夏草」です。「ホトトギス」にも出そうと思ったんだが、雑誌は一誌買うのがやっとだったので、残念ながら止めました。

——戦後すぐの頃は、一般国民はみな貧しかったし、食糧難でもありましたね。今ですと学生のアルバイトは多種に及びますが、当時ですと家庭教師ですか?

有馬　ええ、そうです。国中、食糧難でしたから、外食なんか考えられなかった。配給券を持ってないとダメだったりね。そういう状況だったし、その上貧乏だったし、弁当もって行くのが精一杯。池袋は焼け野原だった頃です。

私の場合は旧制中学校四年生のころから家庭教師でした。浜松第一中学校（現在、浜松北高校）の本間先生という方が、大変心配して下さって、ある家の住み込みの家庭教師の口を紹介してくれたんです。そこに母も一緒に住まわせて貰いました。戦災で家も焼かれていましたしね。温かく迎えて下さいました。学校から帰ると、その家の男の子と一緒に勉強するんです。高等学校に入ったらすぐまた家庭教師。浜松の級友のご両親が心配して、名産のお茶を送ってくれるんですよ。「これを売って生活の足しにしなさい」ってね。その級友は加藤博久さんというんですが、読売の大阪の会長さんに出世された方です。それから、進駐軍の筋から薬を分けてもらって、それを売ったりしました。特に、ペニシリンが高価でした。何せ、昭和二十二、三年の頃ですからね。

――先生の多岐に渡るお仕事を考えますと、時間の使い方が見事なんだろうなって感心するんですが、それは若い頃のアルバイトなどから学んだんでしょうか?

有馬　さあ、どうかな。私は癇癪もちで短気でしたよ。でも家庭教師をやっている裡にだいぶ納まりました。実は、家庭教師をクビになったことがあるんですよ。「オイ、バカ」ってやってしまってね（大笑）。

……今日は色んな秘話が聴けそうですね（笑）。

有馬　それでね、学校が三時頃に終ると、それから家庭教師のハシゴです。夏休みは市役所のＤＤＴ散布のアルバイトもしました。進駐軍が日本の衛生状態が悪いからって、消毒薬を自治体に送ってくるんです。蚊の退治や便所の消毒です。ですから、あそこのあの家の便所を消毒したなあ、なんて覚えているんです。それが終ったら家庭教師です。高校の二年生の夏は農家に勤めていたね。畦を作ったりしました。作物を育てるのが好きだったからね。肉体労働ですよ。終ったらまた家庭教師。さすが三年生の十月以降は大学の入試準備をしました。約半年の準備でよく東大に入れたよね（笑）。東大に入ってからも、さすが午前中はやらなかったけれど、アルバイトで土日も無かったです。

――先生がご健康でいらっしゃるのは、若い頃のこのような厳しいアルバイト生活が要因だったのでしょうか？

有馬　いや、戦中の勤労動員に入る前の中学の体育テストで鍛えられたのが大きいと思いますよ。私は、もともとカリエスで左足を切断されそうになったんです。結核性でした。それが幸い直りまして、小学校の六年生の頃は一〇〇メートルの選手になって、静岡県西部大会に出たほどでした。小学校と中学校での身体の訓練、鍛え方のせいだと思いますよ。戦前でしたから、鍛え方も厳しかったんです。浜松に行って訊くと分かるけど「有馬って速いのがいた」って言われますよ。そう言ってくれる幼友達がいまでもいます。他所の学校の運動会にも出て走ったものですよ。

二、物理・俳句以外に手を出したのは失敗！

――何でも良くお出来になる。凄いですね。

有馬　いやいや、それが失敗に繋がるんです。結局、何ひとつ成就しない。物理も俳句もね（笑）。随分いろんな賞を貰ったけど。物理学ももうひとつ確立できてないし、俳句もたいしたことないし（笑）、行政の方も……まあ、有能な助っ人がいますから、大臣なんて誰でもできるからね（笑）。

――成就できなかったというのは、物理ですとノーベル賞ですね。普通の人間から見たら、有馬先生の超人的活力はどうなっているんだって、不思議ですよ。

有馬　余計なことをしたことがいけなかった。大学の総長なんかやらないで、学問だけやっていればね……。それが失敗だったね。

三、海外詠はむづかしくない

――そろそろ海外のこともお伺いしたいのですが、お忙しくされていて、海外でも盛んに俳句を詠んでおられますが、海外の俳句は作りづらいことはありませんか？

有馬　私の場合は生活に密着した俳句なんで、作りづらいことはなかったね。ただ、難しさを感ずるのは赤道直下ですね。虚子先生が熱帯季語を作りましたが、これが難しい。棲んでいれば雨季と乾季がありますが、季語の選び方が難しい。ヨーロッパの場合は、北でも、南でも問題ないね。中国は一番作り易い。ブラジルやチリに行くと、南北がひっくり返るだけで、なんと言うことはない。

――私はアルゼンチンに割に長くいたのですが、北風が熱く、太陽が北の空を通り、クリスマスが真夏だったので、違和感がありました。

有馬　そうね、まあ、ひっくり返せばいいんです。赤道直下でも、シンガポールでも何度か行くと慣れてきて、「朝涼し」とか良い季語が使えます。ですから、海外だから作りづらかったということはないね。むしろ、海外ではアルバイトしなくて良かったから、沢山作りましたよ。結婚したての頃は、田無に東大の原子核研究所があって、そこの助手になるんですが、祖母、母と家内と子供をかかえて、給料が安く、月一万円くらいで、大変だった。アメリカでは、シカゴのアルゴンヌ研究所に就職したんですが、給料が月八〇〇ドルだった。ドル＝三六〇円の時代ですよ。円換算すると、日本にいる時の三十倍くらいになるんです。日本へ戻ってくると三十分の一になる。帰国後は、さすが家庭教師のアルバイトはしなかったが、翻訳の仕事は、実に沢山やりました。特に特許についての翻訳をやりました。
最初、赴任する時の旅費はフルブライトから出ました。その後日本との飛行機賃は自弁が多かったのですが、何とかやりくりできました。最初の渡米は、生まれたばかりの長男と妻と三人で、氷川丸に乗って二週間でシアトルです。それから鉄道で三日ほどかけてシカゴ。ですから横浜の山下公園の氷川丸を見ると懐かしいです。帰りはもう氷川丸は引退していましたから、サンタフェ鉄道でロスまで行って、貨客船相模丸に乗り帰ってきました。

四、短詩型の世界遺産化

――そろそろ俳句の世界遺産化についてお伺いします。日本の俳人たちはみな期待しているのですが、如何ですか、登録までのマイルストーンは？

有馬 いやあ、時間がかかりますよ。十年くらいはかかりそうです。文科省が窓口ですが、申請が二百五十件ほどもあるそうです。年に五から十件くらい登録されるとしても、相当かかります。幸い、私が総長だった時の広報の担当教授だった方、青柳（正規氏、東大名誉教授）さんといいますが、イタリア考古学・美術史に造詣の深い方で、いま文化庁の長官です。いろいろ相談に乗ってくれています。俳句については理解をして頂いていますが、短歌をどうするかを考えねばならない。俳句の世界は大体前向きで、かなり纏まっています。短歌の方々のご意見をどう集約できるかですね。

中国の漢詩（李白・杜甫らの七言絶句など）、韓国の時調（じちょう、三四三四の音節単位を三個重ねたものが中心）まで広める考えもあります。これらを一緒にしたらどうかという大構想ですね。だが問題は、漢詩・時調などは日本の俳句のように人口が多くはない。詠む人が限られる。だから、漢俳（五七五の形式に倣い、十七文字の漢字を三行に並べ、季題を入れ、韻を踏む有季定型による新しいスタイルの詩）などが出てきた訳ですね。五言絶句など、むかしは多かったんでしょうが、今は少ない。だから、日本の俳句が中心に頑張らねばならない。

――ベルギーやスウェーデンなど、海外の俳句愛好家の応援も得られそうですね。

有馬　そう。先週、国際俳句協会の講演で、EUの初代大統領であられたファン・ロンパイさんが話してくれました。去年、ベルギーでお会いした時から「ぜひ遺産にしたら」と応援してくれています。それから、スウェーデンの大使だったラーシュ・ヴアリエさん、この方も賛成してくれています。むしろ、アメリカやスウェーデン、ベルギー、オランダなどヨーロッパが強く賛成してくれているんです。

――国内体制は国際俳句協会が中心ですか？

有馬　むしろ俳人協会が積極的です。現代俳句協会も賛成ですね。伝統俳句協会にも協力をお願いしています。登録まで十年というのは長いように聞こえますが、言い始めてからもう三年経っています。

――この三月、朝日新聞に先生が「この問題は国内の俳人たちが団結することが必要。次に、大袈裟に言えば、漢字文化圏の短詩が共に無形世界遺産に登録されるのが最終目的。今の政治状況への憂いもこめて……」と述べておられますが、この「政治状況への憂いをこめて」の辺りを少し解説して下さいますか？

有馬　私は中国に親しい人が多いんです。中国の人と話していて、やっぱり協力してアジアの文化というものをもう少し世界に認めさせねばって思うんですよ。日本と中国で一番共通なのは、儒教もあるけど、やはり漢字文化でしょう。日本と中国の一番結び易いところは漢詩でしょう。韓国もむかし漢詩を作った。いまはあまり作らないけど、そのかわり時調がある。こういう共通事項があるんだから、世界全体の平和もいいけど、その前にまず漢字文化圏が仲良くしないとね……。

日本人も、中国・韓国から受けた昔からの文化的な恩恵をもっと尊重し、意識すべきですね。日本人は俳句や短歌を作るけど、日本固有な要素以外に、中国や韓国の人たちが来て影響を与えてくれた部分がありますね。万葉仮名だって、もしかしたら韓国の影響かも知れない。韓国でも漢字を使って、丁度万葉仮名と同じようにして、韓国語で文章を書くことをやっていた時代があるんです。万葉の時代の前後です。これらの恩恵を感謝すべきです。日本が中国や韓国から得たことに対する恩返しをすべきです。

――日本の文化には、中国で起こり、韓国を通って伝わってきたものが多いですね。

有馬　そうですけど、中国のものが韓国を素通りしてきたのではなく、韓国で消化され、韓国流になって日本に伝わってきたものが多い。そういう例をよく分析し、韓国をきちんと評価すべきですね。中国の影響・恩恵は良く分かるんですが、韓国のこともよく理解したいですね。仏教だって、中国から来たことになっていますが、日本の僧侶が中国の仏教に影響を与えたことが中国の仏教史に出てきますか？　あまりない。弘法大師も道元も出ていない。ところが韓国は違う。偉い韓国の僧侶の名が中国の仏教史に残っている。韓国は仏教も自国のものとしているんですね。素通りさせた訳ではない。そういうことをもっと知って、韓国の文化を正しく理解したいですね。李朝までは漢字文化が強かったが、最近はハングル中心になって、文化が変わってしまった。韓国の若者が漢字で書かれた自国の過去の文化遺産を理解することが大変でしょう。

五、物理と俳句、新しさの追求

——次は物理の世界と俳句の世界について、お考えをお聞きします。ふたつの世界で共通なこと、特異なこと、などをお伺いしたいのです。私見ですが、物理などの自然科学の世界は「普遍性」を追求する世界。俳句は普遍性ではなく、「一回性」の価値を求める世界だと思うんです。物理モードから俳句モードに切り替えるのに、困難性はお感じになられますか?

有馬　物理を計算している時に俳句はやりませんけど、でもね、結局、共通していることがあるんです。それは「新しいもの」を追求すること。虚子先生は「新は深なり　古壺新酒」と言われたけど、それはその通りだが、どこかで「新しく」していかねばならない。新しく、かつ、深める、ということ。物理でも、新しいものがないかなっていう目でいつも見ています。俳句も大きな自然というものに新しいものを求めて行く。私の結社「天為」でも、新しさの追求をうるさく言っています。それが共通点。ただし、論理を入れるかどうかが違う。理詰めで行くのが物理。論理をぶっとばして詩へ行くのが俳句。深めていく、新しくしていく、と言うことが共通。それから常に発想の転換が必要。それは考えていてもダメで、ひらめきが必要。ある瞬間のね。そこは物理も俳句も同じですね。ただし論文を書くときは理屈を押し進めます。その点は違いますがね。日常生活では物理も俳句も矛盾することはありません。

――ひらめきを得た場合、物理ではそれを論理的に論文にすることが必要ですが、俳句は説明しなくていいですから……。

有馬　そう、それから、よく見て考えて、どこが新しいかを考える。古いものを新しくすることもあるね。錬金術です。古いものでも見方を新しくするとかね。俳句の方では錬金術は許される。ニュートンは物理学者として知られているが、錬金術師でもあったんです。

――先生のお句に〈ニュートンも錬金術師冬籠る〉（『立志』）があります。発想の転換には瞬発力が必要ですね。その力はさきほど先生が短気だとおっしゃいましたが、それと関係しますか（笑）？

有馬　さあ、どうかな。色んなことを考えて、どれもダメで、ひょっと思いつくことがある。それは、短気よりも訓練かな。俳句でも、物理でもひらめきですね。俳句でも、見た瞬間ひらめくこともある。でっちあげることもある。でっちあげるときも、ただそうするんじゃなくて、ひらめきが必要ですね。ひらめきを導き出すのは、訓練ですね。私は、電車に乗ったら広告を見よって言うんですよ。広告は季感がよく出ています。漫然と見るんじゃなくてね、広告を見ると世の中の変化も分かる。

句集について

――先生の句集についてお伺いします。『母国』から『流轉』（詩歌文学館賞）に至るまで、俳句作品の性格が変わって来たという感じはお持ちですか？

有馬　いや、あまりありません。強いて言えば、直感が少なくなってきたかなって思います。若いときの方が飛躍がありましたね。飛躍的な面白さは若いときの方がいいですね。歳をとってくると、今度は経験ですね。若いときは「詩」が多くて、年輪を経てくると、今度は経験を積んだ句となる。経験の力と飛躍の力は、総和ではいつも同じくらいに保たれているようです。

――先生の人口に膾炙している句をここに掲げますが、それぞれに深い背景があって、好きな句です。

あかねさす近江の国の飾臼

あをあをと鶴を織りゐる雪女

イエスより軽く鮟鱇を吊りさげる

光堂より一筋の雪解水

初日頭上常に遥かに父への距離

千本の氷柱の中にめざめけり
日向ぼこ大王よそこどきたまへ
月山の木魂と遊ぶ春氷柱
朱欒割りサド侯爵の忌を修す
村人に永き日のあり歓喜天
柚子風呂に聖痕のなき胸ひたす
根の国のこの魴鮄のつらがまへ
梨の花郵便局で日が暮れる
水中花誰か死ぬかもしれぬ夜も
砂丘ひろがる女の黒き手袋より
祇園会や千の乙女に千の櫛
紙漉くや天の羽衣より薄く
街あれば高き塔あり鳥渡る
麦秋やここなる王は父殺し

これ以外には如何でしょうか?

有馬　そうねえ、あれがないね。妻が長女を身籠ったときの句。

　妻告ぐる胎児は白桃程の重さ

――ああ、良いですね。注目していました。私が好きなお句も挙げさせて戴きますと、

　貧しさも汗もこぶしをもつてぬぐふ

大変くるしいアルバイト学生時代のお話を伺いまして、身につまされました。

有馬　それは啄木だね（笑）。

――好きな句を続けます。

　蟷螂の禱れるを見て父となる

　夏の雲胸に母国を去る願書

　二兎を追ふほかなし酷寒の水を飲み

　白鳥の白も枯れ行くものの中

　屈葬の過去も冬日を母として

露を置く野のキリストの足の釘
木の実打つ屋根を小栗鼠と分かち住む　ニューヨーク・ストーニィブルック
銀杏散る万巻の書の頁より
猫の子のどう呼ばれても答へけり
竿燈をしまひ行くにも笛吹いて

有馬　「蟷螂」の句は、長男が生まれたときです。草田男みたいだね。その次の「母国を去る願書」は、あのときはね、一生日本を去るつもりだった。「二兎を追ふ」は、まさに実感。厳しい生活の中で、物理の研究と俳句を追う覚悟だった。「冬日を母として」など、取り上げてくれて、ありがたいです。

六、物理・俳句・政治のうちどれが？

――少し立ち入った質問ですが、有馬先生と言えば、物理学者で俳人で政治家である、ということになりますが、この三種の仕事・生き方で、どれが一番楽しかったでしょうか？

有馬　どれも大成してないけど（笑）、物理と俳句ですね。あとは正義感だけでやっているんですよ。正義感。だからある意味で、正義感で失敗した面もあるんだね。アメリカでは給料も良かった。他の人の二、三倍貰って、家まで買った。それで日本へ帰ってきてしまうんだけど、これも失敗の一つ。

こんなこと言うと笑われるかも知れないが、一九七〇年前後、日本人は優れていて、海外でも大活躍していました。それが八〇年頃には、工業力が強くなったことへの反感が生じ、日本人は独創性がないとか言われ始めた。それが残念で、日本人は独創力をもっていると講演したり、文章に書きました。でも、日本へ帰ってみると大学は貧乏で、研究費はないし、給料も安い。そこで、やっぱり日本は若者を育てなきゃいかん、と思った。それが正義感です。

俳句も滅びそうだった。第二芸術論の時代は過ぎてはいたが、第二文学だって言われていた。一九七〇年代の終わりになって、やっと日本の文化も認められるようになってきたが、その前後ね、とにかく、日本は大学を良くしなきゃいかん。そんな思い、正義感。俳句も若者を育てねばならん。一九八〇年代まで、アメリカやヨーロッパを行ったり来たりして、外国ばかり行っているって非難されましたけどね。日本では待遇も良くなかった。経済的な待遇だけじゃなくて、全般的にね。とにかく東大へ帰ってきたことが良かったかどうか。でも何とかしなきゃという正義感で帰ってきてしまった。アメリカの教育のやり方などを見て、日本ではもっと教養課程をしっかりせねばとか、若者を見ても、大学を良くせねばと思ったですね。大学の研究費を増やすべきだ、そういう余計なことを言い出した。一九六〇年代の初めに行われた大学への計算機の導入も日立やＮＥＣ、富士通、東芝のを入れさせようとしたりしました。その結果日本が計算機の点でも強くなったのですがね。ともかく、科学技術を伸ばそうとね、そんなことばかり言うもんだから、色々やれと言われ、総長まで引き受けた。受けた以上は一生懸命やる。それが失敗の元でしたね。物理と俳句だけやっていれば良かった。

――我々から見れば、成功だと思うんですが？

有馬　いやいや、失敗だね。大臣や総長なんて誰でもやれる（笑）。時代に合えばね。

――でも、一人しかなれませんから（笑）。

有馬　東京大学の評価を、外国人を含めた外部の人々にやらせろとか、それが大問題になってね。トップにいると信じている大学人の評価を、外国人を呼んで来てやらせろなんて言うから、随分反対に会いました。そういうことで他人の嫌がることをやった。初中教育も含めて教育費を増やせと、今も言い続けています。これがまずかったですね。でも、良くなった点もあるんですよ。研究費が増えたしね。大学の評価も外部を呼んでやるのが、今では普通のこととなった。でも、このようなことは誰でもやれるんです。

――総長選挙で得票が同数だったって聞きましたが。

有馬　そう、それは私に対する批判票もあったと言うこと。大学院重点化をせよとか、論文をきちんと出せとか、外部から評価してもらえとかね……文系の人は良いよって言ってくれたが、工学系の一部に反対があった。私がいた理学部は大丈夫でしたが、選挙の直前に学内公報に、「このごろ論文の数で評価せよ、と言う意見があるが、論文の評価なんていい加減で、当てにならない。間違った研究論文を書けば、その論文の引用が多くなり、有名な論文になる」という意味の論が出て、有馬のやり方はダメだというように言われ、反対派が増えたんですね。大学院重点化も産学協同も大変な反対を受けた。有馬にやらせると、業績主義・評価主義になるっていう反対です。それで半分半分になったんです。

――先生個人としては、総長になったのは悪運だったというように聞こえますが？

有馬　私が先に籤を引くことになって、結果は当選したんですが、あとで悪口をいう人がいてね、あれは両方とも白票＝当選籤だった。有馬が先に引いたから決まっただけだって、という笑い話がある（笑）。

「坊主になる」発言

――先生、もう一つ教えて下さい。核融合のことですが、通常、核融合反応には超高温が必要なんですが、それが常温でも可能だという論、常温核融合のことですが、先生は、「それが本当だったら、私は坊主になるよ」っておっしゃった、と聞きました。これを私は先生に確認せずに、色んなところで吹聴してしまったのですが、あれは本当のことでしたか？

有馬　本当です。一九八九年の頃、常温でも核融合が起こせるっていう論が出ました。論文をしっかり書かずに新聞で騒いじゃった。本当だったらアルファ線が危険なほど出ていたはずです。そんな観察は全く書かれていない。それなのに起こったという。だから、私は「あれが本当だったら私は物理やめて坊主になります」って言ったんです。結局は、常温核融合は否定されましたがね。それでも、著名な伏見康治先生などは、常温核融合の国際会議で、笑い話として「そろそろ常温核融合は起こるかも知れない。有馬君を見てみなさい。髪が薄くなってきたからね」って。当時、アメリカでも反対者がいたんです。私の意見はニューヨークタイムスが取り上げていました。結局、起こらなかった。一方、いま、民間の研究者が全く新しい方法と見方で常温核融合を研究しています。不思議なことは起こる可能性はあるんですけどね。

原子力については、今の原子力がいいとは言いません。しかし、安全な原子力の研究開発は進めるべきだって思うんです。柏崎刈羽の変電機の事故を契機に、もっと安全対策を真剣に考えておいて欲しかった。

中国もインドもロシアも原子力をどんどん進めています。そういうときに日本の技術が止ってしまうのは勿体ない。高温核融合も進め、廃棄物の処理・処分も研究すべきです。私は昔から再生可能エネルギーは進めるべきだと言ってきました。しかしそれだけでは足りません。日本では良い風が足りません。面積も少なくて太陽光発電も足りません。だから核融合など安全な原子力は必要なのです。科学技術でもっと日本は頑張らなくっちゃ。エネルギー問題については、俳句の次に時間を費やして、今でも講演などをやっていますよ。

放射線の怖さを教えた方が良いし、有用なことも教えなさいって。食品照射などね。アメリカでは生肉のO―157問題は放射線照射で解決している。日本では主婦連が許さない。じゃがいもの芽は放射線で処理しているから、いつでもじゃがいもが食べられます。そのような利益もあるのです。丁寧に教えてないから、日本では、いろいろ損している。照射すると放射能が残るって誤解したりしてね。

――唐辛子も照射すれば長持ちするんですよね。

有馬　そうですよ。

――お話が色んなところに発展し、楽しいひとときでした。今日は、長時間にわたって、有難う御座いました。

（完）

（平成二十七年六月八日、学校法人根津育英会武蔵学園、学園長室にて）

取材からの印象

東大の総長、参議院議員トップ当選、文部大臣、文化勲章受章などの肩書きを見ると、近付きにくい、やんごとなきお育ちの方のように思っていた。お会いし、学生時代の辛苦の努力の様をお聴きすると、親しみが湧いてくる。若者に対する期待が大きく、そのための不断のご努力も、学生中心の句会に気安く出席し、評を述べるなど、思い当たるところが多い。筆者も、俳句愛好家の一員として、俳句の世界遺産化を楽しみにしている。

筆者の共感句抄

イエスより軽く鮟鱇を吊りさげる

初日頭上常に遥かに父への距離

日向ぼこ大王よそこどきたまへ

柚子風呂に聖痕のなき胸ひたす

砂丘ひろがる女の黒き手袋より
紙漉くや天の羽衣より薄く
フランス・ルーアン
街あれば高き塔あり鳥渡る
朗子誕生
妻告ぐる胎児は白桃程の重さ
蟷螂の禱れるを見て父となる
夏の雲胸に母国を去る願書
二兎を追ふほかなし酷寒の水を飲み
露を置く野のキリストの足の釘
ニューヨーク・ストーニィブルック
木の実打つ屋根を小栗鼠と分かち住む
銀杏散る万巻の書の頁より
竿燈をしまひ行くにも笛吹いて
年惜しむ青邨立ちし長江に

十四、市井の哀感から反骨へ――大牧　広

大牧　広　昭和六年四月十二日生まれ　平成二十八年末現在　八十五歳

平成二十七、八年の大牧広さんは大忙しであった。第八句集の『正眼』（東京四季出版）が、詩歌文学館賞、与謝蕪村賞、俳句四季特別賞を受賞し、またその句業が山本健吉賞（文學の森）に輝いたからである。この『正眼』については後で取り上げて鑑賞するが、まず、大牧さんの生い立ちから伺ってみた。なお、この取材は、筆者から質問をお送りし、それに書面で回答いただく形で行われた。以下、回答に基づきインタビュー形式に再構成してお伝えする。

一、生い立ちと俳句

――大牧先生は昭和六年に東京にお生まれですね。戦争の大変な時期が少年時代でした。先生が書かれたものによりますと、映画鑑賞に凝り小説を濫読し、とありますが、お正月には羽根突きも楽しかった、とあります。大牧少年の日常と、俳句を始めるきっかけ、そして「沖」の能村登四郎に出会うまでをお話しいただけますか？

大牧　そうですね。私が生まれたのは昭和六年、満州事変が始まった年で、それから支那事変、太平洋戦争と続き、いわゆる十五年戦争のはじめに生を受けた、ということになります。

もとの荏原区（今の品川区）で生まれ、一家は八百屋を営んでいました。子供ながらの印象は、うす暗い店でほそぼそと商いを営んでいたというものでした。

父は岐阜県で平巡査を勤めており、その巡査を退いて上京し、日本橋浜町で繊維問屋のような商いをして、とりあえず成功したようです。しかし、大正十二年の関東大震災に遭って、それから家運が傾いたのではないかと、いま思っています。

そんなことで、七人家族の長兄が「お坊ちゃん」と呼ばれていた身分から一転して銀座の時計店に奉公に出される、そんな絵に描いたような家族の転落が始まり、私はその家の五人目の子供として生まれています。

国民学校（戦中はこのように呼ばれました）四年の折、担任の先生に赤紙（召集令状＝戦地へ赴かされる令状）がきました。いよいよ入営（軍隊に送り込まれること）が近づいた日、先生は私に児童版の『レ・ミゼラブル』と『フランダースの犬』の二冊をくれました。

私が本好きであることと、貧乏で自由に本も読めないだろうという気持ちで、また形見の思いがあったのかもしれませんが、「早く仕舞え」そう短く言って教員室に去って行きました。その二冊は外国の物語の本、つまり「敵性」の本です。そのような本を持っていると、非国民かスパイとさえ思われた時代です。

あえて言いますと、当時のヒステリックな空気と、いまの「一億総国民」などという全体主義のヒステリックな感じは、とても似ています。

ドイツのすぐれたワイマール憲法を変質溶解させて、あのヒトラーが世界へ戦争を仕掛けて行った情勢と同じ皮膚感覚を感じます。ヒトラーの言動が、私にはかの人とダブルイメージして仕方がありません。老人の取り越し苦労でしたら、それはそれでよいのですが……。

私に外国の本をくれた先生は、戦死しました。二月の凍てた日、朝礼で校長がそれを告げました。家へ帰って私は声をあげて泣きました。母は内職の手を休めて私を案じて立っていました。

十歳の少年が、国のために死ぬ、一切空になってしまうということは、簡単には理解できぬと同時に、国家という巨大な組織は非常に恐ろしく、国民を守るという以上に国民は国のためには「よろこんで」死ななければならないのか……十歳の時に、そんな疑問を持った記憶があります。それがいつか、体制にはまるごと迎合しないという気質が生まれた要因かと思います。大きな動かし難い権力がこの国を動かしている。その大きなものに立ち向かっても勝つ筈がないと分かっていながら、なんの抵抗感もなく行動したくない。ただ、こうした思いは、けっしてアナーキーになってはいけない。いつもその思いは胸に持っています。小市民の健康感をもって前へ進んでゆきたいと思っています。

俳句の道に入るまでは映画が好きでした。敗戦後、黒澤明が「わが青春に悔なし」を作り、木下恵介が「大曾根家の朝《あした》」を作りました。期せずして二大巨匠が名作を発表したのです。それから日本映画の黄金時代が始まりますが、映画は名作であればあるほど多くを語っていません。カットカットに監督の思いをにじませています。この「間」の部分は、今思えば俳句の切字の部分と、その気息性によって通い合うものがあります。

そうした日々を重ねるうちに、本屋で「馬酔木」を手に取ってから俳句の道に入ることになりました。求めて読んだ「馬酔木」の俳句は、ひとことで言うと「平穏」でした。ゆるやかな時間の中を桜が咲き、螢がとび、秋にはうつくしい紅葉、そして黙々と働いている農民、小津映画に見るような誠実なサラリーマン、教師、医師、会社員、人々のそれらの生活が淡々と述べられているといった俳句で占められていました。平坦な道を淡々と歩いている……そうした印象の俳句の中で、能村登四郎の俳句が目にとまりました。能村登四郎は、人間を詠んでいました。もちろん他の人の俳句にも人間を詠んでいる俳句はありましたが、点景としての人間で、人間の持つ修羅などは決して前面に現れていませんでした。

二、「沖」のことと「港」創刊

——それから能村門下で、新人賞、沖賞を取られます。先生にとって師能村登四郎はどういう先生でしたでしょうか？

大牧　能村登四郎先生は、「合掌部落」を題にして、たしか金子兜太と共に「現代俳句協会賞」を受賞しています。

当時、沢木欣一を中心とした社会性俳句が台頭して、能村登四郎の「合掌部落」のダムの底に沈んでゆく悲劇的な主題が、社会性俳句の括りとして評価されたと思っています。もちろん「合掌部落」五十句のすぐれた作句力も評価されたことは言うまでもありません。

能村登四郎は、どんな風景俳句を詠んでも人間を感じなければつまらない、そうした持論を持っていました。そのポリシーは、氏の第八句集まで実作品に反映されています。

それでは、それ以後の実作品についてては、どう捉えるのかということですが、やはり人間や自分が作品に登場しても、遊び心や風雅を求める上での緩やかな放縦が見られます。その「放縦」が、まだすこし血の気が残っていた私にとって微妙な作句上での距離感を齎《もたら》しました。

平成元年四月、私は「港」を創刊発足しましたが、その遠因の一つには、そうした俳句上での「すれちがい」があったと言っていいかも知れません。

――なるほど、微妙なずれがあったのですね。そのころはもう社会性俳句や前衛俳句の時代が過ぎていて、伝統返りの世代となっていたのでしょうか?

大牧　私が「港」を創刊した頃は、社会性俳句はほとんど後退していて、「ライトヴァース」「遊びに近い軽み」「機智先行」、こうした俳句が主流であった気がします。つまり「伝統帰り」の空気が流れていました。だから、「港」や大牧の句は古い、時代錯誤だ、とまで言われた記憶があります。

春の海まつすぐ行けば見える筈　『午後』

この句は、「港」創刊のときの句です。正直に書くと、他の創刊誌とちがって祝福されなかったが、その代り「意地」を持ちました。とにかく前を向いて進むしかない。私にとって、なまじ表面的に祝われるより、シビアな視線の方が良かった、と今は思っています。

私には他の主宰のように、学問や学閥の裏付けがありませんから、いわば一匹狼のような気持ちであったと思います。

――世の中は高度成長時代からバブル経済時代に入ります。先生も金融機関のお仕事で大変だったと思うのですが、その時代を反映した作品にはどんな句がありますか？　環境破壊や貧富の格差が目立ち始めました。

大牧　少し振り返って金融関係時代のことをお話しますが、私は「為替関係」が定年近くの仕事でした。

銀行員等朝より螢光す烏賊のごとく　　金子兜太

という私の最も尊敬する金子兜太先生の句があります。この句のように、生活のため無表情に働いていていた時代の俳句をアトランダムに抽いてみます。

――ぜひ御願い致します。また、「港」創立に際してのご苦労がおありでしたら、お話し下さい。さらに「港」が育てた作家についても、何人かお触れ下さい。

大牧　そうですね。次のような作品でしょうか。

如月の灯のいきいきと悪所なり

若くして海側ことに耕せり

苗買つて身にそそぐ日を強くせり

春愁の男のための雑木山
梁といふ強きもののある涅槃寺
晩年は強き卦の出て梅ひらく
もう母を擲たなくなりし父の夏
甚平着て海山遠くなりしかな
遠い日の雲呼ぶための夏帽子
苗市の夕日つめたき一日目

このような、妙な孤独感を感じさせる俳句を、「港」創刊時に見ることができます。「港」を創刊しようという時期は「沖」に拠っていた人の中に、なにかそわそわ感があって、具体的には今瀬剛一氏が「対岸」、故鈴木鷹夫氏が「門」、私が「港」と、ほぼ続いて「沖」から三誌が生まれました。

そんな現象の中で「港」は三号雑誌で終わる、そんなことを薄笑いしながら話している人がいたよ、などとわざわざ耳打ちされたことがあります。耳打ちをしてくれた人がそれを言った人だと、いまは思っていますが、それくらいのことが言われることはあろうと、実は、覚悟していたのです。大時代的な言い方になりますが、私は「馬鹿の一心」の思いで進もうと思っていました。
そうして船出をした「港」でしたが、お尋ねに応じて言いますと、「港」からは、櫂未知子さん、仲寒蟬氏がいま俳壇で活躍しています。

三、反戦と俳人の役割

――その後色々なことがありましたが、今は戦後七十年。平和な日本の雲行きが怪しくなりつつあります。この取材の大きな目的の一つは「戦争の悲劇を風化させないために、我々俳人は何が出来るのか?」であります。語り部のお一人としてのお考えをお聞かせ下さい。

大牧 「港」は有限の人生を胸中にして「生きている証を詠む」を理念としています。ではありますが、今日現在「港」は反骨の結社誌とされています。
社会性俳句の範疇に入る句を抽いてみます。

俳人九条の会金子兜太氏と対談
春や一夜その舌鋒にいのちこめ
潮吹を異端と呼ぶは易かりき
雪景色とはB29を仰ぎし景

回想　昭和二十年焦土の夏

夏旬日ゲートル巻いてねむりたる
この齢で懐疑派なりし氷宇治
内戦国の子供の泪冬太陽
社会性俳句はいづこ巣箱朽ち
日盛りの都庁はやはり居丈高
せめてもの日脚伸びゐてハローワーク
原発はつまり墓場で青嵐

すこし自註しましょう。

雪景色とはB29を仰ぎし景

酒井佐忠氏が毎日新聞紙上で鑑賞してくれた句です。昭和二十年に入ると、ほぼ毎日と言って良いほど空襲がありました。低い地の底から呻くように鳴り出すサイレンの音。一万メートル上空を悠々と翔んで行くB29の姿、そのはるか下を日本の高射砲がむなしい音を立てていました。

銀色のＢ29は敵でしたが、それを仰いでいた少年時代の私が居ました。今でも夏の青い空を仰ぐとあのＢ29の銀翼が見えてきます。

内戦国の子供の泪冬太陽

中東辺りの内戦の激しい国の子供を胸中にクローズアップさせて詠みました。黒人の子の大きいつぶらな眼に泪を溜めて無言の訴えをしている写真が胸を離れません。戦争は、力の弱い女性や子供、老人が真先に犠牲になります。

俳人は、こうした事実を、めげずに詠みつづけ世界に訴えるべきであると思っています。俳句は短い詩、その短い詩に、こうした悲劇や戦争の「悪」を訴えつづけるべきであると思っています。

四、原発にも一言

——戦争だけでなく、先生は原発に対してもいろいろ発信しておられます。お考えをお聞かせ下さい。

大牧　原発は、在ってはいけないものと考えております。かつての産業活動のエネルギー源は石炭・石油でした。そのエネルギー源のコストを一円でも安くするため、あの悪魔的な原子力発電に思いが至ったのであると思っていますが、原発の故障や異常は孫子に、いや数万年まで、その禍が残ります。目に見えない放射能がしずかに深く人間や他の生物を確実に蝕《むしば》みはじめています。ゆるやかな自殺の生活を地球上の人は過ごしているのだと思っています。

なぜ、夜は暗いと決まっているのに、電力を使って昼のように明るくしなければいけないのでしょうか。

太陽光、風力、水力、その気で考えればエネルギー源は無尽蔵と言ってよいほど作れる筈です。確実に人を殺す原子力発電に拘っている理由が私にはわかりません。

五、俳句人の老齢化

——話題を俳句に戻します。俳句界の老齢化が進んでいます。若手が不足しており、俳句の将来が不安です。一方で、俳句ほど熟年者に相応しい文芸はないのでは、との思いもあります。

大牧　私は、年長者俳人として、次の各先達に注目し、ペンを運ぶ勇気をいつも得ています。

手袋の赤がてきぱきしてをりぬ　後藤比奈夫
菅原文太気骨素朴に花八ツ手　金子兜太
どの蟻も出合ひ頭に語り継ぐ　小原啄葉
永き日の遥か真沖の不審船　千田一路
初蝶は茶色でしたよ虚子先生　大久保白村
猿酒不死とは言はず不老ほど　有馬朗人
霊山にみちばたたぢべた苔の花　鷹羽狩行

あえて、昭和六年以前生まれの作者が、私の作句の標となっていることに気がつきました。「標」であるとの意味で、これら先達の句を挙げましたが、ことに、金子兜太氏の〈菅原文太気骨素朴に花八ツ手〉は、すでに逝かれている菅原文太の気骨（権力におもねらない独立不羈《ふき》の心）を、私も感じていましたので、この句のようなまっすぐな俳句に惹かれています。

また、大久保白村氏の、師に語りかけるような、高齢者ならではの柔らかい声調に強い共感を持っています。また、鷹羽狩行氏の俳句にも、きめこまかい発見があり、ああなるほどと思わせる磁力を感じました。

六、父も私も不器用

大牧　私は、なんとなく反骨俳人と位置づけられておりますが、この反骨は、個人的な感慨によって成されたものです。それは、生来不器用な……私もそうですが……父親を見ていたからです。父は若い時に、ほんの一時的に商いが巧く行ってから、下り坂を駈け落ちるように世の下流に落ちて行ったと記憶しています。夜中、私が目を覚ますと、仕事から帰っていた父が煮干しの魚を肴にしながらコップ酒を飲んでいました。父が、さびしいとも、むなしいとも、混ざった顔で酒を飲んでいて、厠へ行く私と目があったときの……父の何か話したさそうな眼に合ったときの……一瞬は忘れません。戦中の冬の夜でした。

父が話したかった眼、仕事から帰ってきても内職を母としていた父、働いても、働いても食べられなかった底辺の父、その父の思いが、世の権力への抵抗という形で、私の俳句やエッセイに反映された、と思っています。

うじうじした権力社会への反感かも知れませんので、「反骨」と呼ばれることは、むしろありがたいレッテルです。

七、佐藤鬼房のこと

――先生には弱者の側に立った作品が多く見られます。その点に関しては佐藤鬼房に通じるところがあると思います。先生が鬼房の思い出を語っている記事を見つけましたので引用させていただきます（「俳句界」平成二十五年四月号）。

鬼房氏とはもう二十年以上も前に「俳句」（角川書店）誌上の座談会で一緒になったことがある。その座談会には、他にも有馬朗人氏、大串章氏などが出席して司会者は「俳句」編集長の秋山みのる氏であった。

円卓を囲んでの座談会で鬼房氏が私の右隣に座った。氏が隣に座ったことで印象的なことがあった。それは座談会がはじまると氏は使いこまれたノートをひろげた。そのノートに行くともなしに視線がゆく。そのとき視野に収められたノートには、字がぎっしりと濃い鉛筆又はペンで書かれていた。それは、たとえば一生懸命に昔鉛筆を嘗めながらノートした中学生のような感じであった。

鬼房氏は、そのときすでに東北の動かしがたい表現者としての存在感を放っていた。その氏が、中学生が持つようなノートに目を落としながら発言する、その真摯な姿勢に感銘したのである。

加えて書けば、座談会途中で注射したことである。それは加療のひとつとしての注射であることは分かるのだが、昔の中学生が使うようなノート、座談会中の注射などから鬼房氏の闘っているような姿勢が筆者の目につよく残っている。同時に、不器用、武骨な人であることを直感して急速に親近感がつよまったことを覚えている。

——続いて先生は鬼房が抒情俳人であった点を注目され、筆者（栗林）の「ごつごつしたリズムを以て、底辺の人間個体＝弱者を詠む鬼房の句に通底しているものは、ヒューマニズム、ロマンチズムであり、抒情性である」という見方に賛同して下さいました（『続俳人探訪』参照）。

もう一つ上げたいことは、鬼房の父に対するイメージが先生のそれと重なることです。二句だけ挙げます。

頭もて氷柱《つらら》欠きたる父貧し　　佐藤鬼房

ひばり野に父なる額うちわられ

八、『正眼』鑑賞

——先生の『正眼』から幾つか作品を抽出し、鑑賞・解説させて戴きます。まず、先生ご自身の自選句から。

正眼の父の遺影に雪が降る
着ぶくれて震災画面に今も泣く
東北の旅のポスター遠い蟬
花すすき下山の刻のきたりけり
落鮎のために真青な空があり
建国日波は岸辺を蝕みて
春夕焼うしろ姿は誰も持つ
正眼を通す梟には勝てず
仮の世になぜ本気出す花嵐
セル着たる頃の微風を忘れ得ず
めつむりて茅の輪くぐれど濁世なり
被災地にしんじつ廻るかざぐるま

労働祭赤銅色の日暮れくる
反骨は死後に褒められ春北風
父子草風は黙つて吹くばかり
豆飯や父の生地はダムの底

第一句目の〈正眼の父の遺影に雪が降る〉はこの句集の表題となったもの。「父」は大牧さんのテーマの一つである。お父さんのことは先に語って戴いたが、「雪が降る」は寒々とした生活を思わせる。「正眼」は巡査出身の父のまっすぐな生き方を象徴している。大牧さんの大切な一句である。

二句目。〈着ぶくれて震災画面に今も泣く〉は東日本大震災をテレビで見たときの句であろう。正直にテレビであることを述べ、何もできない自分を不甲斐なく思ったのかも知れない。テレビ俳句はいけない、などという批判は当たらない。このシリーズ「昭和・平成を詠んで」のお客様のお一人池田澄子氏の句に〈春寒の灯を消す思ってます思ってます〉というのがあった。現場に行けないからと言って句が詠めないということはない。あたかも行ったふうに詠むのは如何かとは思うが……正直なのは良いのだ。

五句目には〈落鮎のために真青な空があり〉がある。社会事象を詠む句の中に、ときどきこのような抒情句を見ると、心体まる。それが、他の句を引き立たせている。
もちろん社会性を持つテーマも大牧さんの得意分野である。〈建国日波は岸辺を蝕みて〉〈労働祭赤銅色の日暮れくる〉〈反骨は死後に褒められ春北風〉などである。氏は「反骨」であることに自信を持っており、名誉だと思っている。その意味で氏は再来の社会性俳句人である。
最後の句〈豆飯や父の生地はダムの底〉。これも「父」がテーマの句。「豆飯」が懐かしさを呼ぶ。懐かしいのだが、父祖の地は、今は「ダムの底」だという。近現代の影の部分をこと挙げしており、私的ではあるが、社会性も十分ある句である。

一方、『正眼』から筆者が好みで選んだ句を次に掲げる。

誰もみなすこしづつ病み冬帽子
卵かけごはんや冬へ着々と
足柄
秋蝶のひらひら山は上機嫌
正眼の父の遺影に雪が降る
あつあつの牡蠣フライゆゑ生き直す

診察券ばかり増えゐて初音せり
二回ほど使ひしのみのサングラス
秋風や征きたる駅は無人駅
廃鶏の目のつぶらなり仏生会
蝶生れて山は力を抜きにけり
つちふるや夫婦で杖を使ひたる
種芋にやさしく土をかけてゆく
涼風や義歯を外せばデスマスク
六月のかくて終りぬ鰺フライ
桐一葉基地の広さのただならず
すこしづつ壊れてゆきし秋すだれ

テーマごとに括るとまず「老い」がある。「誰もみなすこしづつ病み」「診察券ばかり増え」「夫婦で杖を」「すこしづつ壊れてゆきし」である。老いて行く我が身をじっくり見つめて詠んでおり、読者にも切実に通じるものがある筈である。この「誰もみなすこしづつ病み」は言いえている。昔は一病息災と言ったものだが、この頃は成人病が多いせいか、多病息災である。だから「診察券ばかり増え」ということになり、筆者のことかとさえ思わされ、可笑しみが湧く。

「食」のテーマもある。「卵かけごはん」「あつあつの牡蠣フライ」「鯵フライ」である。大牧さんが健康な証左ではないだろうか。「卵かけごはん」は懐かしい。「牡蠣フライ」同様、熱いのがよい。やはり、このシリーズのお客様黛執氏の作品に〈今朝秋のするする玉子かけごはん〉があった。世間でも、最近は玉子かけご飯が、懐かしさもあって、見直されているようだ。

「諧謔」もテーマである。〈二回ほど使ひしのみのサングラス〉と〈涼風や義歯を外せばデスマスク〉である。前者は軽い句であるが、後者にはブラック・ユーモアがある。大牧さんご自身のことであろう。義歯を外した人の風貌はまさにデスマスクを思わせる。森鷗外や斎藤茂吉のデスマスクを思い出す。「涼風や」が救いである。この句は「俳句」平成二十七年六月号の「ユーモア俳句」特集号に、筆者が引用した一句でもある。

勿論、自然界、たとえば「蝶」も氏のテーマである。筆者が感銘を受けた二句を挙げよう。まず〈秋蝶のひらひら山は上機嫌〉である。前書きに「足柄」とある。「上機嫌」という把握と表現がなかなか出来ないのではなかろうか。

もう一句は、筆者のイチオシかも知れない。

蝶生れて山は力を抜きにけり

蝶が生まれた瞬間、泰然たる山が力を抜いたかの如くに作者は感じたのである。蝶が生まれる瞬間の近景句は多くあるのだが、掲句は、小さな命と大きな自然との交響・交歓である。前句同様、広角な詠法に感銘した。

九、旧作から

大牧さんには第八句集『正眼』に至るまでに、第一句集『父寂び』から第七句集『大森海岸』があるが、ここでは初期の句からいくつか選んでみる。

だんだんに父がわかりぬ木の芽和　『父寂び』

大牧さんのお父さんについては、すでにご自身の述懐を書いて戴いた。若いころはその苦しみを察してあげられなく、寂しい思いをさせてしまったことを悔いている。表題『父寂び』はその思いをそのまま用いたのであろう。

如月の灯のいきいきと悪所なり　『某日』

筆者が好んでいる大牧句の一つ。「悪所」という言葉の持つ風合いがいい。悪所と言っても大それた処ではないに違いない。氏が好んだ浅草かも知れないと思っていたが、やはり新橋烏森と自解にあった。「いきいきと」が如何にも小市民の健康な幸せ感を表している。

手袋を呉れたる師あり戦死せり　『風の突堤』

小学校の先生が大牧さんに児童書をくれたことは先に書かれている。多分その時に手袋も呉れたのであろう。その先生の戦死を聞いて泣いたのは寒い冬の日であった。

十、近作から

大牧先生は健吟を続けておられる。まず『俳句年鑑』二〇一五から抽く。

部屋の灯もあるじも老いて露万朶　「俳句四季」十一月号

仮の世のされどもしかと挿木せり　「俳句」四月号

ふらここに昭和の軋みありにけり

これには、井上弘美氏の一言「〈昭和の軋み〉に揺るがざる俳句観とその根底が窺える」が付されている。

次に、『俳句年鑑』二〇一六から。

年の瀬の一筆箋の減ることよ　「俳句」十二月
正月や机にうつ伏せして休む　「俳句界」一月
数の子と義歯とは微妙なる関係

この句から、先に出て来たデスマスクの句の「義歯」はご自身のものと理解される。
次に『俳壇年鑑』二〇一六より。

憲法記念日軍艦を海に置き
口汚すもの食べてゐし空襲忌
苗木市苗木を励まして通る

これには、本井英氏が次の通り寸評している。

「憲法記念日」は五月三日。「海に置かれた軍艦」は戦力か、そうでないか。「空襲忌」は三月十日か。あるいは地方によって異なるか。「口汚すもの」は死者に対しての「うしろめたさ」。「苗木市」は三月の季題。小さな弱々しい苗木。頑張れよと励まして通るが、「苗」は自分より長生きする。

次の五句は『現代俳句年鑑』二〇一六から引いた。

田植寒銀座はことにうそ寒い
むしろ民へ挑みし政治田水沸く
つくづくと木に温みあり敗戦日
わが老人姿完成蟬しぐれ
梅林の紙皿カレーおや旨い

以上の近作から次の三句を抽いて鑑賞を加える。

ふらここに昭和の軋みありにけり
口汚すもの食べてゐし空襲忌
つくづくと木に温みあり敗戦日

一句目。〈ふらここに昭和の軋みありにけり〉。先述のとおり井上弘美氏は「昭和の軋み」に注目しているが、その通り「昭和の軋み」こそがポイント。筆者の頭の中に、放哉か山頭火なら書いたかもしれないような〈ふらここに昭和が軋む〉という短い自由律句が浮かんで来た。自由律俳句は廃れてしまったが、俳句の基本は短く寸鉄人を刺す如くあるべきなので、案外短い自由律は、これからもあり得るのかも。

二句目。〈口汚すもの食べてゐし空襲忌〉について、本井氏は死者に対しての後ろめたさを想起したが、飽食の今は生きるに不可欠な食糧ではなく、不必要な美食グルメに耽っている。水気の多い炭水化物なら、口はそれほど汚れまい。ビフテキやキャビアは口だけでなく肉体をも汚すと考えれば、それへの痛烈な皮肉なのであろう。大牧さんの清貧を良しとする反骨精神の現れである。

三句目。〈つくづくと木に温みあり敗戦日〉。平和な今は木に温もりを感知する精神的余裕ができた。八月十五日につくづくと木に触れながら、敗戦を思い出している。「温みあり」が現在形なので、読者は今のこととして読む。

十一、終わりに一言

――記念すべき多くの賞を獲得されました。これから続く人々に言っておきたいことがありましたら……。

大牧 そうですね……俳句のように、すぐれたみじかい言葉は人の胸中に沁みてゆきます。

この一雫の水が大河となることを信じて、観念的で上滑りでない俳句を詠みつづける。無駄と思ってても日本の俳人は、そうした姿勢を持ちつづけること、それが必要だと思っています。

――これからもご健吟をもって、平和のためにご活躍下さることを願っております。（完）

（平成二十八年三月―六月にかけての書簡交信による）

大牧先生がこの原稿の殆どを自筆で記し、送って下さった。お手紙には、「どうしても書かねばいけないと思った」と書かれていた。今の時世に対する恐れと怒りからであろう。お父さんのことについては、綺麗ごとでなくリアルに書かれていて感銘を戴いた。この記事を纏めるに当たって、その表題を「市井の哀感から反戦へ」と考えていた。だが、単なる反戦だけでない氏の言動を知り、「市井の哀感から反骨へ」と改めた。なお、『地平』がこの原稿の公開前に大牧先生から刊行された。これについては別に鑑賞する機会を持ちたい。

筆者の共感句抄

春 の 海 ま つ す ぐ 行 け ば 見 え る 筈

もう母を擲たなくなりし父の夏
夏旬日ゲートル巻いてねむりたる
卵かけごはんや冬へ着々と
正眼の父の遺影に雪が降る
社会性俳句はいづこ巣箱朽ち
落鮎のために真青な空があり
蝶生れて山は力を抜きにけり
反骨は死後に褒められ春北風
被災地にしんじつ廻るかざぐるま
豆飯や父の生地はダムの底
涼風や義歯を外せばデスマスク
だんだんに父がわかりぬ木の芽和
如月の灯のいきいきと悪所なり
手袋を呉れたる師あり戦死せり
口汚すもの食べてゐし空襲忌

十五、ヒューマニズムを貫く——友岡子郷

友岡子郷　昭和九年九月一日生まれ　平成二十八年末現在　八十二歳。

友岡子郷は昭和九年に神戸市灘区に生まれた。明石市にお住まいである。お会いする前に、健康が優れず歩行が自由ではないと聞いていたので心配していたが、大久保駅（明石市）にお一人で出迎えてくださった。

氏の来し方を知るには、平成二十一年に日本現代詩歌文学館賞を受賞した際の次の言葉が好適だと思う。

私は疎開児童の世代。山村の父の生家に疎開し、一年後に終戦、小学校五年生でした。二人の叔父が戦死、翌年母が病死。軍国少年たれが一変し、米国の民主主義に倣えと言われても、少年の私には全く理解不能でした。

俳句をはじめたのは十代の終り、有季定型という堅固な詩型は懐疑に揺れる私の心を集中させ、何が不変の純真さなのかを問おうとする志を育みました。以後、この歳になるまで、私は俳句と共に生きてきたと思います。（日本現代詩歌文学館賞に関するブログ。

（友岡子郷の受賞の言葉より）

友岡子郷といえば、先ず挙げられよう。

跳箱の突き手一瞬冬が来る　『日の径』

一月十七日未明、淡路、阪神地域に大地震。
惨憺たる日々続く。

倒・裂・破・崩・礫の街寒雀　『翌』

この二句を含め多くの作品に触れるつもりであるが、最初に、子郷さんが俳句に出会うまでをお訊きした。

一、疎開のこと

――先生がお生まれになられた神戸は、後に、戦争で爆撃されたのでしたね。

友岡　私は昭和十六年に小学校に入りました。六歳でしたが、今まで尋常小学校だったのが国民小学校って名前が変わりましてね、ですから国民小学校の第一回生です。その年の十二月、太平洋戦争となりました。必ず朝礼があって、教育勅語を読まされた。「チンオモウニ……」という呪文のようなものでした。「ワガコウソコウソ」となると、後ろの子が手を伸ばして「こちょこちょ」ってやるんです（笑）。昭和十九年、四年生の夏、学童疎開が始まりました。これから戦うべき若者を死なすわけにいかない、ということで田舎に疎開させたんです。私の場合は、父の田舎が岡山の一番広島よりの山村でして……。

――すると、原爆は見られましたか？

友岡　ピカドンという怪しい爆弾が落とされた、とは聴きました。逃げて来た子もいました。その子とは遊びましたが、「ピカドンで病気になっているから遊ぶな」なんて言われました。風評被害ですね。その子も、何処からどう逃げてきたか詳しいことは話さなかったですね。

　八月十五日、村の小学校に集められました。負けたって言わなかった。戦争が済んだと言っていました。飛行機が飛んできても怖がらなくていいって。巷では負けたんだって、大人たちが言っていましたがね。それまでは「この先は戦争に行って」というのが若者の路線だったですから、一度にぷっつりと切られた感じで、訳もなく泪が出ました。

　それ以前、岡山も空襲を受けました。疎開先は岡山市から相当遠いのですが、空襲の様子が庭の桃畑から見えました。火の玉みたいな塊が花火のように落ちてくる。やがて下から炎が上ってくる。怖いというより怪しげに美しいとさえ思いました。翌朝外へ出てみると、障子の破片のようなものや灰が飛んできていて一面が散らかっていました。

五年生が終るまで疎開していました。縁故疎開と集団疎開とがあって、集団の子らは隣町の幼稚園に寝泊りしていました。様子を見に連れて行ってもらったら、子供たちはちぎった新聞紙に赤っぽい粉のようなものを置いてそれを舐めていました。「なに舐めてんの」って訊いたら「歯磨き粉や」だって。この悲しい思い出が今でも残っています。私は縁故疎開だから良かったですがね……。もとの小学校に戻って、集団疎開がいかに酷かったか、聞かされました。お寺に泊っていた子らもいました。塀に五寸釘が打ってありまして、それを引き抜いて、列車の線路の上に置いて列車に踏ませ、平たく伸ばし、研いでナイフを作り、夜な夜な薩摩芋畠へ行って芋を掘って盗むのに使ったそうです。「大根も盗ったが、あれはいかん。食うとかえって腹が空いてすいてカナワン」と言っていました。薩摩芋が一番いいのですが、隠し場所が大変だったそうです。便所の天井裏に隠したそうですが、二日とはもたず、すぐ無くなるんだそうです。芋でも馬鈴薯はイカンらしいですよ。ゲップが出て困るんですって（笑）。縁故疎開の私は毎日南瓜でしたが、なんとか食べさせてもらえました。

――野坂昭如の『火垂るの墓』は悲しい物語でしたが、あれは縁故疎開ですよね。

友岡　あれは叔母さんの家ですね。何回も読みました。舞台は神戸市東灘区で、西宮の方へ逃げて行ったり……妹の節子を栄養失調で死なせてしまったり、少年清太が亡くなるのは三ノ宮駅の構内でした。

――それから先生は岡山から神戸に戻られてすぐお母さんを亡くされています。

二、ヒューマニズム

友岡　三ノ宮駅の周りは何も残っていなかった。ちょうど三・一一と同じ風景です。靴磨きの少年がずらっと並んでいて、アメリカ兵を相手に商売していました。「ギブミーチョコレート」ですよ。あの子たちは今どうしているでしょうかね。同じ年頃ですよ。私だって、あの中の少年になっていたかも知れない。浮浪児ですよ。「鐘の鳴る丘」とか映画があったり、「エリザベス・サンダース・ホーム」がありましたね。辛いですね。リアルに描かれると悲しいし、美しく描かれると疑問が湧くし……。同じように席を並べていたわけですからねえ。そう考えるのが「ヒューマニズム」の基本ですからねえ。ひとの身になって考えるってことです。

――対象と同化すると考えれば、俳句にも通じますかね。

友岡　対象を見下ろすとかでなくてね。あとでそう気がつくんです。松原新一が水俣病について書いていますね。自分もそうなっていたかも、と考えるんです。それがヒューマニズムの原点です。

母のことに戻りますが、神戸に帰って実は母に会っていないんです。結核でしたので、隔離されていたんですね。会わせて貰えたのは死の一週間前くらいです。戸を少し開けて、寝ている姿をほんの一瞬見ただけでした。ですから記憶が少ないんです。思い出のものも戦災で焼けてしまっていますからね。でも、母から一つだけ貰った思い出があるんです。疎開先の私のところへ来てくれたとき、繕《つくろ》いもののためだったのでしょうが、針仕事をしながら西条八十の「歌を忘れたカナリア」を歌ってくれました。それだけは鮮明に覚えています。唯一の形見みたいなものです。

三、俳句のきっかけと「雲母」参加

――戦争は一人一人に悲しい記憶を残しました。その中で先生はヒューマニズムの基本が何であるかを感得されました。作品にも通じるところがあります。

俳句のお話を伺います。甲南大学の図書館で長谷川素逝の『ふるさと』を読み、疎開のころを思い出して俳句を作ったそうですが……。

友岡　ええ、そうなんですが、その前に高三のときに、先生が「朝鮮戦争が拡大して大戦になる可能性がある。君たちの青春も危ないもんだ。気の毒だなあ」と言われて、後ろにいた生徒が「では、先生がもし僕らの世代だったら、何をしますか?」って訊いたんです。そうしたら「まあ、好きなことをして、長生きすることを考えるんだな」って言われました。成る程って思い、それが原因となって、好きな本ばかり読んでいました。ガリ勉はやらなかった。いまでは、受験勉強でもしておくんだった、と思いますがね……。でもそれが私にはぴったりだった。好きなことをして、長生きをね。それにはまず何が好きかを見つけねばなりませんよね。戦時中は外国文学なんかには触れてなかったから、近所の古本屋から借りて読みましたよ。

——それで今のような先生になられ、良かったと思います。

友岡　ははは、そうでも考えないとね。家から近くて古めかしい雰囲気がある甲南大学に行きました。私のようなずぼらな人間にはよかった。長谷川素逝は甲南の英語の先生でした。素逝の同僚の先生が素逝の句を紹介してくれましてね……〈竹馬の兄の高さにのれなくて〉。近代俳句の講義があって、子規や虚子、蛇笏などがありました。宿題が出ましてね、好きな句を取り上げて感想文を書けってね。蛇笏の〈死火山の膚つめたくて草いちご〉が一番好きでしたので、それを書きました。苺の赤が目に見えるようで印象鮮明でした。その文章が担任に褒められまして、みんなの前で読めってね。それまでは立原道造とか中原中也など、マイナー・ポエット〈筆者注＝著名ではないが良質の詩作品を書く人の意味）が好きでした。もっと大きな詩人である萩原朔太郎のような人の作品よりも、マイナー・ポエットに純粋性を感じていました。私は今でもマイナー俳人だと思っていますが、マイナーというのはメジャーと違って純粋性があるんです。俳句やっているって言うと、マイナー・ポエットかって言われますがね。第二芸術とも言われましたね。俳句やっていて「俺はメジャーだ」って言うのは如何なものかと思いますよ。

――それで「ホトトギス」に投句して入選しました？

友岡　ええ、最初に入選したのは、次の句です。

垣薔薇のこぼれて雨のままの道

虚子先生の最後の頃の弟子でした。山中湖の句会で句稿が先生に回って行くでしょう。私はこの辺に居て虚子先生があの辺り。句稿に目を落とされていて、ちょっと止めて書き留めておられるようだと脈があるんです。すうっと通り過ぎると、もうダメね。あるとき、先生は句稿をちょっと止めて見て、ちらっと私の方を見てニコッとされました。その時の句が、次の句です。

銀河濃し別れの言葉さがしをり

――抒情的ですね。写生でも花鳥諷詠でもない（笑）。

友岡　虚子にも抒情性はあったのです。広い人ですからね。やがて「ホトトギス」は年尾に代わって行きます。ずっと投句を続けましたが、そのころ「ホトトギス」を賑わしていた作家の句が面白くないんです。どこに詩があるんだって。波多野爽波の「青」にも投句していましたが、爽波さんも「ホトトギス」に満足していなかったんです。爽波さんが「私はやめるから、君もやめたまえ」って言われ、そういうことになりました。

――それからずっと「青」におられて編集長もやられた。それを止めてしまいますね。どういった事情が？

友岡　ええ、爽波さんは、編集長の私には批判めいたことは何もおっしゃらなかった。だから自分は温室育ちだと思ったんです。このままここにいたらどういう俳人になるんだろうか？　一度そう考えると、その思いが大きくなっていきます。どこか別のところを見つけねばならない。結局、飯田龍太さんのところでした。龍太という人の作品が好きだったんです。

――関西の前衛俳句的結社は考えませんでしたか？

友岡　赤尾兜子や林田紀音夫らがいましたね。前衛俳句的なのがまだ盛んでした。確かにひとつ一つ面白い作品はあるのですが、総じて圧倒されるような作家はいないと思いましたね。龍太先生と私は違ってはいますが……私はどちらかというと都会的で、龍太先生は夜になるとすぐ星に手が届くような風土の人ですよね。でも、この人から俳句を習いたいと思いました。その俳句を真似るんではなく、俳句の作り方、俳句の骨格、俳句とは何だ、ということを学びたかったんです。答を貰いたかった。結局、まだ学びきってはいませんがね（笑）。句を出しましたら、案外多く取って戴けた。後で考えてみると、龍太先生も東京で長いこと暮らしていたんですよね。でも、行って見ると山梨の裏富士が見えるところの暮らしは、家の前をトラックが走るような私のところとは違いますね。

――第一回の「雲母」選賞を受けられます。

友岡　ええ、励まして戴いたんですね。私は言ってみれば外様ですよ。蛇笏時代からの弟子が多かった中ですから、快く思っていない方々もおられました。面と向かって言われもしました。私はまだ三十三歳くらいでしたからねえ。「貴方は龍太先生の覚えが良いようだが、貴方の句はチンプンカンプンだ」ってね。私の句は蛇笏流の格調高い表現＝雲母調じゃなくて、柔かくふにゃふにゃしてますから（笑）。本音を言われたんですね。

――龍太先生は、蛇笏流でなくて良いと思っておられたんでしょう。

友岡　もう一つの理由は、龍太先生ご自身の中に私のような句柄を意識する気持ちがあって、励ましてくれたんだと思います。その前に同人にもして戴きました。福田甲子雄さんと同時で、龍太先生が選んだ最初の同人です。

四、子郷の代表句は？

——作品を議論したいと思います。先生の代表句と言われると、どれが良いでしょうか？

友岡　俳句のような短いものは、自分では決められない。他人さまからこれが代表句でしょうと言われれば、そう思えてくるんです。たとえば、何の苦労もなく出来上がった若い時の作品〈跳箱の突き手一瞬冬が来る〉が代表句だと言われれば、もう私の人生はそこまでだったのかってねえ（笑）。教科書に載って良く知られるようになったということはありますがね。

——では、代表句というよりも、人口に膾炙している句という意味でお伺いしましょう。

友岡　教科書には三句あるんです。先の「跳箱」の句と、

水よりも鮒つめたくて夕永し
揺り椅子を揺り春の星殖やすなり

です。教科書に載りますと、参考書が大体二十冊くらい出版されるんです。その数の多さ

は驚きです。

筆者注　ここで、子郷の自解などを参考に、筆者の独断をも含めて人口に膾炙している次の十句を鑑賞しよう。

跳箱の突き手一瞬冬が来る

一月やふいにさみしき魚の口

水よりも鮒つめたくて夕永し

倒・裂・破・崩・礫の街寒雀

いちまいの瓦の上の手向け雛

安乗岬

ただひとりにも波は来る花ゑんど

師の亡き山廬辺り

冬雲雀師も通ひたる校舎見ゆ

城の秋子の甲冑のあはれなり

ことごとく遺書となりたるさくらかな

死に泪せしほど枇杷の花の数

跳箱の突き手一瞬冬が来る

平明な句で、苦労なくさっと出来上がった句だとのこと。だからなのか、これが子郷の代表句だとは主張したくない思いがあるようだ。だが、これだけ人口に膾炙すると、名句だと言われ、「そうだ」と納得したりもする。瞬間を切り取って、かつ躍動感がある。子郷が中学校の教師をしていた頃（三十五歳）の句。体育の時間、眺めていて、教員室に戻るときに出来た句である。

龍太は「素早い動作に同速の表現を得ている。競技する人と、それを眺める人の感情をピタリと一致させた実にダイナミックな作」、と評している。

一月やふいにさみしき魚の口

ある漁師町で水揚げされた魚を魚箱に見て、一月の持つ明暗を思って上五に置いた。侘しげにただ口を開けている魚。いのちは既にない。直情的に「さみしき」と言った。口を開けて死んでいる魚だけがさみしいのではない。それを見ている作者も寂寥感に包まれている。対象に同化して実感を詠むのが子郷の常なのだ。季語「一月」は子郷自身の実感を表出するに、ぴったりだった。

水より も 鮒 つめたくて夕永し

水が温かくなる「水温む」の季節。その水に対して「鮒」の方が冷たいという瞬時の感覚。子郷は水に手を入れたのだろうか。鮒には触ったのだろうか。ひょっとすると死んだ鮒なのか？　そうだとすると、命あるものへの憐憫を感じる。子郷はあまり句に深い意味性を持たせない作り方をする筈なのだが……「鮒」は春子を産む頃であろう。「日永かな」ではなく「夕永し」によって抒情性が深まった。蛇足だが、魚は変温動物でその体温は水温に近いのだそうだ。しかし、触れてみて不思議に冷たく感じたのだった。

倒・裂・破・崩・礫の街寒雀

平成七年一月十七日の阪神・淡路大地震の際の句。子郷の家も被害を受けた。そのときの恐怖感、それからの辛苦の日々、街の惨状など、子郷はしばらく書く気がしなかったという。この句の発表当時はあまり評判にはならなかったらしい。筆者も東日本大震災の句に関連して阪神・淡路の震災句を調べたときに、この句に出会った。漢字の羅列が力強く読者に働いてくる。震災の惨状を客観的・冷徹に描写した。それに「寒雀」を配した子郷の抒情を思う。

いちまいの瓦の上の手向け雛

これも同じ震災句。子郷はひとり震禍の街をさまよい歩いた。家屋が崩れ合って、道が失せていた。そのとき一枚の瓦の上にこの手作りの紙雛を見た。思わず嗚咽したのだった。ひとの身になって考えるのがヒューマニズムの原点だと書いた松原新一の論を子郷は思い出している。

ただひとりにも波は来る花ゑんど

震災句が続く。子郷は当初、震災の句の発表をためらった。見かけの状況報告に追われて、見えない人の心の奥を伝えきれないからであった。状況報告にしても、現場の鼻をつく異臭や煤塵の浮遊で濁った空気は伝わらない。薄っぺらな写実や威しの誇張では苦悶の犠牲者たちに申し訳が立たないと思っていた。震禍の街を離れて平常の自然に接したいと思い、三重県の安乗岬に行った。「ただひとりにも」には孤愁の思いが滲むが、自然の営為の前に心が浄められて行く様が伝わって来るし、「どのひとりにも」という願いが籠められているのであろう。常と変わらぬ楚々とした「花ゑんど」は岬の風の中で子郷を癒してくれたであろう。

冬雲雀師も通ひたる校舎見ゆ

師は飯田龍太のこと。亡きあと、山廬辺りを訪れたときの作。龍太が通ったと聞かされた学校が見えた。あのときから全く変わっていないらしい。子郷は、師との共時を楽しむように、そこに暫く佇んでいたのだった。

城の秋子の甲冑のあはれなり

岸和田の城で見た甲冑。子供用の小型のもの。「あはれ」と直接心情を表出した。主情が主観に終らず普遍性を持ったとき、客観となる。この句がそうだ。折りしも「秋」である。この城の長い歴史の中で、恐らく落城の場面があったであろう。その歴史に、幼い武者も巻き込まれたことは想像に難くない。

ことごとく遺書となりたるさくらかな

龍太の没日は二月二十五日。その年の桜を見ての感慨であろう。芭蕉の〈さまぐ〵の事おもひ出す桜かな〉に通ずる句。この「ことごとく」はいろいろ教示下さり励まして下さった一つ一つが師の遺言となって子郷に働きかけてくるのである。
主情的ながら、万人に通ずるこの句の意味からすると、東日本大震災の句とも思える。だとすれば、高野ムツオの〈みちのくの今年の桜すべて供花　『萬の翅』〉に通ずる。実際は龍太を悼む句なのだが、読み手は自由に読んでしまい、その思いに耽る。

死に泪せしほど枇杷の花の数

子郷は、新年を迎えるに当って思った……過ぎし年、多くの知己を喪った。みな壮健の人と思っていたのに。ただならぬ世情の中で、自分はあらためて清い詩心を求めてゆかねばならない……と。通いなれた駅の傍に枇杷の木があり、目立たない花がたくさん咲いていた。一気に出来た句だという。「死に泪せしほど」は単なる比喩ではない。枇杷の花の持つ詩情、目立たない花が寄り添って咲いている。

五、現代俳句協会賞の一票

――先生は第一回雲母選賞、第二十五回現代俳句協会賞、第六回俳句四季大賞などを受けられています。昭和五十三年度の現代俳句協会賞についてうかがいます。はじめはたった一票だったとか。どういう経緯だったんでしょうか？

友岡　あのころは応募作品を読んだ会員が、良いと思われる作品を推薦してから最終選の俎上に乗ったんですね。それが初めはわずか一票だった。その後の経過は分かりません。多分色んな議論があったのでしょう。力のある方の一票だったのでしょうが、どなただったのか分かりません。色々想像はしていますが、確信はありません。

――その後、『友岡子郷俳句集成』で平成二十一年に第二十四回詩歌文学館賞を、さらに二十五年には『黙礼』で小野市詩歌文学賞を受賞されます。とてもマイナー・ポエットとは思えません（笑）。

六、第二芸術論

――先生には俳句評論も多いですね。沢山ありすぎまして、全部を勉強したわけではないのですが、昭和五十九年に「戦後俳句と第二芸術論」を「国文学」の臨時増刊号に書かれています。古くて新しい問題です。概要をお聞かせ戴けますか？

友岡　今でも覚えています。あの論には、成る程と思われる部分と間違っている部分があります。間違っているのは、論拠とした例句が良くない。しかも誤記がありますね。あれでは、桑原武夫に俳句を論ずる資格がない、と判断されます。近現代の俳句を研究した人とは思えない。俳句は、社会の役に立たない消閑の具だと言っていますが、俳句を作って監獄に入れられた人がいたほど俳句には力がある。これらが彼のオカシイ点です。
当っていると思った点は、みんなグループを作って天狗になりたがっている。大天狗・小天狗ですね。これは今にも通じている。大結社・小結社ね。色んな会やパーティに行っても、私は「椰子の会」だったときは坐る席が用意されていましたが、今は席がないんです。こんなこと小説や文学の世界では考えられない。本当は所属団体の名ではなく、個人の名前だけで良いんでしょう。作品だけが勝負でしょう。こんなのは俳句の世界だけですよ。これは今の俳壇に強く言いたいですね。

――作品で勝負しないといけないんですね。

友岡　作品はただ一人のものなんです。それ以外に三つも四つも看板は要らない。肩書きを沢山持っている人が偉いんだという風潮は如何なものかと思いますよ。
もう一つ俳壇に言いたいことがあります。それは、今の俳句は散文化し過ぎている、ということです。石田波郷さんなんかは韻文精神ということを言われていますね。

――口語化は構いませんか?

友岡　大事なのは韻文精神ですよ。散文は説明になってしまう。今、波郷さんのような人がいて欲しいですよ。今の俳句は、どこかに意味があって、意味同士で繋がっているんですよ。そうではなくて、感覚とか感情が自然に働きかけて出てくるもの、というものが俳句ではないでしょうか。俳句で説明なんかする暇ないですよ。意味を追っかけるということは、結局、散文に屈服していることになるんです。これをはっきり言ったのが波郷さんですね。「俳句は文学にあらず」とか「俳句の弔鐘は俺が鳴らしてやる」とも言いましたね。

七、懐かしい俳友

――年譜の中で和田渓さんのことが書かれています。大事な俳友だったと思います。思い出などを……。

友岡　和田さんは私の父と同じ年代の方でした。先ほど私は「雲母」の外様だと言いましたね。先輩たちからはそのように扱われました。ですが和田さんだけは違った。和田さんとはお互いに自分にないものを抜き取りたいという思いがありました。お互いに教師だったので、休みが同じなんです。吟行に行きましたよ。計画は殆ど私が立てて、吟行には二泊が必要だという意見です。二日目がまるまる使えますからね。北海道や、九州には鶴を観に行ったり、六年ほどかけて三十回くらい一緒の旅を続けました。その日の作品を宿の夕食のときに見せ合って批評を交すんですが、私の様な若造を対等に扱ってくれました。蛇笏時代からの方なんで、言葉は硬かったが、いい言葉を使うんですよ。私はやわらか過ぎる方ですから、お互いに刺激になってねえ。お互いにいい言葉を褒めあいながら年齢を越えて遠慮なく議論しました。俳句人生で一番の友でした。

出水の鶴は壮観でした。あの頃は俳句を作るのに入れ込んでいた時期でした。明け方の鶴は凄かった。啼いてね。鶴唳と言うんでしょうか、三羽、四羽ずつが呼び合って紐のようにつらなって空へ昇って行くんです。それが消えて行くまで眺めていました。傍にストーブがあって、薬缶のお湯が冷めていました。早朝ですから……。

白湯冷めしごとくに鶴の空はあり

が出来ました。この頃の作品は『風日』にあります。

筆者注　先の十句以外の筆者の愛唱句を鑑賞しよう。

割箸の毳《けば》雪国のさびしさよ

雪国の旅。宿の夕食のときだろうが、割箸がうまく割れず、毳が立った。これは何だろう。無性に侘しい思いがした。雪国の静かさの中で、何故か感傷がこみ上げて来て、めずらしく直情的な句となった。

揺り椅子を揺り春の星殖やすなり

教科書に載った句である。リフレインがあって、「星殖やす」という表現に惹かれた。子郷自身、若干技巧的だと言って、先の十句からは外した句である。抒情性豊かで、筆者には好ましく思える句である。

疎開地を去りし日も桃熟れゐたり

岡山の祖父のところに疎開していたときの思い出。多くの俳人が辛かった戦時中の記憶を詠んでいるが、かなり後になってから詠む例が多い。子郷のこの句もその例。人間の世界は悲劇や大異変が続くが、自然（桃の木）はたんたんと営為を繰り返す。桃を見ると子郷は疎開時代を思い出すのである。

よく似たるひとと立ち読む裕明忌

子郷が編集長だった「青」には田中裕明もいた。のち彼も編集長を務めたが、夭折した。最若年の角川俳句賞受賞者だった。「よく似たるひと」とは、勿論、裕明に、である。

高き木に高き雲ある恵方かな

平明で端正な写生句。新年に喬木とその空を見上げている子郷が見える。その高い木のさらに高いところに一片の白い雲。ああ、その先をこそ「恵方」というのだ。気持ちは上方志向。割に静かで悲しみを詠った句が続く中に、このような作品をみると、読者のこころは落ち着く。

みづうみの空を汚さず春の雁

「春の雁」は北へ帰らない雁である。だから湖面に留まって空を汚すことはない、というのだろうか。それとも、湖面にじっとしていて、水面に映っている空を乱すこともないという意味だろうか。静かなもの悲しさを感じさせる。

石仏にけふ植ゑし田の夕明り

今日苗を植えたばかりの田に夕日が映えている。畦道には石仏が佇っている。子郷の住む明石の郊外にはまだまだ田圃がある。その美しさを叙景した。一読こころに寧けさを享ける。

『黙礼』で子郷は飯田龍太の「作品の純度」という言葉を思い返し、うわべの冗語を払ってこころの中の和みと清澄さを求めたいと述べている。この句がそうかと思える。

貝殻みな裏つややかに春隣

浜を歩いて見つけたのであろう。貝殻の裏（内側）がつるつるしているという何でもない事実を素直に書いた。春隣が効いている。もう少しすると春。つい桜貝かと思ってしまうが、もう少し大き目の変哲もない貝であろう。

黙礼のすがたの孤松梅雨の中
野蒜《のびる》に花喪服のひとり佇ちつくす

東日本大震災の句である。平成二十三年六月、子郷は陸前高田に赴いている。句集名『黙礼』の表題はこの第一句から取られた。有名になった一本松が梅雨の中に立っている姿は現場に立ってみてこそ万感胸に迫るものがあった。

二句目は、被害の大きかった東松島の野蒜海岸を思わせる。素朴な野蒜の花に喪服が辛い。さらに震災句が続く。

津波跡こころに虻の音一つ

海よ贖《あがな》へと風鈴鳴りゐたり

3・11　東日本大震災。以後このこと念頭を去らず。

われにも震災の苦あれば。

雪割草あをぞらの愛ひろがれよ

子郷は十月には郡山をも訪れ、次の句を詠んでいる。

鼻縄なき牛らの音か月下より

この句集『黙礼』は阪神・淡路大震災と東日本大震災を繋ぐ子郷の渾身の作で満ちている。

八、どんな俳句を志向するか？

——先生がこれから志向する俳句についてお話し下さいますか？　先生の作品には抒情もありますが、写生派に属するんでしょうね。

友岡　ええ、抒情はありますが、ひ弱い抒情です（笑）。私は純真なマイナー・ポエットを通したいですね。俳句は「俳句」でね、マイナー・ポエムです。

――あまり政治や社会がどうだとか言わない？

友岡　そういう問題に触れない人が多いですが、それは良くない。現代の事象についても関心を持たねばなりません。

――それは先生が組合活動などを経験してこられたことに関係していますか？

友岡　そうでしょうね。でも、当たり前のことでしょう。草田男さんが言ったように、誰でも社会的存在の自分というものを持たねばなりません。

――そうですね。今日はいろいろと有難う御座いました。

（完）

（平成二十八年三月二十九日、明石市にて）

筆者注　終始、物静かな語り口ではあるが、現今の結社の状況は「第二芸術論」時代からあまり変わっていない、という意見を強く語られた。子郷氏は「椰子の会」を創設したのだが、子郷という人間の価値は「椰子の会」や所属団体があってもなくても変らないはずである。それに加えて、最近の「俳句の散文化」傾向に強く警鐘を鳴らされた。俳句はあくまでも韻文である。

ご自分をマイナー・ポエットと呼んでいることは自負の裏返しかも知れない。「俳句はマイナー・ポエムである」という考えはそうかも知れないが、「マイナー・ポエット」には高度な質とその純粋さへの矜持がなければならない。氏の作品には確かにそれがある。また、氏はご自分の句を「ひ弱い抒情」の句だと言っておられるが、そこにはヒューマニズムという一本の筋が通っている。

筆者共感句抄

跳箱の突き手一瞬冬が来る
一月やふいにさみしき魚の口
水よりも鮒つめたくて夕永し
倒・裂・破・崩・礫の街寒雀
いちまいの瓦の上の手向け雛
ただひとりにも波は来る花ゑんど
師の亡き山廬辺り
冬雲雀師も通ひたる校舎見ゆ
死に泪せしほど枇杷の花の数
揺り椅子を揺り春の星殖やすなり
疎開地を去りし日も桃熟れゐたり

高き木に高き雲ある恵方かな

みづうみの空を汚さず春の雁

石仏にけふ植ゑし田の夕明り

黙礼のすがたの孤松梅雨の中

野蒜に花喪服のひとり佇ちつくす

3・11　東日本大震災。以後このこと念頭を去らず。
われにも震災の苦あれば。

雪割草あをぞらの愛ひろがれよ

十六、新しい俳句を志す――池田澄子

池田澄子　昭和十一年三月二十五日生まれ　平成二十八年末現在　八十歳。

一、初めて書いたのは詩――父の死

人気女流のお一人である池田澄子さんが、何かを書きたい衝動に駆られたのは、父の戦病死がきっかけであり、その表現形式は「詩」であった。彼女の俳論集『休むに似たり』（ふらんす堂）にこんな一文がある。

初めて詩を書いた。詩のつもりのものを書いたのは敗戦の一年前、国民学校二年生のときだった。父が中支で戦病死した報せを受けた日のことを書いたのだが、最後の二行だけ覚えている。

わたしもかなしかったが
お母さまはもっとかなしそう

（中略）その日学校から帰ると、母がまるで睨むような顔付きで私を二階へ引っぱっていった。そして階段を上りきった途端、声を殺して嗚咽しながら「お父ちゃまが死んだの。もう帰って来ないのよ」と言った。その時、私に父の姿がはっきり見えた。それはおかしなことに一枚の写真の父の姿であった。ああそうか、こんな風に人の姿が眼前にはっきり現れることがあるんだなあ、それにしても何故この写真なのだろうと思いながら呆然と突っ立っていた。涙は出なかった。母は念を押すように言った、「戦死しても歎いちゃいけないの。名誉なことと思わなくちゃいけないの。だから泣いたのは内緒」。

二、戦場の近眼鏡

――あの頃は、戦死は名誉なことだと思うように教育されていましたが、身内のことは別だと思っていました。でもお母様がそんなに遠慮されていたと知りますと、当局の感情操作の徹底さに恐怖を感じます。

池田　そうなんです。意外な気持ちがしました。母でさえもそう言うんだって……。中支の漢口の陸軍病院で亡くなりました。チフスだったんです。父は軍医でした。以前に東京で開業していたのは産婦人科と内科の病院でした。母方の叔父も医者で、仲良かった二人は一緒に産婦人科・小児科・内科の病院にしようと話していたようです。叔父は繰上げ卒業で、医者になり、間もなくニューギニア戦線へ行き、そのまま帰って来ませんでした。父は北、叔父は南で亡くなったんです。

先ほどの話での父の写真ですが、どこで撮ったか分からないような小さなものです。他に、構えたような、大きな、まともな写真があったのに、眼前に現れたのは、それじゃないんです。軍服姿じゃないんです。なぜ、そんな記念すべき写真でないものを思い出したのかが不思議です。父はハンサムでした。軍人の格好を嫌って、軍帽なんかも崩して被っていました。およそ軍人らしい人じゃなかった。ヴァイオリンが好きでよく弾いていました。陸軍病院の院長さんが父の遺品と遺骨を別送して下さったのですが、遺骨は届きませんでした。遺品に三冊の日記がありました。遺骨と日記……どちらか一つと言われると、どうでしょうか、日記でよかったのかなあって……。私は父に候文で手紙を書いたことがあるんです。それで父は「良い子に育っているようだね」って、娘にメロメロだったようです。私も、娘が父をこんなに思っているってことを報せたいのですが、もう決して伝わらないんですよ。それっきりね。永遠にね。

——よいお父さんでしたね。こんな句があります。

　敗戦日またも亡父を内輪褒め

　母またも亡夫自慢を雨の月

ところで、

戦場に近眼鏡はいくつ飛んだ

という句があります。特定の兵士を詠んだのではないんでしょうが……。発想はお父様の眼鏡から……。

池田 はい。私は、詠む対象は出来るだけ一般化・普遍化して、私性を出さないようにしています。基本的には、俳句で私や身内を知って貰おうという気持ちがないからです。ただ、この場合は、父の眼鏡の小さな写真がイメージにありました。この写真がそれです〈と言って見せて下さった。眼鏡を掛けた若い兵士のモノクロの顔写真に〈戦場に近眼鏡……〉の句が添えられている〉。テレビ番組で俳句のお話をしたときに使った写真です。ただし、この句からは、「こうやって死んで行ったのは日本兵だけじゃない。相手国の兵士もいたであろうし、彼らの父や母、兄弟姉妹も悲しんだのだ」というところまで読み取って戴けると嬉しいです。父の死は、戦死というものの中の一つです。

——なるほど。迂闊でした。私は、近眼鏡は若者のものですから、青年たちに同情を感じていました。少なくとも「老眼鏡」は飛ばないよなって（笑）……不謹慎でした。池田さんに戦争の句が多いのですが、気が付いたのを挙げてみます。亡き父上の句も入れてありますが、実に多いですね。

雪黒しここは亡父の家路であった
前ヘススメ前ヘススミテ還ラザル
八月来る私史に正史の交わりし
忘れちゃえ赤紙神風草むす屍
戦場に永病みはなし天の川
溜まった汗のつつつつと満州忌
怠るに似て頭を垂れて敗戦日
土用波どこにどうして英霊は
学徒戦歿させしことあり金色銀杏
兵泳ぎ永久に祖国は波の先
ところどころで戦争ときおり夏落葉
光ってしまう夏潮英霊忘れ潮
小島在り亡父のごとく在り月下

池田　ええ、師の三橋敏雄にも多いんです。だから作りやすかった。先生と競争していたような気もします。

――二句目の〈前へススメ〉の句は無季ですね。ある伝統俳句系の重鎮がこの句を大変褒めておられました。ご自身も戦争体験がおありだったせいか、「いや、有季でも無季でもいい句はいいんだ」って。

池田　それは嬉しいです。でも、そうですよ。これにね、つまり、戦争俳句にね、花を咲かせたって邪魔ですよ。これは『たましいの話』（角川書店）にありますが、三橋先生は句会のあとで、「うん、これは良い。一般に受け入れられるかどうかは分からんが……」と言って下さいました。句集にするときは、先生はもう亡くなられていました。ですから、天上の先生に「評価してくださる方がいますよ」ってお知らせしたいです。このカタカナ表記はほかの句には使っていません。

三、忘れちゃえ論争

――四句目に〈忘れちゃえ赤紙神風草むす屍〉があります。色々議論があったようですが……。

池田　ええ、ある雑誌で取り上げられました、不謹慎だって。忘れられないから、忘れちゃえって書いたのが真意ですが、文字通り「忘れちゃえ」と読まれて批判されました。言われて見れば言葉としては「忘れちゃえ」って書いてありますからねえ。私自身へ言った言葉なんですが……。でも、作者としては、そのようにストレートに読まれて忌避されることがあるかも知れない、ということを想定内に置いておかねばならなかったと、気付きました。そして、それでも発表するかどうかを考えるべきだったです。言葉で勝負する立場ですから、そこまで考えていないとね。結局は、発表していたでしょうが……。

——「満州忌」と言う句があります。〈溜まった汗のつつつつと満州忌〉です。お父様は漢口の前は満州におられたのですか？

池田　ええそうなんです。「満州忌」は造語です。敗戦によって満州はなくなったのですよね。父ははじめの頃、満州に征っていました。その頃の満州は豊かでして、私たちが住む家も用意されていましたので一緒に行くことも考えたらしいですが、弟も小さかったし、結局は行かず、父の実家の村上（新潟県）に引っ越しました。もし行っていれば、父は亡くなるし、母は弱かったですし、間違いなく私は戦争孤児ですよ。いや、残留孤児かも。あるいは生きて帰れなかったかも。満州は豊かだったと言いますが、いつころからか「怪しくなって来た」と、父の日記の三冊目の後ろの方に書いてありました、もうすぐ前線に行かねばならないって。そして日記は終っています。

——戦争以外、たとえばテロや震災の句は如何ですか？

池田　震災のときは作れなかったですねえ。どう書いても虚しくってねえ。でも、一句だけ〈春寒の灯を消す思ってます思ってます〉がありますが、悔しかった。書けなかったんです。簡単に図式的には書けるんでしょうが、それやってもしょうがないですよね。なさけなく辛かったです。

四、新台所俳句・俳句のような俳句？

筆者注　池田澄子の俳句については「豈」（五十一号）が特集を組んでいて、いろいろな論評がある。

たとえば、佐藤文香は「三橋敏雄を乗り越えて自分の文体を確立した」と書き、山口優夢は「彼女は、まだ言葉になっていない何かを人と共有するために俳句を書く」という。そして、相子智恵は第三句集『ゆく船』（ふらんす堂）についてこう書いている。

第二句集の『いつしか人に生まれて』（みくに書房）に比べると、あきらかに一冊が沈静している。思い切った取り合わせの面白さや、あっけらかんと真実を突く句は相変らずだが、『ゆく船』はおそらく池田の永遠のテーマであろう「私という偶然生まれた存在の寄る辺ない寂しさ」と、それゆえこの世に同じく偶然生まれ、しかも「偶然同士が出会うというすごい偶然」によって、たまたま目の前に現れたあらゆる存在の寂しさに対し「せめてもの出会いの証を刻みたい」という強い希求が、平易な言葉の奥に静かに暗流している。

この論評を池田は、嬉しい読者を得たと評価していた。

一方、酒巻英一郎はホトトギスの「台所俳句」を引き、池田俳句は主婦の活動の場所を戦場や書斎にまで広めた「新台所俳句」であると書いている。

――「新台所俳句」という言われ方はどうですか？

池田　第一句集の『空の庭』（人間の科学社）からそう言われています。反発は感じません。それについては、『池田澄子シリーズ自句自解ベスト一〇〇』（ふらんす堂）の

主 婦 の 夏 指 が 氷 に く っ つ い て

の自解のところで、こう書きました。

私の俳句は、新台所俳句などと言われたりするが確かにそうだ。洗い上げた青菜も観光地の青葉も、私にとって同じ価値を持つのである。それに殆どの時間を家に居るのだ

から、家に在るモノや、家でのコトが、詠む対象になるのは自然ななりゆき。家は狭いけど、それを言うなら宇宙の中の地球の小ささ。地球に在る日本も、日本に在る公園も神社も、引っ掻き疵ほどのものだ。と、時々ワタクシ威勢よくなる。

外ばかり行っている文筆家はいないでしょう。〈ピーマン切って中を明るくしてあげた〉だって、家に居るから作ることが出来たのです（笑）。

――筑紫磐井さんが、俳句を本物の「俳句」と「俳句のようなもの」に分ける人がいるが、そう分けるとすれば池田俳句は「俳句のようなもの」だろう、と言っています。もっとも、低俗な「俳句」を見下す「天上の詩」だと褒めていますが……。

池田　いえ、私は私の俳句は俳句だと思っています。

――じゃあ磐井さんに反論しないといけないですね。もっとも、彼は、二つの分け方に賛成している訳ではないし、「天上の俳句」と言っているからいいですかね。

池田　これぞ俳句と思っています（笑）。書いていて私の「俳句」になったなあと思うところで推敲を終えます。

――「俳句のような俳句」で何処が悪いんだっておっしゃるかと思いましたが、そうじゃないんですね。「俳句」になったなあと思えるところとは、どういうところですか？

池田　それは一句ずつ違います。その句によってそれぞれ違いたいんですよ。こういう風になったら俳句なんだっていう既成概念に合わせるのはいやなんです。違う書き方で書きたいんです。なかなか難しくて、同じようなものになってしまうんですが……で、そんな書き方に行き着いたとするじゃないですか、今まで見たこともないようなものが書けたってね……あまり数多くないけど……でも、見たことないだけじゃダメなんですね。ああ俳句になったなあっていう感じのところまで持って行って、そこに来たところで推敲終りです。

三橋先生は、誰かが詠んだような句を書いてもしょうがないじゃないかって、いつもおっしゃってました。だから、先生は、一見下手そうな句すら書いてますよ。

――酒巻英一郎さんは、池田さんのかの有名な〈じゃんけんで負けて蛍に生まれたの〉について、「じゃんけんに」じゃないかって言ってますが……。

池田　ええ、そういう意見の人がいますね。でも「で」でなくちゃダメです。

――一般的には俳句で「で」は嫌われますかね。でも、口語俳句ですから「で」で良いのじゃないでしょうか？　「に」でしたら、流れとして〈じゃんけんに負けて蛍に生まれけり〉となっちゃって、面白くないですよ。

池田　そう、実は、最初は文語体だったんです。

――それじゃ面白くない。

池田　文法学者の金田一秀穂さんが、「で」だから良いのだと、「に」との違いを説明して下さいましたが、私、うまく言えなくて。でも「で」なんです（笑）。

五、恋の句

――助詞論争を終えたところで次は恋の句。仁平勝さんが池田さんの恋の句は「見立ての恋」であって、恋の実行動を起こす前で終っている。つまりこれは連句でいう「呼び出しの恋」であって、このあとに「恋」の心で付けて欲しいと思っている句が多い。例えば、

脱ぎたての彼の上着を膝の上
ボジョレ・ヌーボーちがうこと思ってるのね
本当は逢いたし拝復蟬しぐれ

などです。とても楽しく、次への展開を想像します。

ところで、池田さんは連句はなさいますか。

池田　なさいますかってほどじゃありませんが、面白いですね。楽しかったですよ。面白過ぎて警戒しています。だからやらない。時間かかるじゃないですか。そしてね、七七が

あるでしょう。あれやると後でなかなか俳句に戻れない。小澤實さんの捌きで鷹羽狩行さん、片山由美子さん、神野紗希さんとやったことありますよ。たのしかったです。

――今度は、川柳です。樋口由紀子さんが、「（池田は）従来のオーソドックスな俳句では掬い取りにくかったことを掬い取った。彼女の髪にとめてあるヘアーピンはどんな金庫破りも手が出せなかった俳句の新たな領域の金庫を開け放った」とあります。

池田　うまいことをおっしゃってますねえ。ほとんど会えませんが親友です。私の句は川柳に似ているって言われることもありますが、でも、私のは、「俳句」です（笑）。

六、俳句を書くときの態度

――池田さんの俳句への態度は、『あさがや草紙』（角川学芸出版）や『休むに似たり』（ふらんす堂）に散見されますが……。

池田　そうですね、『池田澄子（シリーズ自句自解ベスト１００）』のあとがきには、

生き物の一例としての我を写生する
目の前の評価に阿ねない
読者は私の為に居るのではないと覚悟する

などと書きました。『休むに似たり』には、

シラケタ客観性につながる
私を私とせず、人間の一つの例として俳句を書く
謳い上げない俳句形式に辿りついた

と書きましたが、一番は「私を私とせず、人間の一つの例として俳句を書く」ってことですね。読者は私の「私性」を知りたいとは思わないでしょうし、私も私を説明しようとは思いません。私個人が消えて、命あるモノの一例が現れたときに手放したいのです。

――よく俳句を鑑賞する上で、作者のどんな経験や境涯がその句を詠ませたのかを論ずることがありますが、そうではなくて、「私」を離れての普遍性を重要視するということでしょうか、一回性よりも……。

池田 毎回同じではしょうがないけど、根っ子は一つでないとね。草花では、芽が出るときも、花が咲くときもあるし、葉が出ることもある。けど、根っ子は一つって感じですね。

――「謳い上げない俳句形式」に辿りついたとあります。

池田　ええ、私は、最初は詩か小説を書きたかったんです。俳句には興味はなかったんですね。俳句っていうものがあるっていう程度。でもね、詩といっても、恋をしたら詩を書きたくなるっていう程度の思いであって、文学じゃなかったんですね。そして、初心者の詩や小説は自分を曝け出すじゃないですか。自分を書くことが恥かしいなあって思い始めました。で、短歌にしようかなって思っているうちに、俳句に突然出会ったんです。その日からのめりこんだっていう感じ。小説でも詩でも、普遍的な書き方だったら恥かしくないでしょうけど。母が短歌を書いていまして、見せるんですよ、私に。恥かしいですよ。側にいて分かるからね、夫恋だとか……「私」がもろに出ていて詠嘆調で……。俳句はいいです、謳い上げないし、私を出さなくて良いから。

七、師のこと

池田　「俳句研究」に会いまして、阿部完市の句に驚きました。なんかね狐や兎が出てきたり、看護婦がいたり、これが俳句かって吃驚しました。これを真似して冗談で作ったりしました。横浜にいた頃ですね。それで東京に移ってきて、ちゃんと俳句やろうかなって思って、「俳句研究」の後ろの結社の広告を見て、すぐ近所のところを見つけました。それが堀井鶏のところ。本名は堀池さん。楽しかったですよ、句会が。昭和の終わりに亡くなられました。有季定型の結社だったのですが、先生はとても広く自由でした。センスの良い方でした。それからさらに勉強したくなって、三橋敏雄を見つけ出しました。それで堀井先生に「ここはやめないけれども三橋敏雄のところへも行きたい」とお願いしました。そうしたら先生は三橋敏雄の『眞神《まかみ》』を下さいました。現物がこれです。素晴らしいでしょう。

筆者注　見せていただいた『眞神』は、上等な厚手の和紙を綴った大判（タテ二六、五ヨコ一九センチ）のもので、一頁に一句、大きめの活字で堂々とうってある。家宝のような感じ。三橋のポートレイトも載っている。（昭和四十八年、三千八百円）。

——素晴らしいですね。しかし、よく堀井さんが下さいましたね。普通は他所へ行くのを嫌う先生が多いはずなのに、許すだけでなく、宝物を下さるなんて……。この句集もお話も貴重ですね。

池田　偉い先生だったと思います。三橋先生は結社を持っておられなくて、決心してから五年考えました。そして指導をお願いする手紙を書き、五十句送るように言われ、五句だけ丸がつく……という経緯があり、八王子の教室や「俳句評論」の句会を紹介下さって行き始めたのですが、間もなく高柳重信が亡くなって仕舞うんです。残った「俳句評論」の方々が句会を続けて下さって。そこで澤好摩、桑原三郎、夏石番矢らに会いました。

――もし重信さんがずっとご存命で〈ピーマン〉の句を、重信さんに出したとしたら、どう言われたでしょうかねえ？

池田　重信さんは広い方でしたから認めて戴けたのではないかと思いたいです。三橋先生と重信先生は、お互いに尊敬しておられました。それに先生方は「あっ」と言わせられるような作品をいつも待っていらしたんですね。

――池田さんは、結局、三橋先生に「あっと言わせたい一心で」一生懸命句を作ったと思うのですが、三橋さんをして「あっ、凄い」と言わしめたのはどの句でした？

池田　〈じゃんけんで〉かしら。「これだ」っておっしゃって下さいました。〈ピーマン〉の句もこの頃でした。三橋先生のところに行っていなければこれらの句は生まれなかったですね。だって、ピーマンを切って中を明るくなんて、殆ど痴呆的ですよ。心配でした（笑）。俳壇から虐められないかなって（笑）。先生は、これが「オスミ調」って。

――巨匠は自分とは違った句を求めるようですね。虚子も京極杞陽や草田男のような作品を褒めましたね。

八、作品の変化

――世の中の動きに呼応して、作品に変化はありましたでしょうか？

池田　いや、余りないですね。対象として新しいモノやコトは出てきますが、それに向かい合う立場は変わっていませんね。ただ、同じことをやっていてはいけませんので、注意はします。句会で「この句、澄子さんにありましたよね」って言われるのが一番困りますから、似たような句は捨てないとね。あるブログに「池田澄子はどんな手でも使って新しいことを書く、いやらしい奴だ」って書いてありました。その通り。私はそうしたいんです（笑）。

――人は年齢と共に枯れてゆきますが、池田さんの俳句は枯れないですね。

池田　いやあ、もう八十ですから。「枯れる」とは違いますが、何か考えねばとは思っています。

――ある方が「九十になったら九十の、九十一になったら九十一の句を詠みます」と言っておられました。

池田　そうですよ。若いときの句は、思い出せば出来るんです。でも九十の句は九十になってからでしょうね。その時々の新しい気付きがあるんでしょうね。今から余り決め込まなくても良いのでしょう。「マンネリに落ち込まないようにするにはどうすれば良いでしょう」という質問がありましてね、私は「何にも考えないで作る。何をどういう作り方をするか、考えないで、出来たものを見て、あゝこういう句を私は作ったのか、と思いたい。そこから始まる」って思うんですよ。

――高屋窓秋は炬燵の中で言葉を浮かべて作ったようですね。吟行がきらいだった。

池田　私もあまり出ない。出にくいですし。三橋先生の〈いつせいに柱の燃ゆる都かな〉を「何処で作りましたか」って訊かれると「机の上で」って。過去に沢山モノやコト見ていますからね。（窓の外のご自宅の庭を指差して）ここの庭を見ていても、神社仏閣を見ても同じようなものが生えているんですよ（笑）。草田男は、モノの前でじっと動かなかったらしいですけどね……。

九、若い人々へ

池田　余りないのですが、羨ましいほど楽しげですね。この楽しさに敢えて水を差すとすれば、孤独を、人間であることの寂しさをね、それが文学でしょうって。自分だけの時間を持つってことかなあ。

十、池田俳句の典型

最後に池田俳句の典型的な作品を、筆者の独断で掲げる。

『自句自解　ベスト100』より

じゃんけんで負けて蛍に生まれたの
ピーマン切って中を明るくしてあげた
屠蘇散や夫は他人なので好き
腐《いた》みつつ桃のかたちをしていたり
青嵐神社があったので拝む
太陽は古くて立派鳥の恋
目覚めるといつも私が居て遺憾
前へススメ前へススミテ還ラザル
戦場に近眼鏡はいくつ飛んだ
本当は逢いたし拝復蟬しぐれ

一句目。「コレがオスミ調」と三橋敏雄に言われ、これで強く背を押されたという記念すべき作品。「じゃんけん」という偶発的な成り行きが遁れようのない運命を押し付ける。その儚さは、蛍に生まれようが、鯨に生まれようが、同じだろう、と自句自解にある。蛇足だが、もし「じゃんけん」に勝っていたら何になったのだろう。別の所に〈小一時間ならば蛍になってみたし〉があるので、やはり蛍への拘りはあるようだ。

二句目。これもオスミ調の典型。「こういう完全痴呆的な句を、もう一度作ってみたいと思うことがある。知性にも知識にも関係のない、主張も見栄もない句」と自解にある。

伝承派の巨匠に言わせると「志のない句」と言われるかも知れない。しかし、理屈でないから古びない。一度聞くと、ピーマンを切る度に口を突いてくる句。自身でも「何故か私らしいような気がする」とある。

三句目。〈屠蘇散や夫は他人なので好き〉。自分以外の人を血縁者とそうでない人に分けると、夫は後者、つまり他人である。だから、「他人なので好き」という逆説的表現が言い得ている。特に、改まった気分の新年では相方の良さが再認識出来て、改めて好きになる。だが、考えてみれば「他人」なんだ。いや、「他人」なので好きになれるのだ。血縁者に対する好き嫌いとは微妙に違う感覚である……と真面目に鑑賞してみたが、本当は単なるオノロケかも知れない。用心々々。

四句目。〈腐《いた》みつつ桃のかたちをしていたり〉。池田俳句にしては珍しく古風なつくり。写生的であり、かつ、モノやヒトが古びてゆく、あるいは、老いてゆく過程の暗喩がある。また、老いや古びではなく、心や身体が病んでゆくときでも、かたちを崩さず、己を律していようと努力する姿勢とも取れる。真面目過ぎる鑑賞か？

五句目。〈青嵐神社があったので拝む〉。風が吹いて木々が揺れ、そのあわいに社《やしろ》が見えた。深刻に祈るべきことは別にないのだが、日本人の習慣として、一礼したり手を合わせたりして拝む人は少なくないはず。場合によっては、〈忘れちゃえ赤紙神風草むす屍〉と同じように右派からは攻撃される可能性があるのだが、如何にも日常の我々の行動を軽く書いてみせた。大げさに言えば、世間の形式主義を軽く揶揄したと取れるユーモラスな佳句。攝津幸彦は「青嵐神社」という神社があっても良い、と言ったそうだが、筆者にはそうは読めなかった。

六句目。〈太陽は古くて立派鳥の恋〉。「太陽」を「古い」とか「新しい」とかいう発想がいかにも「オスミ調」で、そこが新鮮。「鳥の恋」が突拍子もないように思えるが、結構合うように思える。

七句目。〈目覚めるといつも私が居て遺憾〉。「遺憾」が眼目。政治家がよく使った言葉である。その意味では言葉派的な作品。筆者も目覚めたとき、相変らずの自分を発見して「遺憾」に思うことがある。「遺憾」という硬い漢語をうまく使った。

八句目。〈前へススメ前へススミテ還ラザル〉。厭戦の句。実戦経験のある小原啄葉さんを筆者が取材したとき、先述の通り「無季でもいい句はいい」と言われた。池田さんはこの句を有季にはできない、と言う。かつての教科書に「ススメススメ兵隊サンススメ」があった。

九句目。〈戦場に近眼鏡はいくつ飛んだ〉。この句については、先に述べた。日本兵だけでなく、たまたま敵側にいた兵士の「近眼鏡」も飛んだのだ。そこまで読み取って欲しいとの池田さんの言葉は重い。

十句目。〈本当は逢いたし拝復蟬しぐれ〉。第五句集『拝復』（ふらんす堂）の表題作。池田さんの恋の句には、実行動に至らないところで止める。恋も自分のものだけじゃなくて、いつものように一般性を持たせている。押さえ気味の「逢いたい」気持ちが「蟬しぐれ」ではじけそうである。これも「拝復」という言葉から立ち上がった句であろう。

『池田澄子百句』（坪内稔典・中之島5編）からも一句。

忘れちゃえ赤紙神風草むす屍

たまたま『池田澄子（シリーズ自句自解ベスト100）』には入集されなかった句。この句を忌避する人が多かったようだが、真意はすでに述べた。従って、池田さんは取消す気持ちはさらさらない。当然であろう。

――今日は、お忙しい所を有難う御座いました。貴重な『眞神』やお父さんの眼鏡の写真をも見せて頂きました。

池田　いいえ、かえって今日は父と先生の自慢が出来ました。

（完）

（平成二十七年十二月八日、杉並区の池田邸にて）

池田澄子私論

池田さんの作品を読み、お話を聞き、いままで想像していたことが二つ違った。

一つは「新台所俳句」という言われ方。池田さんはこの言われ方に反発するだろうと、筆者は思っていた。ところが「台所のモノも神社仏閣のモノも、私にとっては同じモノです」とのことで、「新台所俳句」なる呼称を受け入れておられた。池田さんは何と言われようと腹が据わっている方と見受けた。しかし、彼女が厭戦・嫌戦・反戦の句を広い見方で書いているところを考えると、「台所」という分類は如何なものであろうか。

二つ目は、「俳句のような俳句」という言われ方である。これには「それでどこが悪い」と開き直られるかと思っていたが、いとも静かに「私のは俳句」です、と確り応えられた。所謂「俳句」は有季定型で切れがあり、花鳥諷詠的写生があり、文語主流で、大和言葉が多く……といった人々に対し、ここはやはり「俳句のような俳句のどこが悪い」と反論して欲しかったように思った。筑紫磐井氏と同様「（まともな）俳句」と「俳句のような俳句」との分類を強いるのは反対だが、仮にそう分類したとすれば、池田俳句は「俳句のような俳句」に入るのだろうと、思っている。しかしそれは「低俗な俳句・俳壇」を遙か下界に見おろす「天上の詩」である、と筑紫氏が言っている通りであると思う。攝津幸彦の句を高柳重信は「俳句的な俳句だ」と賞賛したが、それに通じるところがある。

池田さんは新しい俳句を我々に示してくれた。その表現行動の初めが父親の戦病死であり、父を思い出す度に反戦俳句が出来上がり、それが父の姿を風化させなかった。

戦争を詠むのは明らかに師三橋敏雄の影響であり、彼女の文体を喜んだのも師であった。それにしても、俳句に出合うとき、街の俳句教室などで伝承派的な俳句にどっぷり漬かることなく、その前に阿部完市の句を知り、堀井鶏をたまたま訪ね、三橋の限定版『眞神』を餞に貰い、それから五年間、気持ちを熟成させて終生の師三橋敏雄を決めたのだった。自らの資質と努力があったことは当然であるが、三橋が今の池田に育てた、と言っても過言ではあるまい。

取材の最後に「父と先生の自慢が出来ました」と語られたことが、特に印象的だった。

敗戦日またも亡父を内輪褒め
忘れちゃえ赤紙神風草むす屍
戦場に永病みはなし天の川
土用波どこにどうして英霊は
春寒の灯を消す思ってます思ってます
ところどころで戦争ときおり夏落葉
小島在り亡父のごとく在り月下
じゃんけんで負けて蛍に生まれたの
ピーマン切って中を明るくしてあげた
屠蘇散や夫は他人なので好き
青嵐神社があったので拝む
太陽は古くて立派鳥の恋
目覚めるといつも私が居て遺憾
前へススメ前へススミテ還ラザル
戦場に近眼鏡はいくつ飛んだ
本当は逢いたし拝復蟬しぐれ

十七、抒情の伝統――大串　章

大串　章　昭和十二年十一月六日生まれ　平成二十八年末現在　七十九歳。

安保法制が国会を通過した今となっては、戦争の負の記憶を風化させることなく語り継ぐのも、俳句の使命だと、筆者は思っている。先達俳人の銃後を含む第二次世界大戦やその後の高度経済成長、環境破壊、巨大災害などなど大きな時代の流れと、そこから生まれた俳句を語ってもらうのが趣旨である。イデオロギー論争を挑むものではない。

今回は「百鳥」主宰で俳人協会副会長でもある大串章さんに伺った。満州での苦労や、戦後の貧困、学生運動のこと、高度成長時代の歪み、そういった世情と氏の俳句との関係を見て行きたいと思ったのである。

氏は講演や評論、随筆、つまり散文的にはそれらの経験を切に語られるが、韻文最短詩型である俳句ではそれが少ない。その訳は、お話を伺って理解できたのだが、俳句という「器」の持っている性格と、氏の「抒情」重視の態度と、氏がいつも肯定的で善意の人であるということに関係しているのではないか、と筆者は思うに至った。

筆者が好ましく思っている初期の大串作品の一つは、

秋 雲 や ふ る さ と で 売 る 同 人 誌

である。この句の通り、大串さんは抒情の人と言われている。中学生時代の作品に次の俳句と短歌がある（昭和三十年一月一日の毎日中学生新聞、西日本版）。

俳句一等　打ち合うてはねてまた寄るけんか独楽

短歌一等　昨夜まで窯場は攻火見えいしが今朝は寂かに初日浴びおり

写生的ではあるが十分に抒情的でもある。

最近では、朝日新聞俳句欄に「うたをよむ　抒情について」として、次の主旨の短文を書いている（「朝日新聞」平成二十七年十月五日）。

抒情という言葉が誤解され、客観写生説や俳句もの説によって抒情軽視が進んだ。抒情とは文字通り情を抒《の》べることであるが、その「情」は感傷的で情緒的なものだけではない。人間の喜怒哀楽すべての感情を含む。戦後七十年を過ぎ、敗戦や原爆に対する感情を率直に詠むことも抒情である。人間を健やかに詠むのも抒情俳句であるが、感傷的な呟きではいけない。「抒情とは情の高潮した発露である」という大野林火の言がある。

一、大串さんと満州

――大串さんは旧満州東北部に幼少時代を過されました。その辺りから引揚げまでのお話を伺えますか？

大串　昭和十二年生まれですが、十六年に満州に渡りました。父が大阪セメントの技術者でしたが、急に一家で渡ることになったんです。錦州市の女児河《じょじがわ》というところです。そこの勤務先の社宅に入りました。甲社宅・乙社宅・独身寮とあり、目の前は草原です。左手に高粱畑があり、その中の道を行くと父の工場がありました。草原では羊が飼われていまして、夕方になると群れて帰ってきます。不自由のない生活でした。

――先生に、羊群（後出）の句がありますね。

大串　ええ、そうですね。平和な景です。大変だったのは終戦直後です。私たちの社宅の裏側は砂礫の丘でした。その一番上に水源施設がありました。水源は大事ですから、煉瓦塀を築いて囲み、入口は鉄の扉です。八月十五日。それまでは日本人は威張っていました。でも事情は一変。社宅の周りに鉄条網を張り小銃を持った夜警を立てたりしました。約一ヶ月後、ソ連軍が来まして、武装解除です。そうしますとね、すぐ一、二時間後ですよ、戸を叩く音がして、銃を持った軍服姿の男が来て「金を出せ」って言うんです。父はそのとき不在でした。母が「お金はありません」というと、男は腕をまくって腕時計を幾つも巻いた腕を見せ「これを出せ」って言います。「無い」って言いますと、形相をかえて銃剣をお袋に突きつけるんです。「これは大変」と思って私は後ろの部屋へ行って、置時計を持ってきて差し出しました。男はそれを背中の袋に入れて、何かを叫んで出て行きました。お袋は私の頭を撫でながら、「有難う。だけどね、あの小銃は木造で剣は竹光だったわよ。軍人じゃなくてコソ泥だよ」って。感心しましたねえ。見抜いていたんですよ。お袋はそのときまだ三十歳前でした。

それから二、三時間して、今度は「匪賊が来るぞ」って声がして、私たちは大急ぎで貴重品をもって裏の砂礫の丘を駆け上がり、水源地に避難しました。中に入って鉄扉に鍵を掛け、青年団が前列、私たちはその後ろで壁を背にしてじっとしていました。そうしましたら、匪賊が塀の外から「金を出せ」って怒鳴って、扉を破らんばかりでした。やむなくみなから紙幣を集め麻袋に入れて塀の外に投げました。賊は引揚げていきました。ところが、すぐまた別の匪賊が来ます。また同じように麻袋を放り出します。三度目も来ました。その時はもう紙幣がありません。問答の末とうとう鉄の扉を開けられました。匪賊の幹部らしいのが前列に坐っている青年団の数名に銃剣を突きつけ、部下たちは我々の金品を物色します。銃剣を突きつけられた青年が顔を背けますと、その眉間にまた銃剣を突きつけます。顔の向く方、向く方へと執拗に突きつけるのです。引き金には指が掛かっています。私の目のすぐ前でね。無言の応酬でした。二、三十分くらい経ったでしょうか、誰かが「ソ連軍がやってくるぞ」って叫んだんです。すると、どうでしょう、匪賊はさあっと去って行ったんです。後で知ったのですが、「ソ連軍がくるぞ」は思いつきだったようです。

その次は現地人たちです。やってきて、あらゆる物を奪って行きました。敷いている毛布まで、人を突き飛ばして奪います。それを見ていた青年たちは、武器はありませんでしたが、反撃に出ました。石を拾って投げつけたんです。必死ですから石合戦に勝ったんですね。我々は、血を流して蹲《うずくま》っている暴徒を目の当たりにしながら、十キロほど離れた隣町へ避難しました。社宅は火に包まれていました。目に焼きついています。

それから取り敢えず住む家（六畳二間に二家族）を見つけましたが、日本軍が世話してくれたのではありません。既に軍人も通訳もとっくに逃げてしまっていましたからね。それから父はピーナッツの行商をしながら、ほそぼそと一家は飢えを凌《しの》ぎました。妹がそれを欲しがりましてね、空腹ですからね、ピーナッツを仕舞ってある袋棚を見上げて、欲しいと言うんです。いえ、まだ言葉は喋れませんでしたがね……。棚を指さしてねえ。与えることはできなかったんです。この妹は引揚げ後、亡くなります。食うや食わずの日々を九ヶ月ほど送って昭和二十一年五月、鉄路で葫蘆《ころ》島に向かい、集まっていた在留日本人とともに貨物船に詰め込まれ博多に向かいました。

筆者注　このことは世に「葫蘆島大帰還」として知られている。大串さんの引揚げ船は、お父さんのノートによれば、五月二十二日博多港着とあることから判断して、組織的な引揚げ開始の二番目か三番目の船であったようだ。おおかたの引揚者は、葫蘆島の収容所で十日から二週間ほど船を待ち、消毒を受けて乗り込んだ。ある資料には、乗船を待つ老若男女が、大きな荷物を背負い、抱え、長蛇の列を作って並んでいる写真が掲載されている。乳飲み子を抱いて、あるものは遺骨を提げての帰国だったとある。葫蘆島からの引揚げは三年続き総数一〇五万人以上に及んだ。

満州での居住地が錦州市の女児河区で、割に港に近かったことは幸いなことであったに違いない。葫蘆島に遠い人たちは、帰国に三年もかかっている。

集団での悲劇もあった。麻山事件では哈達河《ほたほ》開拓団がソ連軍や現地住民に包囲され、自決などで四百人以上が死亡。葛根廟事件では八月十四日、避難中の開拓団千人以上、佐渡開拓団跡事件では八月二十五日ごろ、避難中の二五〇〇人中一四〇〇人が死亡。八月下旬、敦化日満パルプ事件では、製紙工場を占領したソ連軍が社宅に監禁した女性を暴行、女性や子どもが服毒自殺。越冬中には発疹チフスが流行し、計約一一〇人が死亡、とある（朝日新聞、平成二十七年十一月二十四日版）。

「集団自決とは、窮地に陥った開拓団が、最初妻子を殺し、続いて自らの命を絶つことである。私たちは、戦争の恐ろしさ、平和の有り難さを忘れてはならない」

と大串さんは句集『海路』のあとがきに書いている。

氏は両親らと博多に着き、父の故郷佐賀県吉田村（現嬉野市）に落ちついた。

――満州を振り返っての句は初期の句集にはないようですね。第五句集が初めてでしょうか、次の句があります。

満州に埋め来しめんこ黄沙降る　第五句集『大地』
満州の羊群はるか敗戦日　第六句集『山河』
羊飼釣瓶落しに鞭鳴らす
春吹雪満州の雪重かりし　第七句集『海路』
よみがへる満州の日日黄沙降る

初期の句集にはなくて、後半の句集に数句散見されますが何故でしょうか？　きっと、満州や戦争は俳句にしたくないモチーフではなかったのでしょうか？

大串　そうなんです。一句目のメンコの句は、隣町に逃げてきて、長屋に住んだのですが、そこに共同風呂がありまして、その横に通路があって、そこに埋めたんですよ。メンコは結構強かったんですよ（笑）。子どもにとって宝物でしたからねえ。今はどうなったでしょうかねえ。

――錦州の女児河には、その後行かれましたか？

大串　いやあ、ないんですよ。何となくね。松崎鉄之介（故人、最後の「濱」主宰）さんはシベリアにおられ、行って観て来られたようですけど、私はねえ……。満州の記憶は残っております。ただ、俳句の形になるとき、それは引揚げ後の産土の地、佐賀県吉田村の自然が余りにも心に鮮明に刻まれていますので、満州が数の上では少ないのでしょう。しかし、満州や戦争の負の記憶があるせいで、私の中で、母郷嬉野が顕在化しているとも言えます。

二、少年時代

大串　博多に付きましたらＤＤＴを掛けられ、虱の駆除です。満州には虱がいたんです。日本ではその後、蚤に悩まされましたがね（笑）。小学校に転入しましたが、九九ができませんでねえ（笑）。満州では習ってなかったからねえ。何年に編入するか悩みました。でも三年生に編入しました。吉田村はよい所でした。春は桜、秋は紅葉、栗拾い。父の家は皿屋というところで、窯業の盛んなところでした。よい所です。「国敗れて山河あり」です。

――東京でなくて良かったですね（笑）。

大串　ええ。日本のよさ、田舎のよさ、それが先ほどの話に出た俳句の根っこにあるんだと思います。満州との差の大きさですね。それが満州の句が句集には少ないことの理由かと思います。思い出には残っていますので、ときどき超結社の句会で作りました。藤田湘子、三橋敏雄、池田澄子、鳴門奈菜さんらと一緒でしたが、三橋さんがよく取ってくれた記憶があります。三橋さんはご自身でも戦争を詠んでましたね。

――帰国後、肺浸潤にかかり、二年間も休学しますね。

大串　肺浸潤と分かったのは、熱が下がらなかったからなんです。村にはレントゲン施設が無かったので、隣町から組み立て式のを運んでもらって、家の座敷で組み立ててもらって撮ってもらったんです。二、三日後、お袋が行って聞いてきてくれて分かったんです。肺病の寸前ですから、その頃の日本では死の病ですよ。敗戦を挟んで十五年間ほどの死因の第一位です。安静を言い渡され、滋養のあるものを……家では鶏を十羽ほど飼っていましたので、いつもの時間に卵を取りに行ったものでした。やがて新薬パスが出来まして、助かりました。

この期間が私の俳句に繋がるんです。毎日中学生新聞（中毎）です。短歌、俳句、詩、絵画の募集がありまして、私ははじめは短歌でした。先にお話ししました「窯場」の歌以外にも、

麦踏みて帰りし父はうれしげにのびいしさまを我に語れり

とか、とにかく安静時間が午前午後二時間ずつありますので、たくさん作り、応募し、随分メダルを貰っていました。その頃、高橋睦郎さんも応募していましたよ。私は絵もやっていました。清水哲男が山口に住んでいましたが、彼が「中毎」から切り抜いたお化け煙突の写真を自分のスクラップに貼っていまして、その裏側に私の絵が載っていたのです。随分後に京大で知り会った時に、その新聞を見せて貰いました。偶然のことでした。彼は、後に東京から「濱」の昭和三十四年二月号を送ってくれまして、私が「濱」に入会するきっかけにもなっています。

どうして短歌から俳句へ行ったのか、論理的に説明できないんです。俳句のもつ心優しさなのかとも……直接的きっかけは五つくらいあるんですが、どれも偶然なんです。

一つ目は中学の図画の西野という先生。青木月斗の系列誌で「小同人」と言う雑誌を私

に下さったんです（とおっしゃって、小さな薄いセピア色になった冊子を出して見せて下さった）。その主宰の阿部王樹の巻頭言には、「俳句は理屈でなく実感だ」とあり、第二芸術論を言っている連中がいるが、芸術であろうが、非芸術であろうが構わないって。それに共感したんですね。その巻頭言の後ろの方に〈夏籠一日百句あらまほし〉という句があるでしょう。これについて師の青木月斗が阿部王樹を叱りつけているんです。「夏籠」を「なつごもり」と読ませるとは何事だ。「げごもり」としか読まない。この句は間違っている。「夏籠の」とあるべきところ、「の」が誤植で落ちたとしても、「一日百句」とはなんだ、と言うんです。せいぜい一日十句だと。

そのことをね、こんどは阿部王樹が素直に自分の雑誌「小同人」に書いているんです。青木先生から叱られたってね。私はこれを見て俳句の世界はいいなあって思いました。師弟の密な信頼関係が如実に感じられましてね……。

二つ目の理由は、佐賀でただ一人の「ホトトギス」同人の森永杉洞先生から葉書が来まして、ＮＨＫの佐賀放送の「ラジオ俳壇」を聞くようにってね。それで聴きました。私の俳句が大人に交じって入選三句に入っていたんです。まだ中学生です。原句は〈麦踏に下校せし子のまじりけり〉でしたが〈交じりをり〉に添削して取って下さったんです。その森永先生がある日我が家に来て下さったんです。学校から帰ったら、お坊さんが家にいましてね、何かなと思っていたら、お袋が「アキラさんにお客さんばい」って。杉洞先生は京都の南禅寺の管長の資格をお持ちの方です。先生は「アキラ君、俳句は平等なんだよ。中学生も拙僧もね。良ければ取られ駄目なのは取られない」って言われました。

三つ目のきっかけは、「俳句」という雑誌を嬉野の本屋で買って、大野林火の『青水輪《あおみずわ》』の書評に出会い、感激したことです。

四つ目は、高校で現代国語の先生に「おくのほそ道」の冒頭を暗記せよと言われ、暗記するうちに親しみを覚えたこと。古文の先生でなく現代国語の先生でしたよ。これがもし『古今和歌集』のあの有名な「仮名序」だったら、俳句でなく和歌の道を進んでいたかも知れないねえ（笑）。

五つ目は、清水哲男が東京から「濱」の昭和三十四年二月号を送って来てくれたこと。

全て、人との出会いの「偶然」がなせる業なんですよ。

筆者注　別のところで、大串さんは、「偶然」が今の自分を生かしてくれている、と回顧している。思えば、満州からの引揚げでは、女児河が葫蘆島という港に近いところで、不幸中の幸い。奥地だったら大変だったろう。ソ連軍や匪賊の襲撃からも助かった。

引揚げてからは、肺浸潤が新薬パスで治った。サラリーマン時代には、国鉄の鶴見事故、海外出張時のあわや大惨事の飛行機のこと、サリン事件では神谷町あたりの至近の場所にいた。結果的に、難事を躱しかわしして生きてきた、という。だからだろうか、大串さんは人柄も俳句も実に謙虚である。

大串さんは俳句少年だったが、魚釣りも目白取りにも励んだそうだ。鰻取りの三つの方法の講釈や、鳥もちでの目白取りの話は面白かった。大野林火にすぐ師事しなかったのは、遊びも結構忙しかったからである。

見ておれば坐れといいぬ囮守　章

三、父母のこと

筆者注　氏は平成七年にお父さんを亡くされたが、そのとき、次のように詠っている。

平成七年十二月三日、父逝去。享年八十五。
「窯出しの壺がまづ会ふ秋の雷　大串火路」絶筆となる。

通夜の灯に父なき窯の冴えにけり

父の骨冬田の中を帰りけり

そして、満州時代の父を偲び、一緒に馬車にのって魚つりに出かけたこと、闇市に連れて行ってもらい、腹いっぱい高粱雑炊を食べさせてもらったことを記している（『抒情の曠野』(蝸牛社))。因みに大串さんは粟《あわ》のお粥は大嫌いで、死んでも食べたくなかったらしいが、父と一緒に食べたあの時の高梁は忘れられないという。

――大串さんの句のモチーフに父や母があり、いずれも感謝と優しさにみちたものです。ところでお父さんも俳句を遺られますか?

窯出しの壺がまづ会ふ秋の雷　大串火路

とあるのですが。

大串　ええ、詠んでいました。引揚げ後、父はしばらく実家で嬉野焼を作る仕事の手伝いをしていました。有田焼として出荷してもいました。実家が窯を持っていまして、温度の高い磁器を作っていたんです。

――お母さんは、その後、くも膜下出血で倒れられましたが、幸い快復されました。父と母を一緒に詠んだ句には、次の句があります。

麦刈ると父の言載せ母の文

田舎の父母の暮らしが、この短い一句でほのぼのと見えてくるようです。

四、友人のこと・螺旋時間のこと

――昭和三十三年、難関の京大に入られ、宇治分校のころ「青炎」や「京大俳句」（第三次）にも関係されます。沢山の詩や俳句の友だちにめぐり合いますね。宮本武史、佃学、清水哲男、その後、大峯あきら、竹中宏、高木智、中谷寛章……。

大串　文芸サークルの部室は四十五番教室横の小部屋で勝手に使っていました。佃学が詩に凝っていて一番上手かった。そこでは、俳句は清水と私でして、それが「濱」を送ってもらうきっかけになっています。

大学で初めて感動した講義は哲学でした。「鏡を見ると右手が左側に見えるだろう。だが、頭は下には来ない。これを論理的に証明するのが哲学だ」って言うんですね。面白いと思いました。そのときその先生から読めと言われたのが京大の田邊元の『哲学入門』（筑摩書房）でした。その解説が唐木順三でして、私の大好きな評論家です。唐木順三の姪御さんとも縁がありましてね。田邊先生の軽井沢での講義では何のメモも資料もなしで何時間も話されたらしい。その中で「時間」の話をしています。

「時間」には二種類あります。ギリシャ的な農耕民族的時間（円環的）、もう一つはヘブライ的時間で狩猟民族の（直線的）時間です。田邊さんは、現代の時間はこの直線時間と円環時間の合成時間である、と言いました。直線と円環を合成すると螺旋になりますね。

つまり螺旋的時間が現代の時間である。そして、実はこれが俳句に結びつくんですね。少年から老年にかけての非可逆的・直線的時間。四季の循環による繰り返しの時間。この合成が俳句時間。年とともにいつでも新しい四時《しいじ》に巡りあえる。八十歳も九十歳も、その人にとっては初体験。その歳相応に、新しい出会いがある。それが楽しみ。俳句の楽しみもそこにあるんですね。

――この世には、読み尽くせない俳句のモチーフがある、ということですね。ところで、私は個人的には、先生の京大俳句会の仲間で夭折した中谷寛章が気になっているんですが……。左翼だったのでは、と言われていますね。

大串　彼は、気持ちの優しい青年でした。吟行に行っても、小犬がいると立ちどまって一緒に遊んだりね。赤尾兜子の「渦」の期待の書き手でした。その彼が亡くなったのには、兜子もショックだったでしょう。兜子が鬱になったのも、中谷の早世のせいでしょう。京大は左翼活動が烈しかった。彼もそれに関係していたようです。彼の事務所で句会をやっていたんですが、ある日、本人が来ないんです。大分経ってから電話が来まして「警察に付けられている。みなに迷惑かけるといけないので、今日は行かない」ってね。

――告別式に先生が出られたときの句があります。

悼中谷寛章

ガードぐる告別式の寒さのまま

たしか、兜子らも一緒だったんでしたね。和田悟朗さんから聞かされました。

五、龍太からの称揚・抒情路線への理解

——そろそろ先生の俳句を語りたいのですが、まず、ご自身の記憶に残る作品をご紹介戴けますか?

大串　そうですねえ、飯田龍太さんが「雲母」昭和四十一年十二月号に私の句を取り上げて下さいました。「京大俳句」（筆者の定義では第三次の「京大俳句」）の中から、

家郷の夕餉始まりをらむ夕桜

ひたすら種を播き続けをり種見えず

障子閉めてふるさとは書に沈み易し

青田中信濃の踏切唄ふごとし

白靴まで少女全容鏡に満つ

泳ぎの少年島に上れば島で光る

閉ぢてなほ優し月下の楽器店
線路沿ひ枯れて故郷を遠くせり

などを抜き、懇切な論評を戴きました。励みになりました。
筆者注　この龍太の論評は、実に半世紀前のものであるが、的確だと思うので、引用する。当時は抒情俳句路線への批判が起こっていたことが、背景にある。

（この作家の作品は）夫々感性は豊かだ。特に図抜けた作品はないが、どれも確かな気息を持った句だ。控目だが、俳句に対する作者の志向を明確に伝える。（中略）こういう作者は、なまじ俳壇の傾向などに関心するより、もっと広い領域から栄養をたくわえ、逆に俳壇の新風となってほしい。おのれ自身に執着してほしい。感傷を守ることも決意のひとつである。老幼にかかわりない詩の特権でもある。進歩とは、その守り方、育て方の工夫と努力ではないか。今後この作者に、おそらく俳壇の新鋭として注目される時が来るとおもうが、他の視線より自分の眼を信じることが大切。

――龍太さんは、林火や大串さんの「感傷を守る」という路線を暖かく見守っていたわけですね。先生の句に、〈読み返す龍太のはがき桃の花〉がありました。

大串　それはね、あるとき仲間と山廬近辺を吟行しましてね、蛇笏や娘さんのお墓にお参りしたりしてましたら、山廬の玄関に龍太さんが立っておられました。もう俳壇を退かれた後でしたから、お邪魔するのも如何なものかと思い、会釈だけして通り過ぎました。そのことを新年会か何かの機会に福田甲子雄さんにお話したんですね、それが龍太さんに伝わったようで、お葉書を戴きました。「ご覧の通りの山村でして……」とありました。その他にもお便りや評を戴きましたよ。中には「非凡にあこがれるより、常凡をおそれぬ恒心の確かさ。これがこの作者に対する私の印象のすべてである（「濱」昭和四十四年八月号「章寸評」）というのもありまして、ああ、僕は平凡でいいんだって思ったりね（笑）。「常凡」という龍太さん独特の言葉でした。

――最大の誉め言葉ですね。龍太に褒められた句は他にもありますね。

大串　ええ、嬉しいことです。こんなのがあります。

山吹の夕冷え奥嶺までつづく

浜の子の凧あげしあと春の月

水平線大きな露と思ひけり

一方、大岡信さんは次の句を掲げて下さっています。

兜虫湖ひつさげて飛びにけり

巌割つて生まれし如き蜥蜴かな

家鴨から春の拡がる水辺かな

水涼し木があれば木の影を容れ

蝮の頭砕きし石を畏れけり

郭公に目覚め晴天うたがはず

六、俳句とは何か

――大仰な設問ですが、俳句とは、先生にとって何でしょうか?

大串 そうですね、「百鳥」の十周年記念号に書いたことですが、要約しますと、

俳句は窓である＝山や人が見える、鳥の声が聞こえる。自分の姿も見え、己の声も聞こえる。

俳句は鍬である＝大地を耕し、収穫が出来る。鍬を振り続けることにより、新たな自分に出会える。

俳句は環である＝物と物、人と人を結びつける。この環に加わることで人の心に触れ、
己を振り返ることが出来る。
ということでしょうかね。
――なるほど、実際的でしかも含蓄のある定義ですね。

七、筆者の共鳴句

初期の傑作句は何といっても次の一句ではなかろうか。

秋　雲　や　ふ　る　さ　と　で　売　る　同　人　誌

まさに青春抒情句。なんとなく、寺山修司を思い出す。氏の故郷に対する思い入れは、前述した通り、極めて強い。満州との落差というよりも、吉田村での魚釣り、目白取り、父や母、午前午後の安静時間、短歌や俳句に思いを巡らせる時間の流れ、ゆったりだったろうが、それでも少年なりにすることが沢山あって忙しかった。母郷は氏の大きなモチーフであり続ける。以下に筆者の共鳴する句を掲げる。

水　打　つ　や　恋　な　き　バ　ケ　ツ　鳴　ら　し　て　は

故郷より吾子誕生の報至る。即ち一と言

酒も少しは飲む父なるぞ秋の夜は
家近く来て子を降ろす春の土
鱚釣って父に皓歯をかがやかす
ふるさとへ障子を貼りに帰りけり
酒飲みが酒ほめてゐる三日かな
兄らしく弟らしく鯊を釣る
草笛の鳴るまで父を見上げゐる
帰省子に駅員声をかけにけり
酔客に絡まれてゐる雪だるま

第一句。青春抒情句のひとつ。〈秋雲やふるさとで売る同人誌〉を先に掲げたが、両句が大串青春俳句の双璧ではなかろうか。「水打つや水なきバケツ……」としそうなところを「恋なきバケツ」としたことで見事な抒情句に仕上った。情の昂揚がバケツを叩かせるのである。

第二句。前書きに「故郷より吾子誕生の報至る。即ち一と言」とある。任地から初めて子に逢いに行くときの句なのかも知れない。福田甲子雄が『忘れられない名句』〈毎日新聞社〉で「前書が見事で、俳句における前書のあり方を示す。その最後の〈即ち一言〉が、俳句作品におよび感動の源泉となっている」と賞賛している。まだ見ぬわが子に、「私は、少しは酒も飲む」こんな父親なんだと、心の中で挨拶している。吾子を得た大きな歓びが後ろにある。

第三句。何のことはない平明な句。しかし「春の土」が効いていて、抒情一杯の句。しかも、景が見える。巧まない自然体の句。子に「さあ、ここからはお前の足でお母さんのところまで歩いて行きなさい」と言って聞かせているようだ。如何にも大串作品である。

第四句。〈鱚釣って父に皓歯をかがやかす〉。父と一緒の魚釣りの句。「皓歯」で清清しい健康な少年が見える。

第五句。〈ふるさとへ障子を貼りに帰りけり〉。大串俳句の故郷は「ふるさと」と、ゆったりした平がな表記が多く、やわらかい情感が伝わって来る。勿論「障子を貼る」だけが帰省の目的ではない。そう言い切ったところにユーモアがあるし、「障子」という季語・季題の持つ本意が思い起こされる。「障子貼り」は、多くの家庭では、母の仕事であったり、家によっては家長の務めだったりする。

第六句。筆者の大好きな句。〈酒飲みが酒ほめてゐる三日かな〉。酒が旨いと言えるのは健康な証拠。しかも目出度い正月だ。この上なく平和。仙田洋子が「人生肯定の句」と書いていた。大串俳句は殆どが肯定の句である。

第七句。〈兄らしく弟らしく鯊を釣る〉。これも魚つりの場面。どういうのが「兄らしく」「弟らしく」なのだろうか? 仕掛けを面倒見てやるのが兄なのだろうか?

第八句。〈草笛の鳴るまで父を見上げゐる〉。氏には父母への思慕の句が多い。この句では、父への期待と信頼と、一寸した不安が見事に詠まれている。

第九句。〈帰省子に駅員声をかけにけり〉。ちょっとした日常の動作が抒情的な詩になるのである。大串俳句には、このような優しい善意が溢れている。

第十句。〈酔客に絡まれてゐる雪だるま〉。大串句集にはかならずユーモラスな句が幾つか入っている。氏の抒情句・写生句と並んで、滑稽句もその作品構成の大きな要素となっている。この句は句集『海路』の一句であるが、ユーモラスな句を同句集から選べば〈日向ぼこ埴輪の顔に似てきたり〉や〈道をしへ道まちがへて俯けり〉などがある。

最後に、その句集『海路』の巻首に掲げられている句を挙げて、鑑賞しよう。

赤 道 を 越 え 行 く 船 の 初 荷 か な

大海へ乗り出して行く船を見ながら、その行き先は赤道の向うだと断定し、その初荷に想いを馳せる。読者も、どんな初荷なのかと想像を膨らませる。初荷は作者の想いの籠ったものであるに違いない。なぜ南半球を目指していると分かるのか……大串さんの仕事であった鉄鋼会社や海運業のことを思えば、多分その訳は想像できるのだが……読者は、この句の正月に相応しい船出をおおらかに慶べばよいのである。抒情を主張する大串さんらしい作品である。この句と同じような題材を詠んだ句に、〈初荷積み太平洋を目ざしけり〉がある。この場合は、船が太平洋を目指しているという、船の動きがポイントであり、太平洋が爽快に見えてくる。いづれにしても、大串さんの好む正月のモチーフは、大型船が初荷を満載して、海外に出航するという、望み明るい大景句として表れるのである。

大串さんの作品に時代的・社会的事象を詠んだ句はあまり目立たない。むしろ個人的環境の変化を詠んだものが多い。「ふるさと」での少年時代を、離れてからの「ふるさと」を、吾子や家族を、友や酒や旅を詠んだ。戦争や震災や社会事変的な素材よりも自分の日常詠を大切にした。時事俳句はダメとは言っていないが、いつの世にもあり続ける自然の美しさや親子や人との想い、つまり、不易を大事にしたい気持ちが強い。そして、氏が詠む俳句という短い韻律詩に通底している想いは、モノやコトへの肯定的見方であり善意の態度ではなかろうか。

大串さんは、初期から完成した句を詠んでいたと言われているが、筆者の鑑賞では、それが抒情句となり、そのうち年季の入った写生句・抒情句・滑稽句となって行った。螺旋階段をゆっくり昇るように、静かに変化して行った。変化の局面が目に見えないくらいにゆっくりである。その作品の味は、もののエキスがじわじわと滲んで来るようなのが多い。枯れているというのではない。その証左に、これで良いという作品には、自分自身は、まだ出合っていないと述懐する。大串さんはまもなく八十歳になられるが、八十では八十の句を、九十では九十の句を詠まれるであろう。そうして、まだだ、未だだ、とおっしゃるに違いない。

啓蟄や生涯の句を未だ得ず

（完）

（平成二十七年十一月二十七日、朝日新聞社にて取材）

追記　紙幅が気になるが、是非、次のことを追記したい。

大串さんが戦争の悲惨さを直接詠うことは多くはなかったと書いた。しかし、氏は朝日新聞の平成俳壇での一年間の数多くの応募句の中から最高傑作句として、

七十年不戦の空に赤とんぼ　　河村　章

を選んでいる。しかも、ご自身の年頭の一句は、

引揚げて七十年や屠蘇祝ふ　大串　章

であった。この二つの事例から、戦争を直接詠まなくても、平和を詠むことが大切だという、大串さんのこころがよく分かったのであった。

筆者共感句抄

秋雲やふるさとで売る同人誌
満州に埋め来しめんこ黄沙降る
満州の羊群はるか敗戦日
家郷の夕餉始まりをらむ夕桜
泳ぎの少年島に上れば島で光る
兜虫湖ひつさげて飛びにけり
水打つや恋なきバケツ鳴らしては
故郷より吾子誕生の報至る。即ち一と言
酒も少しは飲む父なるぞ秋の夜は

家近く来て子を降ろす春の土
鱈釣つて父に皓歯をかがやかす
ふるさとへ障子を貼りに帰りけり
酒飲みが酒ほめてゐる三日かな
兄らしく弟らしく鯊を釣る
草笛の鳴るまで父を見上げゐる
赤道を越え行く船の初荷かな
啓蟄や生涯の句を未だ得ず

追記
大串章さんは、平成二十九年度から、公益社団法人「俳人協会」の会長に就任された。お慶び申し上げます。

あとがき

平成二十七年春からご年配の俳人を訪ねて「昭和・平成を詠んで」シリーズを書いてきました。安保法制がかしましく議論されていた頃でした。戦争の悲劇、戦後の苦しみ、さらには震災の記憶を風化させないために、ささやかながら何かしたいと思ったのでした。それには、経験豊かな先輩俳人の皆さんの時代状況と作品を伺いながら、自分ながらに書いておくべきだと思ったからでした。

主には直接取材を通じ、また、お目にかかれない方々については、著作や句集を通して、知ったことを纏めました。

初出は別表の通りですが、特に「小熊座」には高野ムツオ主宰、渡辺誠一郎編集長のご理解、ご指導を戴き、その他、筆者が所属している「街」「遊牧」「円錐」にご協力を戴き、さらには「今」や「ぽち袋」にもお世話になりました。

表紙は、筆者が敬愛する故糸大八画伯の作品を、今回は片山由美子さん所蔵の「揺れる花」をお借りいたしました。
多くの俳人の皆様のご協力で、この記録集を刊行できました。皆々様に厚くお礼申し上げます。また刊行には「書肆アルス」のご協力を戴きました。引用句の表記のチェックに多大の時間を割いて頂いたことを付記致します。

平成二十九年　春の日に

初出一覧

小原　啄葉　「小熊座」平成27年8月・9月
伊丹三樹彦　「円錐」平成27年8月（66号）
橋爪　鶴麿　「小熊座」平成27年10月・11月
有馬　朗人　「小熊座」平成27年12月／平成28年1月
黛　　執　「小熊座」平成28年2月・3月
大串　章　「小熊座」平成28年4月・5月
池田　澄子　「小熊座」平成28年6月・7月
柿本　多映　「小熊座」平成28年8月・9月
友岡　子郷　「小熊座」平成28年10月・11月
大牧　広　「小熊座」平成28年12月／平成29年1月
橋本美代子　「小熊座」平成29年2月・3月
星野　椿　「小熊座」平成29年4月・5月

特別取材

木田　千女　「遊牧」平成28年2月（101号）
勝又星津女　「今」平成27年冬号（12号）
依田　明倫　「街」平成28年6月（119号）

特別編纂

金原まさ子　未発表
後藤比奈夫　未発表
金子　兜太　未発表

著者略歴

くりばやし・ひろし／昭和13年（1938）北海道生まれ。「握手」を経て、「遊牧」「小熊座」「円錐」「街」などに所属。評論集に『続々俳人探訪』『京大俳句会と東大俳句会』『俳句とは何か』『新俳人探訪』など。現代俳句協会会員、俳人協会会員。
第7回俳句界評論賞、第32回現代俳句協会評論賞佳作、第18回横浜俳話会大賞特別賞を受賞。
〒242-0002
神奈川県大和市つきみ野7-18-11
ht-kurib@jcom.home.ne.jp

昭和《しょうわ》・平成《へいせい》を詠《よ》んで
――伝《つた》えたい俳人《はいじん》の時代《じだい》と作品《さくひん》――

平成二十九年九月七日　初版発行
平成二十九年十一月十七日　再版発行

著者　栗林《くりばやし》　浩《ひろし》

発行所　株式会社書肆アルス
東京都中野区松が丘一-二七-五-三〇一
〒一六五-〇〇二四
電話／〇三-六六五九-八八五二
振替／〇〇一九〇-一-七七九九九六

印刷・製本　中央精版印刷株式会社

落丁・乱丁本は御面倒でも発行所宛にお送りください。
送料は発行所負担で交換いたします。

ISBN978-4-907078-23-2 C0095